STROUX
edition

ISBN 978-3-948065-30-0

Umschlaggestaltung: Matthias Mielitz unter Verwendung einer Abbildung von iStock, © PILIPIPA. Porträt Raphael-Maria Goldstein auf dem Rückcover von Volkram Anton Scharf (1982).

www.stroux-edition.de

Druck&Bindung: ScandinavianBook GmbH, Neustadt a. d. Aisch
gedruckt auf FSC-zertifiziertem Papier

ANJA SCHERZ

GOLDSTEIN

ein phantastisches Leben

Die Geschichte basiert auf recherchierten Belegen und Aussagen von Zeitzeug:innen. Sie handelt von realen Personen.

Für Wolfgang

„Man beginnt und man endet.
Für mich ist jede Nacherzählung
letztendlich
eine Nachahmung des Lebens selbst."

Ruth Schweikert (1964–2023) in Erinnerung

Raphael-Maria Goldstein über sich

26.2.1949	geboren in Amsterdam/Niederlande – Mutter Esther-Maria Goldstein, Auschwitz-Überlebende
1952	in Pflege gegeben an Familie Burger, Duisburg
1955	zur Adoption freigegeben. Umbenennung auf den Namen Norbert Hans Burger, Einschulung
1965–68	Schauspielschule Zürich
1968/69–72	Engagement in Heidelberg, Regie-Assistenzen
1972	Abitur (extern und Abendsemester)
1973–77	diverse Universitäten und Studien u.a. Heidelberg/Köln – später Wien
1978	Unfall
1979	Begegnung mit Esther-Maria Goldstein
1980	1. und 2. Begegnung mit Otto Frank in Birsfelden/Schweiz
12.5.1980	Tod von Otto Frank in Birsfelden
1982	Tod von Esther Goldstein in Amsterdam
4.10.1983	Geburt der Tochter Milena-Maria
1983–93	Theaterreferent der Stadt Duisburg Promotionsstudium Universität Duisburg
1987–89	Verfassen der Dissertation über Schiller
1993	Promotion Heidelberg/Salzburg/Wien – interdisziplinär
bis 2005	Stationen in Wien, Düsseldorf und Berlin
bis 2012	erneut Wien
seit 2012	wohnhaft in Köln – Fachbereichsleiter für Filmschauspiel an der Ruhrakademie Schwerte

Ein Zweifamilienhaus in einem unaufgeregten Stadtteil von Köln, rechte Rheinseite. In der Erdgeschosswohnung ein quadratisches Zimmer: Es ist dunkel hier drinnen. Ungeheizt. Ein breites unbezogenes Bett und ein schwarzer voluminöser Schreibtisch füllen den Raum fast vollständig aus. Auf der leergeräumten Schreibtischplatte thront ein alter Holzschuh, so wie man ihn aus Holland kennt, gefüllt mit einer Handvoll Stiften. Gegenüber, auf der anderen Seite des Tisches, liegt ein schwarzes Moleskine-Notizbuch exakt im Lot zur Kante. Ein kastiger Schrank, Gründerzeit, hermetisch verschlossen, als wolle er persönliche Dinge vor fremden Blicken schützen.

Wie eine kleine Trutzburg wirkt das Zimmer von Raphael-Maria Goldstein in der sonst so großzügigen, hellen Erdgeschoßwohnung. Durch ein schmales Fenster fallen die letzten fahlen Strahlen Herbstsonne in den verwaisten Raum. Gleich neben der Zimmertür schließt wandfüllend das Bücherregal an. Ein modernes, leichtfüßiges Designmöbel als angenehmer Kontrast zu dem sonst schweren Mobiliar im Zimmer. Es beherbergt Bücher. Zumindest den Teil, der viele Wohnortwechsel überdauert hat. Seine Frau hat sie nach dem letzten Umzug so eingeräumt, wie sie schon in der früheren Wohnung positioniert waren: teils in doppelter Reihe. Es sind immer noch viele Regalmeter an Fachliteratur zum Thema Theater – Schauspieltheorie, theaterwissenschaftliche Abhandlungen, Dramen –, Bücher über Körpersprache, Stimme und Stimmbildung. Das überrascht nicht. Schauspiel, Theater, insbesondere die Bühnenstimme, das war Raphael-Maria Goldsteins Beruf. Er war Schauspieler, Regisseur, Dramaturg, Dozent für

Sprechtechnik für Schauspielstudierende. Er war der dunkelsten deutschen Vergangenheit auf der Spur, besaß viele Bücher über jüdische Schicksale in der NS-Zeit, allen voran der Familie Frank, meist Autobiografien, Erlebnisberichte aus Konzentrationslagern, häufig aus Ausschwitz. Werke aus der Feder der Anne Frank-Freundinnen Jacqueline van Maarsen und Hannah Pick-Goslar. Zwei der ganz wenigen zu diesem Zeitpunkt noch lebenden Menschen, die Anne Frank persönlich kannten. Hannah Arendts „Eichmann in Jerusalem".

Und dann: Das „Tagebuch der Anne Frank". Drei Exemplare, allesamt Taschenbuch-Ausführungen. Mit schräg geneigtem Kopf zieht sie ein Buch nach dem anderen hervor, blättert die ersten Seiten auf, genau dort, wo das Erscheinungsjahr eines jeden Buches vermerkt ist. Das eine stammt aus dem Jahr 1990, die anderen sind von 2011 und 2015. Sie hätte eine frühere Ausgabe in seinem Besitz erwartet, vielleicht sogar eine deutsche Erstausgabe aus dem Jahr 1950? Hat er es tatsächlich erst im fortgeschrittenen Alter gelesen? Kann das sein? Offensichtlich kaufte er das Buch später noch mehrfach, denkt sie sich. Weil seine erste Ausgabe in den Wirren der vielen Umzüge verloren gegangen war.

Auch Klassiker finden sich, Marcel Proust, Thomas Bernhardt, Stefan Zweig. Weltkluges von Roger Willemsen und Navid Kermani lehnt an Gedichtbänden von Ringelnatz, Tucholsky. Morgenstern. Wenige Romane, etwa von Philip Roth. Ein paar Bücher seiner früheren Schülerin und Freundin, der Schweizer Schriftstellerin Ruth Schweikert. Fast das gesamte Oeuvre von Max Frisch. Daneben Sachbücher, allesamt in der Welt der Schwindler und Scharlatane angesiedelt: ein Schmöker vom Fälscher der Hitler-Tagbücher, Konrad Kujau, und Bestseller über die in die Schlagzeilen geratenen Journalisten Michael Born und Claas Relotius. Beide erlangten zweifelhafte Berühmtheit, weil sie als Fälscher von TV- und Magazin-Reportagen entlarvt wurden. Raphael hat seine persönliche Bekanntschaft mit Michael Born häufiger erwähnt. Dazu Jurek Beckers „Jakob der Lügner", Rafik Schamis „Der ehrliche Lügner". „Tyll Eulenspiegel", die Legende des Narren aus Mölln, der über die Selbstzufriedenen, die Duldsamen und Autoritätsgläubigen genauso gern spottete wie er den bestechlichen Adel und den arroganten Klerus vorführte. Der buchstäblich den Spiegel vorhielt, in dem ein jeder seine Schwächen und Eitelkeiten deutlich zu sehen bekommt.

Warum interessiert sie sich für die Goldsteinsche Büchersammlung, warum steht sie in diesem Raum, verloren, an einem der letzten hellen Herbsttage des Jahres? Seine Ehefrau, ihre Freundin, hat ihr die Erlaubnis gegeben, sich in dem Zimmer umzusehen, hat sogar ausdrücklich darum gebeten, in seinem Nachlass zu forschen. Es gibt Dinge zu klären. Denn Raphael-Maria Goldstein ist zu diesem Zeitpunkt schon seit drei Monaten tot. Er kann keine Antworten mehr geben. Im Sommer ist er gestorben. „Nach kurzer, schwerer Krankheit", wie es in Traueranzeigen heißt. Eine Formulierung, die etwas Tröstliches in sich birgt. Kein langes Leid. Eher schneller Prozess. Schrecklich für die Hinterbliebenen; weniger schlimm – vielleicht – für den Sterbenden.

Und so steht sie nun in dem dunklen kühlen Zimmer, das sein Bewohner nie betreten hat. Jedenfalls nicht in einem mit seinen Möbeln und Habseligkeiten ausgestatten Zustand. Der Monate zuvor geplante Umzug fand statt, als er schon schwer erkrankt im Krankenhaus lag. Noch voller Hoffnung, später einmal in der neuen weitläufigen Wohnung mit dem herrlichen Garten wieder zu Kräften kommen zu können. Als die schreckliche Diagnose noch nicht bekannt, die Zukunft noch eine Option war. Nun soll sie in diesen vier Wänden, in dieser Einhausung der Trauer, nach der Wahrheit suchen. In seinen Dokumenten, seinen Fotos, seinen Notizen, seinen Büchern. Sie ist Journalistin und hat einen Rechercheauftrag.

Welche Wahrheit sucht sie? Würde man Goldstein fragen, würde er in zynischem Ton von einer faktisch belegbaren Wahrheit sprechen. Er hat sie gehasst oder besser: Er hat dieses Insistieren auf Dokumente gehasst, weil dann nur wahr sein könne, was man Schwarz auf Weiß besäße. Wie sehr er das kannte: die skeptischen Blicke, die Irritation beim Gegenüber, das aufkommende Gefühl von Ungemütlichkeit, wenn er über seine Herkunft sprach. Wobei er oft genug auch auf eine genau gegenteilige Reaktion stieß. Tränenreiches Mitleid, überschwängliche Begeisterung oder stumme Bewunderung. Er hatte das alles schon erlebt. Auch das Drängen von Weggefährten, all das doch einmal niederzuschreiben. Er hatte es immer weit von sich gewiesen. Schreiben könne er nicht, das sei nicht sein Talent, hatte er immer gesagt. Doch dann, etwa ein Jahr zuvor, mitten in der Pandemie, hatte er sich hingesetzt und seine Memoiren geschrieben. Nicht zuletzt, weil seine Frau ihn bestärkt hatte. Sah sie doch eine Art Therapie, eine Erlösung für sein Seelenleid in dem Schreibprozess, der dabei helfen könne, all die abrupten Lebenswendungen, Hoffnungen, Enttäuschungen und schicksalshaften Begegnungen endlich zu verarbeiten. Seine Frau hatte schon lange gespürt, dass etwas von ihm Macht ergriffen hatte, eine Melancholie, eine Trostlosigkeit, die sein Leben immer mehr verdunkelte. Wie eine riesengroße Wolke, die über ihm verharrte und sich einfach nicht verziehen wollte. Er hatte jeden Tag eine Seite geschrieben. Ganz konsequent. Mit über 70 Jahren sei es an der Zeit, habe er gesagt. Aber dann fehlte doch die Zeit.

Nun hält sie, die Besucherin, gut hundert Seiten Manuskriptpapier in den Händen, während ihr Blick weiter durch sein Zimmer wandert. Eine schwere, überladen wirkende Kristallvase scheint das fragile Tischlein, auf dem sie steht, fast unter der Last kollabieren zu lassen. Ein ungewöhnlicher Einrichtungsgegenstand im Zimmer eines Menschen, der Design und Eleganz zu schätzen wusste. Irritierend und störend in diesem Setting. Wie ein Fremdkörper.

Ihr Blick wandert zurück zu seinen Büchern, zu den Buchrücken, in der Hoffnung auf eine unerwartete Erkenntnis. Auf der Zugfahrt nach Köln hatte sie sein Manuskript gelesen. Er hatte keine Autobiografie im klassischen Sinne verfasst, eher Fragmente seiner Erinnerungen zusammengetragen. Es erforderte Konzentration, seinen Sprüngen über Epochen und Erzählebenen zu folgen. Aber sie gewöhnte sich schnell an seinen rhapsodischen Stil, denn sie kannte seine Geschichte; er selbst hatte sie ihr vor ein paar Jahren erzählt. So ließen sich die Lücken, die er aufriss und nicht zu füllen vermochte, mit dem von ihr selbst Erinnerten schließen.

Das Buchprojekt, das er von seiner Seite ohnehin als abgeschlossen sah – Belege erschienen ihm entbehrlich –, war in der Pipeline steckengeblieben. Bis zum Schluss seines Lebens, als er nicht einmal mehr sprechen und nur noch schriftlich per iPad kommunizieren konnte, hatte er auf Veröffentlichung gedrängt. Noch an seinem Todestag hatte er die Verlegerin an sein Krankenbett geladen. Dann starb er. Niemand hatte damit gerechnet, dass es so schnell passieren würde.

Seine Frau wollte ihr Versprechen, das Buch publizieren zu

lassen, nicht brechen. Es gebe so wenig, was sie ihm in seinen letzten Tagen noch zusichern konnte. Eine jüdische Bestattung, die Veröffentlichung seines Buches. Nur: Ohne Hilfe gehe das nicht. Der Verlag wolle seine Herkommens- und Lebensgeschichte nicht im reinen Glauben an seine Erinnerungen veröffentlichen. Da solle es etwas geben, er hatte selbst versichert, er habe da noch einiges, er müsse nur suchen. Eine Adoptionsurkunde, Briefe seiner jüdischen Mutter. Oder vielleicht könne man Zeitzeugen auftreiben, die seine Erzählungen stützten, eventuell sogar anreicherten. Sie selbst fühle sich dazu nicht in der Lage. Zu überbordend sei noch die Trauer, als dass sie sich zu diesem Zeitpunkt in sein dokumentarisches Innerstes trauen, in seinen Hinterlassenschaften wühlen könnte wie ein Buchantiquar, der bei der Haushaltsauflösung systematisch die Schätze vom unverkäuflichen Schund trennt.

Jemand anderes solle diese Aufgabe übernehmen, auf die Suche gehen, den schweren antiken Schrank öffnen, die Aktenordner finden, Dokumente, Briefe und Verträge, eine Kladde mit Presseberichten, eine flache Schachtel mit alten Fotos, die kargen schriftlichen Überbleibsel seines bewegten Lebens, seine „zurückgelassenen Spuren", also genau die Belege für seine außerordentliche Lebensgeschichte voller Brüche und Brechungen beibringen, die er immer für überflüssig gehalten hatte.

Sie als Schulfreundin seiner Frau hatte Raphael-Maria Goldstein Jahre zuvor kennengelernt und wusste um seine Lebensgeschichte. Sie sieht ihn wieder vor sich, wie er bei einem Besuch mit eingesunkenen Schultern vor ihr saß, die Hände im Schoß gefaltet. Gänzlich unaufgeregt erzählte er in knappen Worten von seiner Herkunft. Unfall, Koma, Adoption. Er war so voller Contenance, während sie es kaum fassen konnte. Und als sei das alles nichts, eröffnete er ihr, er sei der Halbbruder von Anne Frank. Was für eine tragische Familiengeschichte! Sie fühlte sich erschlagen von dieser Neuigkeit. Aus der Ferne vernahm sie die helle Stimme seiner Frau, ihrer Schulfreundin: „Unglaublich, nicht?! Der Mann steckt voller Überraschungen."

Dennoch: All ihre Fragen, die ihr auf der Zunge brannten, war sie nicht losgeworden. Raphael winkte damals ab, als wäre es ihm unangenehm, sie mit dieser persönlichen Familienhistorie zu langweilen. Er könne sich ja lediglich auf die Aussage seiner Mutter beziehen. Otto Frank habe die Vaterschaft nicht wirklich zugegeben. Und er selbst wolle keinerlei Gewinn oder Ruhm aus seinen verwandtschaftlichen Beziehungen ziehen; er wolle einfach nur um seine Wurzeln wissen.

Und nun ist er tot und sie soll dafür sorgen, dass sein Erinnerungs-Buch erscheinen kann. Sie mutet sich seltsam vorbestimmt an, ihre neue Aufgabe. Als ob von langer Hand geplant gewesen sei, dass sie eine Aufgabe bei diesem Projekt übernimmt. In seinen letzten Lebenswochen, in dem es ihm Tag für Tag schlechter ging, in denen sie regelmäßig mit seiner Frau telefonierte, hatte sie ihm immer wieder ausrichten lassen, er müsse sich keine Sorgen machen. Sie werde alles tun, sich beim Verlag für die Veröffentlichung seines Buches zu verwenden. Sie wollte dem Unglück, dass über ihn und seine Ehefrau in Form dieser hässlichen, unheilbaren Krankheit eingebrochen war, ein Stück Gewicht abtrotzen. Wenigstens solle er von dieser Welt gehen können in dem Wissen, dass seine Lebensgeschichte nicht mit ihm sterben würde.

„Gewinn und Verlust" hatte er das erste Kapitel seines Manuskriptes überschrieben und von einem Szenario erzählt, das fast schon hellseherisch auf seine letzten Lebenswochen hinwies. Auf diese Endphase, als er an eine Beatmungsmaschine angeschlossen, oft ohne Bewusstsein und dann wieder völlig klaren Blickes und ungetrübter Wahrnehmung, sich seiner grausamen Situation bewusst war, bald sterben zu müssen. Es würde keine Heilung geben. Sein Lebensende vor Augen. Ihr war ein Schauer über den Rücken gelaufen, als sie den Anfang seiner Memoiren gelesen hatte. Als ob er es beim Schreiben schon hatte kommen sehen. Dabei schildert er eine Situation aus dem Jahr 1978. Der schwere Unfall …

Erste Geräusche an meinem Ohr – fremdartig, dass ich sie nicht zuordnen kann: Pfeifen, Surren, gleichmäßiges Stöhnen, rhythmische Schreie, befehlende Ansagen, wieder schrilles Pfeifen und Surren. Ich erkenne nicht, woher das kommt. Jemand ruft. Offensichtlich ist es an mich gerichtet.

„Ich werde nicht enden und sagen: Meine Gedichte sind schlecht. Ich werde Gedanken tragen als Knecht. Ich werde sie niemals meistern und doch nicht ruhen. Soll mich der Wunsch begeistern: Es besser zu tun."

Ein Publikum lauscht vergnügt Gedichten von Ringelnatz.

Nacht ohne Dach. Nacht mit Lichtern. Ein Café. Ein Garten am Rande der Stadt, wo jeder Gegenstand die Seele von Dichtern hat. Versöhnende Hilflosigkeit. Dann wieder Stimmen um mich, Stimmen, die aus der Ferne fragen, ob ich sie hören kann. Aus welcher Richtung?

Weitere Kreise werden sichtbar, Erinnerungen an eine Tankstelle, an ein Seepferdchen.

„Wie war das wonnig, wunderbar unter Wasser zu schweben. In den träumenden Fluten wogte, wie Güte, das Haar der zierlichsten aller Seestuten, die meine Geliebte war."

Und wieder Stimmen und Fragen. Behutsames leichtes Rütteln. Wohlwollende Gesichter, die mich besorgt anschauen und immer wieder ansprechen. Langsam erkenne ich die Quelle der Lichter, der rhythmischen Geräusche und Töne. Da sind Geräte um mich herum.

Musik, klassische Musik – wohl Händel oder Bach? – Wie Spielvorrichtungen, wie in einem Spielsalon wirken diese Geräte um mich.

Gewinn oder Verlust, das ist die Frage, Leben oder Sterben?

Später erfahre ich, dass ich mich seit drei Monaten im Koma befunden, dass ich einen schweren Verkehrsunfall überlebt habe und mit viel Glück auf der Seite des Lebens verbleiben werde. Ich sehe Bilder doppelt, sie verbinden sich mit den Klängen von Bach. Er bleibt mein Begleiter während dieser Zeit. Bachs Air aus der 3. Orchestersuite hat mich hinübergleiten lassen zurück ins reale Leben.

Neue Fragen entstehen und türmen sich in meinem Kopf. Ich erkenne meine Mutter, meinen Vater, einen Arzt, dessen Stimme mir vertraut ist. Man sagt mir, dass ich einen doppelseitigen Schädelbasisbruch erlitten habe, mit verschiedenen Brüchen, mit Sehstörungen, Erinnerungslücken, Einschränkungen der Bewegungen.

Es ist der Herbst 1978, es treibt mich als Rezitator durchs Land, mit vielen Programmen an zahlreichen Kleintheatern, auch im „Packhaus“ Bremen mit meiner Bühnen-Partnerin, der Schauspielerin Gisela Uhlen. An diesem Abend lesen wir mit Erfolg aus einem Ringelnatz-Programm. Danach muss ich mich beeilen, meine Rückreise anzutreten, da die nächste Rezitation am nächsten Tag in Köln auf mich wartet: „Fraternisieren verboten – Texte von Franzisco Tanzer“. Diese Rückfahrt überlebe ich nur knapp. Sie beschert mir eine Lebenspause von drei Monaten.

Von meinem Unfall habe ich nur die Erinnerung an einen Aufprall. Man sagt mir, dass ich auf der Autobahn ungebremst in einen mit Eisenröhren beladenen LKW hineingerast bin. Ich erwachte unter großen Schmerzen auf der Intensivstation eines Krankenhauses – danach fiel ich in ein tiefes Loch. Ich kann nur schauen, denken. So vergehen Wochen um Wochen.

Erstaunlich: Meine Eltern können mir kein Blut spenden. Da Blutkonserven nur bedingt haltbar sind, hat man Vorsorge treffen wollen und meine Eltern vergeblich als Spender angefragt. Als mir dies zugetragen wird, finde ich dafür keine Erklärung. Es löst bei mir merkwürdige Ängste aus: Warum haben sie ihre Blutgruppe nicht an mich vererbt? Ich frage bei den Ärzten nach, und man erklärt mir, eine solch fehlende Übereinstimmung der Blutgruppe zwischen beiden Eltern und ihren Kindern sei nicht möglich. Solange ich im Krankenhaus bleiben muss, bleibt dieses Rätsel ungelöst. Nach einem halben Jahr werde ich halbwegs gesund entlassen und begebe mich in die Obhut meiner besorgten Eltern. Nie zuvor scheine ich mit mehr Aufmerksamkeit und Sorge bedacht worden zu sein, als jetzt nach meinem Aufenthalt im Krankenhaus. Mich lässt die Frage nach den abweichenden Blutgruppen nicht mehr los – Unterlagen machen mir deutlich, dass ich nicht von meinen Eltern abstamme, sondern dass ich als dreijähriges Kind von einer holländischen Mutter über das holländische Rote Kreuz in Pflege gegeben worden bin. Nach meinen körperlichen Verletzungen kommen nun gedankliche und seelische Verletzungen hinzu. Verstehen kann ich nur wenig.

Mir wird klar, warum ich mich in meiner Familie immer fremd gefühlt habe, warum in unseren Biografien so unterschiedliche Schwerpunkte und Bedürfnisse vorrangig waren. Eine gemeinsame Sprache hatten meine Eltern, meine Geschwister und ich nie gefunden, auch weil es in der Familie niemals die Notwendigkeit gegeben hatte, viele Worte zu verlieren. Auch der Antrieb für meine schauspielerische Arbeit wurde mir nun ersichtlich.

Als dreijähriges Kind bin ich in Pflege genommen worden. Daran kann ich mich nicht erinnern. Mit sechs Jahren, als ich eingeschult wurde, habe ich den deutschen Familiennamen und die nordischen Vornamen Norbert und Hans endgültig durch Adoption übernommen – und damit auch den allgegenwärtigen Leistungsdruck innerhalb der Familie. Schließlich ist der Vater Präsident eines berühmten Schwimm-Clubs, der Bruder Wasserball-Nationalspieler und ich daneben, fast Nichtschwimmer, wasserscheu und immer angetrieben, über meinen Mut hinaus von irgendwelchen Sprungtürmen aus 10 Metern Höhe ins Wasser zu springen. Früh habe ich die Panik kennengelernt, über die eigenen Verhältnisse handeln zu müssen, und stelle nun für mich fest, dass die empfundene Fremdheit nur zu logisch ist.

Mit fast dreißig Jahren entdecke ich die Wahrheit meiner Herkunft und bin fast froh um diese Wahrheit. Auch den Namen der Frau, die mich geboren hat, erfahre ich. Sie steht mit voller Adresse und mit ihrem Namen in meinen Unterlagen: Esther Goldstein, Jüdin, Auschwitz-Überlebende, wohnhaft Amsterdam, Mercatorstraat. Name und Adresse hätte ich nie erfahren, wenn ich nicht zunächst nur in Pflege gekommen wäre. Auch stelle ich fest, dass meine deutsche Mutter regelmäßig Kontakt zu meiner leiblichen Mutter gehalten und dass mein Vater sie finanziell unterstützt hat.

So erfahre ich nun meinen ursprünglichen Vor- und Nachnamen: Raphael-Maria Goldstein. Ich entschließe mich, diesen Namen wieder anzunehmen und mich damit meiner niederländischen Mutter verbunden zu zeigen. Mehr als den Namen kann ich nicht in Erfahrung bringen, denn gemäß den Gesetzen und Verfügungen der damaligen Zeit erhält man keine weiteren Informationen zum Ablauf und Hintergrund der Adoption. So halten es auch meine deutschen Eltern. Sie wollen keine unnötigen Rechtfertigungen und Diskussionen entfachen. „Was ich nicht weiß, existiert und beunruhigt nicht." Von nun an soll ich alleine mit meiner neuen Wahrheit zurechtkommen.

Meine Mutter Esther

Ich will meine niederländische Mutter kennenlernen. Zunächst versuche ich, ihr zu schreiben, dass ich zu ihr kommen möchte. Nahezu zehn Mal zerreiße ich meinen Briefentwurf und wähle schließlich eine sehr sachliche Variante. Sie hat all die Jahre von mir keine direkte Nachricht erhalten, war nur darauf angewiesen, von meinen deutschen Eltern etwas über mein

Leben zu erfahren. Sie versteht wohl Deutsch und kann es auch sprechen, wie mir meine deutschen Eltern beiläufig zu verstehen geben.

Ich weiß nicht, wie ich sie anreden soll – fremd ist sie und weit entfernt. Aber ich überwinde meine Scheu und schreibe etwas förmlich:

Sehr geehrte, liebe Esther,

ich habe viel hin und her gedacht und schließlich zehn Briefe zerrissen, um immer wieder neu zu beginnen. Aber wie soll man nach so einem Leben beginnen?

Ich nenne mich so, wie Du mich genannt hast: Raphael-Maria, Dein Sohn, von Dir geboren am 26.2.1949 in Amsterdam, aber dort nicht aufgewachsen. Heute ist der 23. September 1979, mehr als 30 Jahre nach meiner Geburt, und ich habe mich entschlossen, mich dauerhaft so zu nennen. Ich weiß um diesen Namen von meinen deutschen Eltern, die mir einen anderen Namen gaben: Norbert – ein sehr nordischer Name. Sie haben sich sicherlich etwas dabei gedacht und über meinen jetzigen Namen Raphael-Maria sollten wir sprechen, wenn ich Dich in Amsterdam besuche. Wann darf ich kommen?

Ich hoffe sehr, dass meine Verwirrtheit bis dahin nachgelassen hat und ich dann vieles von Dir erfahren kann. Viele Fragen habe ich natürlich, denn ich bin in den letzten Jahren sehr mit mir und meinem Leben beschäftigt gewesen. Da ist vieles durcheinander geraten. Gib mir bitte ein Zeichen und eine Telefonnummer. Ich rufe Dich dann an. Und wann ist Dir ein Besuch recht? Gern würde ich Dich anrufen, um Deine

Stimme zu hören. Aber ich halte mich zurück und hoffe auf unsere erste Begegnung. Bis dahin warte ich voll Ungeduld und bleibe gespannt.

Alle lieben Grüße
von Deinem Sohn Raphael-Maria

Sie schreibt zurück. Ihr fehlen wohl die Worte, dieser Situation gerecht zu werden.

Nach und nach werde ich Dir von meinem Leben berichten. Nur so viel vorab: Über Auschwitz werde ich Dir nicht viel erzählen, auch nicht über Deinen Vater.

Herzliche Grüße
Deine ungarisch-niederländische Mutter
Deine Esther

Diesen sehr kurzen und fast schroffen Brief halte ich in den Händen, als sei er nicht an mich gerichtet. Mit steiler Handschrift schreibt sie mir. Jeder Buchstabe wirkt wie ein Ausrufezeichen, so als wolle sie es endgültig hinter sich bringen. Ich weiß nicht, wie ich reagieren soll. Ich spüre nur Enttäuschung und lasse den Brief zunächst fast noch ungeöffnet auf meinem Schreibtisch liegen.

Warum will sie nicht aus ihrem Leben, aus dem sie fast ausgelöscht wurde, berichten? Und warum will sie mir die so wichtige Frage nicht beantworten, wer mein Vater ist? Wie und wo hat sie gelebt? Wer sind oder waren meine Großeltern? Aus welchem Grund hat sie mich aus ihrem Leben verbannt? Um damit ihre Vergangenheit auszulöschen?

Ich werde zu ihr nach Amsterdam reisen. Ich möchte ihr so begegnen, als wäre dies eine neue Buchseite in meinem Leben. Es könnte der Beginn einer völligen Veränderung meines Lebens sein – ohne Groll und Vorverurteilung – so hoffe ich. Zunehmend stiller und ruhiger werde ich auf meiner Reise, fast kann man auch sagen: stolzer.

Es ist der 4. Oktober 1979, als ich zum ersten Mal bewusst meiner leiblichen Mutter begegne.

Eine leere, fast trostlose Straße – rote Fassadensteine, winzige Reihenhäuser, kleine Fenster, alte dahinhuschende Menschen, nichts Großzügiges, offensichtlich eine Siedlung der Bedürftigen. Starker Kamindunst, qualmende Kamine und auf den Dächern viele Fernsehantennen. Die schrille Schelle hat etwas Aufdringliches. Es dauert lange, bis sich die Tür öffnet. Links unter einer kleinen Deckenlampe steht eine kleine Frau in dunkler Kleidung, nicht in großer Erwartung, nicht überschwänglich, eher lauernd, bedrängt, ängstlich. Eine sonderbare erste Begegnung nach 30 Jahren – entgegen allen Hoffnungen und Erwartungen.

„Esther Goldstein?“

Ein tonloses „Ja!“

Sie spricht deutsch, nicht niederländisch oder gar ungarisch. Ich hatte mir vorgestellt, dass sie die deutsche Sprache vielleicht vermeiden möchte. Erst in diesem Moment wird mir bewusst, dass ich keinen Plan habe für den Fall, dass sie tatsächlich eine mir fremde Sprache spricht, schließlich hat sie mir geschrieben, dass sie Ungarin ist, aber seit vielen Jahren in Amsterdam wohne. Viel mehr Informationen habe ich nicht, ich habe mir einiges zurechtreimen müssen. Sie behandelte mich, als wäre ich der Vertreter der Amsterdamer Stromgesellschaft, freundlich, distanziert, nicht überschwänglich, aber neugierig. Wie soll ich mit den Erwartungen und Gedanken umgehen, die sich bei mir in den letzten Tagen aufgebaut haben?

Mit kleinen Gesten bedeutet sie mir einzutreten – in einen Flur mit spärlicher Beleuchtung. Diese Wohnung wirkt fast wie aus Vorkriegszeiten, nicht sonderlich einladend und einnehmend, eher funktional, dunkel. Wir betreten ihren Wohnraum mit einigen Sitzmöbeln und einem kleinen Tisch. Sie setzt sich auf einen Stuhl mit Armlehnen und bittet mich, auf einem gegenüberstehenden sehr weich gepolsterten Sofa Platz zu nehmen. Vor mir steht schon eine Tasse für den Tee, den sie vorbereitet hat, auch ein wenig Gebäck ist aufgetragen, dann schauen wir uns lange in die Augen und wissen nicht, wie wir beginnen sollen.

Plötzlich erhebt sich meine niederländische Mutter und spricht meinen Namen mit feierlicher Stimme aus: „Raphael-Maria“. Dann erneut mit tränenerstickter Stimme: „Raphael-Maria, mein Kind.“ Jetzt weint sie, nennt immer wieder meinen Namen, teils fragend: „Raphael-Maria?“ Ob sie mich auch in Zukunft Raphael-Maria nennen wird? Wir einigen uns darauf, dass ich sie Esther und sie mich bei meinem richtigen Vornamen ansprechen wird.

Es hat alle Kraft gebraucht, um dieser Situation gerecht zu werden. Erst jetzt fällt mir auf, dass ich mein Gastgeschenk noch nicht übergeben habe: Ein Foto, das mich im Alter von etwa vier Jahren zeigt. Sie betrachtet das Bild zuerst schweigend, dann wiederholt sie wieder mehrmals meinen Namen. Nun eher bestätigend: „Dann wollen wir Tee trinken."

Ich habe mir Notizen mit Fragen vorbereitet. Alles scheint in diesem Moment unwichtig, doch die zentralen Fragen stelle ich doch: Was hatte sie dazu bewogen, mich in die Obhut des niederländischen Roten Kreuzes zu geben? Was empfand sie, als sie mich später zur Adoption freigab? In welcher Verbindung steht sie zu meinen Adoptiveltern, die mir so fremd geblieben sind?

Esther erzählt mir, dass sie von meinen deutschen Eltern unterstützt worden ist. So gab es neben der „Wiedergutmachung" seitens des deutschen Staates auch noch einen weiteren Versuch eines finanziellen Ausgleichs für die erlittene Qual und Unmenschlichkeit in Auschwitz. Wie hat sie das alles nur aushalten können? Fast bin ich erleichtert zu wissen, dass ich von Menschen abstamme, die unter den Deutschen haben leiden müssen. Schon in den frühen Jahren meiner Berufsfindung habe ich Deutschland so schnell wie möglich verlassen wollen und bin in die Schweiz gegangen.

Ständig schießen verwirrende Gedanken ein, „wer und was bin ich?" Meine Identität hat wohl großen Schaden genommen – aber ich habe mir durch die Schauspielerei die Möglichkeit geschafften, in andere Figuren schlüpfen zu können, mich in diese hineinzuversetzen.

Am nächsten Morgen will ich einen weiteren Versuch starten, mich meiner niederländischen Mutter anzunähern. Wie verabredet fahre ich erneut in die Mercatorstraat. Gespannt, was der Tag bringen wird. Esther ist nun sehr viel gesprächiger als am Tag zuvor. Ich stelle viele weitere Fragen, auch die nach meinem Vater. Da blickt sie mich mit erschrockenen Augen an und versucht, die Antwort zu umgehen. Wir weichen auf andere Themen aus und unterhalten uns lange über ihre Scherenschnitt-Arbeiten. Ich bekomme sogar einige ihrer Kunstwerke zu sehen.

Über meinen Vater möchte sie nicht sprechen, erklärt sie mir, zu sehr habe er sie verletzt. Es sei auch nur eine kurze Zeit des Zusammenseins gewesen. Er habe Ende 1948, nach etwa einem halben Jahr, die Beziehung plötzlich aufgegeben und sie in ihrer großen Not alleingelassen. Er sei in Amsterdam Geschäftsmann gewesen und vor dem Krieg mit seiner Frau und seinen beiden Töchtern aus Frankfurt auf der Flucht vor den Nazis nach Amsterdam gekommen. Meine direkte Frage, wer denn nun mein Vater gewesen sei und wie er heiße, lässt sie nach wie vor unbeantwortet. Nach meinem Hinweis, es sei schließlich mein gutes Recht, den Namen meines echten Vaters zu erfahren, muss ich ihr hoch und heilig versprechen, seinen Namen für mich zu behalten und ihn auf gar keinen Fall aufzusuchen. Er lebe seit 1953 in der Schweiz und habe erneut geheiratet. Sein Name sei Otto Frank, er wisse nichts von meiner Existenz und solle es auch nicht wissen.

Es macht den Anschein, als habe sie eine große unüberwindbare Wut in sich. Zu sehr hatte sie wohl auf diese Verbindung gebaut. Neben den ohnehin vielen Schicksalsschlägen war der Verlust dieses Mannes für sie kaum noch zu ertragen. Deswegen hat sie wohl mit allem gebrochen, was ihn betraf, mit ihm als Partner, Vater, Lebensgefährten, Freund. Sie will auf keinen Fall mehr über diese Beziehung erzählen und bittet mich nochmals eindringlich, jeden Kontakt zu meiden.

Esther ist ungarische Jüdin und Otto Frank deutscher Jude aus Frankfurt. Mir wird bewusst, dass ich durch meine Mutter und auch durch den leiblichen Vater ein Volljude bin. Aufgewachsen war ich in einem streng katholischen Haus mit allen dem Glauben entsprechenden Gewohnheiten, Verpflichtungen und Riten. Wie ich mit dieser neuen Tatsache, mit dieser neuen Identität umgehen soll, ist mir völlig unklar. Zu wenig weiß ich vom Judentum. Ich verstehe nur, dass ich mich ab jetzt damit beschäftigen muss.

Meine niederländische Mutter spricht zwar Deutsch, jedoch nutzt sie viele Begriffe, die ich als fremd und entrückt wahrnehme. Vielleicht macht das die Fremdheit aus, die ich ihr gegenüber empfinde?

Trotz meines Versprechens, keinen Kontakt in die Schweiz aufzunehmen, entschließe ich mich nach einiger Zeit, doch die Reise dorthin anzutreten. Ich will nicht hinnehmen, dass meine niederländische Mutter einfach so über mich bestimmt.

Mein Vater Otto

Sehr geehrter Herr Otto Frank,

meine leibliche Mutter Esther Goldstein lernte ich erst vor kurzer Zeit im Alter von dreißig Jahren in Amsterdam persönlich kennen, und sie nannte mir auf die Frage, wer denn mein Vater sei, sehr verhalten und verzögert Ihren Namen. Auch bat sie mich, Sie nicht zu kontaktieren und von einer Begegnung abzusehen. Leider kann ich ihrem Wunsch nicht nachkommen und erbitte mir einen Termin von Ihnen in Birsfelden. Gern würde ich Sie aufsuchen und bitte um eine kurze Nachricht über nachfolgende Adresse an meine Adoptivmutter Franziska.

Ich würde mich über eine baldige Antwort sehr freuen.

Mit freundlichen Grüßen

Raphael-Maria Goldstein

Birsfelden, Schweiz

Ich gehe langsamen Schrittes auf das Haus zu, in dem Otto Frank wohnt. Beklommen, aber auch voller Erwartungen. Ich zweifle nicht daran, Otto Franks Sohn zu sein, die nüchterne und sachliche Art meiner Mutter hat mich überzeugt, dass sie die Wahrheit spricht. Ich hoffe so sehr, dass mein Vater hier und heute zu seinem Sohn stehen kann. Auf dem kurzen Treppenaufgang bis zur Tür wird mir übel und schwindelig. Trotzdem klingle ich mutig an der Tür und warte. Erst beim zweiten Klingeln höre ich Geräusche, offensichtlich kommt jemand die Innentreppe herunter. Mir wird geöffnet und eine Frau – ist es seine Ehefrau? – fragt mich wenig erstaunt, wer ich bin. Offensichtlich haben sie, Otto Frank und seine Ehefrau Elfriede, meinen Brief erhalten. Frau Frank fragt weiter, was mich zu ihnen führe. Mit leicht gestemmter Stimme bittet sie mich einzutreten – ohne weitere Antworten abzuwarten.

Nun erblicke ich auch Otto Frank, der aus einer der Türen im Flur erscheint und mich argwöhnisch betrachtet. Entsprechend des sommerlichen Klimas sind beide eher luftig gekleidet. Als Gastgeschenk überreiche ich ein Bändchen der für meine Theatertourneen vorbereiteten Gedichte von Joachim Ringelnatz. Ich berichte, dass ich mit der Schauspielerin Gisela Uhlen eine Serie literarischer Kleinkunst in diversen Theatern plane, so auch in Verscio im Tessin im „Teatro Dimitri". Auf dem Wege dorthin nähme ich jetzt die Gelegenheit wahr, diesen Besuch bei ihnen zu machen. Es sei mir nicht leichtgefallen.

Wir betreten den Wohnraum, der – fast wie im Theater – vorbereitet scheint. Sie bitten mich, auf einem altertümlich anmutenden Stuhl mit Armlehnen Platz zu nehmen. Rechts neben mir steht ein kleiner runder Beistelltisch, darauf eine Teetasse. Gegenüber sind zwei gleiche Stühle arrangiert, auf denen Otto Frank und seine Ehefrau Elfriede Platz nehmen. Zunächst wird allseitig Tee eingeschenkt, was die stummen Minuten überbrücken hilft. Um ein unverfängliches Thema anzuschneiden, erzähle ich, dass ich beabsichtige, an der „Scuola Dimitri" zu unterrichten. Weiter deute ich an, dass ich vor nicht langer

Zeit ein Haus, ein Rustico, in Ligurien gekauft habe, und es mir großen Spaß bereite, dieses wiederherzustellen. Das bedeute auch, dass ich häufiger den Weg durch die Schweiz nehmen müsse. Nun ergreift seine Frau Elfriede die Initiative und fragt mich direkt, was der Hauptgrund meiner Reise nach Birsfelden sei. Mein Brief sei sehr verwirrend gewesen. Um es von vornherein klarzustellen, Otto Frank habe sie geheiratet. Sie würden sich seit vielen Jahren kennen und die Behauptung meiner Mutter Esther Goldstein sei aus der Luft gegriffen. Ende 1948 sei Otto mit der Wahrnehmung persönlicher Dinge beschäftigt gewesen, sie selber wisse von einer einzigen weiteren Beziehung zur Katholikin Charlotte Kaletta, die zuvor mit Fritz Pfeffer verlobt gewesen wäre und die sich nach dessen Tod im KZ Neuengamme neu orientiert habe. Von einer Esther Goldstein sei nie die Rede gewesen.

Eine eigenwillige und kühle Atmosphäre umgibt uns nach dieser harsch vorgetragenen Information. Erstaunlich ist das Schweigen von Otto Frank, der steif und mit nach vorn geschobenen Schultern vor mir sitzt. Er ist ein eher großer Mann, aber seine Haltung wirkt gebrochen. Beide sitzen nebeneinander, wie eine zum Kampf bereite Gemeinschaft, die sich gegen die Welt wehren muss. Mir scheint, seine Zurückhaltung ist vorher verabredet worden und die Rollen sind klar verteilt: Sie redet, er schweigt. Er – mein Vater Otto – macht einen fast teilnahmslosen Eindruck, stumm, wortlos, ausdruckslos, lethargisch sitzt er da neben seiner Frau. Wenn er was zu sagen versucht, wird er von ihr mit einer abrupten Handbewegung daran gehindert.

Kurz: Er macht neben ihr keinen souveränen Eindruck. Die Situation scheint ihn zu überfordern. Er kämpft um seine Haltung und Entschlussfähigkeit. Später werde ich in Erfahrung bringen, dass seine zweite Verehelichung am 10. November 1953 für ihn eine schwere Entscheidung darstellte. Mir ist klar, seine Ehefrau kämpft in dieser Situation der Gegenüberstellung um ihren eigenen Status, denn auch sie hat in Auschwitz ihre Familie verloren.

Ich fühle mich hilflos. Es ist noch nicht so lange her, dass ich durch meinen Unfall plötzlich in eine völlig neue Lebenssituation katapultiert wurde. Da ist die Frage nach meinem echten Vater nur eine von vielen unbeantworteten Fragen. Wie vor einem Tribunal sitze ich vor Otto Frank, der sich nicht entschließen kann, zu mir zu stehen, und vor seiner Frau, die ohne Unterlass redet, um mir am Ende harsche Fragen zu stellen: „Und wie stellen Sie sich das vor?“, „Sie sind jetzt Ottos Sohn!?“, „Wer soll das glauben?“

Vorgestellt hatte ich mir eine ruhige und sachliche Begegnung. Ich hatte mich auf ein Gespräch mit meinem Vater Otto vorbereitet, aber nicht mit seiner Frau Elfriede. Ich will ihr kein Leid zufügen, bin fast dazu geneigt, mein Bedauern auszudrücken und zu gehen, werde dann aber von einer Art Wut ergriffen: „Das ist die Wahrheit meiner Mutter, die mir alles genau so berichtet hat. Sie hat keinen Grund, mir die Unwahrheit zu sagen. Sie sagte mir, Otto Frank sei mein Vater, und bat mich, ihn nicht damit zu bedrängen, ihn nicht in der Schweiz aufzusuchen und meiner eigenen Wege zu gehen.“

Ich erkläre ihnen, dass ich erwarte, Herr Frank werde eine eigenständige Meinung vertreten, und bitte ihn, mir etwas zu der Offenbarung meiner Mutter zu sagen.

Kein Wort von ihm. Ich frage ihn schließlich direkt: „Hatten Sie zu meiner Mutter im Jahr 1948 eine Beziehung? Könnten Sie sich vorstellen, dass ich Ihr Sohn bin?"

Otto Frank sitzt nur mit zusammengedrückten Schultern da und schweigt weiter. Er ringt nach Worten und bekommt schließlich nur die Frage heraus, ob ich noch eine Tasse Tee wünsche. Überrascht und gereizt verneine ich, was wiederum Herrn Frank dazu bringt, die Stimmung etwas zu besänftigen. Er bittet mich um Verständnis für seine Frau und versucht, das Thema auf meine Mutter Esther zu lenken, die er kenne, jedoch über die Jahre völlig auf den Augen verloren habe. Ich erzähle von meiner Begegnung mit ihr in Amsterdam und von meinen Schwierigkeiten mit dieser völlig neuen Lebenssituation.

Ich erzähle, dass ich erst jetzt, nach meinem Unfall, erfahren hätte, dass ich mit drei Jahren in die deutsche Pflegefamilie gekommen und später mit sechs Jahren adoptiert worden sei, da meine Amsterdamer Mutter wohl wegen ihrer starken körperlichen und seelischen Einschränkungen mich nicht habe bei sich behalten können. Auch habe sie nicht mehr in ihrem erlernten Beruf des Scherenschneidens arbeiten können. Kurz, sie habe mich nicht ernähren können. Sie sei von meinen deutschen Eltern all die Jahre finanziell unterstützt worden und lebe sonst von der Wiedergutmachung für Auschwitzüberlebende.

Ich sei, nachdem ich sie in Amsterdam kennengelernt habe, nun auf der Suche nach meinem Vater. Sie habe mir gesagt, dass dies Otto Frank sei, der Vater der durch ihr Tagebuch bekannt gewordenen Anne Frank. Mir sei bewusst, wie schwierig es für ihn und seine Frau sei, mich hier jetzt sitzen zu sehen und meine Geschichte anzuhören, die bis zu meinem 30. Lebensjahr einen völlig anderen Verlauf genommen habe und nun ihr Leben durchkreuze.

Seine Frau Elfriede übernimmt den Part der Entscheidung. Sie erkundigt sich nach der genauen Adresse meiner Mutter in Amsterdam. Die Ankündigung einer Kontaktaufnahme mit Esther Goldstein bewirkt fast eine Art Schock in mir. Ich habe ihr doch mein Versprechen gegeben, keinen Kontakt zu meinem Vater zu suchen. Nun stecke ich in einer Situation, die mich völlig ratlos macht. Ich weise noch einmal mit Nachdruck darauf hin, wie sehr mich meine Mutter gebeten hat, den Kontakt nicht aufzunehmen, und hoffe auf Verständnis. Dann verabschiede ich mich schnell, um weiteren Fragen von Otto Frank und seiner Frau Elfriede aus dem Weg zu gehen. Augenscheinlich sind sie zufrieden mit dem Ergebnis dieses Gespräches.

Sowie ich ins Auto steige, erfasst mich eine unbeschreibliche Wut. Ich habe nicht erwartet, dass ich nach all den Schwierigkeiten meiner bisherigen dreißig Lebensjahre nun an einem Punkt stehen könnte, wo ich derart um meine Identität ringen muss. Ist dies der Mann, der durch seine Tochter Anne so berühmt geworden ist? Könnte ich ihn mir als Vater vorstellen? Diesen ängstlichen Mann, der weltweit höchste Achtung und

Aufmerksamkeit erfährt?

Nach diesem ersten Treffen entschließe ich mich wenige Wochen später, erneut einen Versuch zu starten, ein klärendes Gespräch unter veränderten Bedingungen zu führen. Auf gut Glück fahre ich erneut in die Buchenstraße nach Birsfelden, dieses Mal jedoch, ohne mich schriftlich anzukündigen, mit heruntergeschraubten Erwartungen und besserer Einstellung. Es ist fraglich, ob ich überhaupt jemanden antreffen werde. Ich möchte Herrn Frank fragen, ob er bereit ist, ein erbbiologisches Gutachten von sich erstellen zu lassen, um die Frage der Vaterschaft zu klären.

Ich schelle, und tatsächlich öffnet Otto Frank die Tür. Überrascht, mich zu sehen. Ich bitte, unter vier Augen mit ihm sprechen zu dürfen. Er tritt mir freundlich entgegen, ohne jede Aggression, scheint fast erfreut, mich so bald wiederzusehen. Er entschuldigt sich, dass seine Frau nicht im Hause sei, und bittet mich einzutreten. Ich nehme Platz in dem mir bekannten Raum, stelle aber fest, dass die Möbel jetzt anders positioniert sind. Wir nehmen im Winkel zueinander Platz und betrachten uns intensiv und prüfend.

Jetzt wirkt er auf mich großgewachsen und stattlich, mit freundlicher, erheblich festerer und entschlossenerer Stimme als bei der ersten Begegnung. Er fragt mich, was er für mich tun könne. Ich erkläre ihm, dass es mir große Schwierigkeiten bereitet, seine Haltung einzuordnen, insbesondere vor dem Hintergrund beider Schicksale. Er könne sich doch möglicherweise sogar glücklich schätzen, einen Sohn zu haben. Daher verstünde ich sein Verhalten nicht. Ich sei sein und

Esther Goldsteins Sohn, das habe meine Mutter mir so gesagt. Ich könne das nicht anzweifeln. Er lerne einen Sohn kennen, der sein eigenes Leben gestalten und füllen wolle, ohne sich auf eine Halbschwester Anne zu berufen, die mit ihrem tragisch kurzen Leben eine bekannte Persönlichkeit geworden sei. Ich würde durchaus Ähnlichkeiten mit und Verbindungen zu ihr spüren, nicht nur, weil sie dem Theater so sehr verbunden war. Fast bin ich stolz, es so auf den Punkt gebracht zu haben.

Am Ende dieses Gespräches begleitet mich Otto Frank bis an die Haustür und verblüfft mich mit einer Umarmung zur Verabschiedung, bittet mich, kurze Zeit zu warten, verschwindet kurz in einem anderen Zimmer und kehrt mit einem Bankscheck zurück. Er umarmt mich nochmals, sagt, er könne nichts weiter für mich tun. Er duzt mich nun: „Warte bitte!“ Mit dieser Bitte und den Worten „Grüße Esther von mir!“ scheint er mich und meine Herkunft akzeptiert zu haben.

Voller Genugtuung setze ich meine Reise fort – auch dieses Mal ins Tessin – und bin über seine Zugänglichkeit und Herzlichkeit nachgerade beschwingt. Bei der nächsten Gelegenheit stoppe ich, um mich zu erholen, erblicke nun eine neue Perspektive vor mir. Dass er Esther hat grüßen und mich nicht hat stehen lassen, scheint für mich in diesem Moment ein neuer Wendepunkt meiner Existenz zu sein. Ich freue mich darauf, jetzt regelmäßig ins Tessin fahren zu können. Otto Franks Scheck über 2000 Schweizer Franken löse ich bald ein, zu groß sind die finanziellen Verpflichtungen, die ich während meines monatelangen Krankenhausaufenthaltes nicht angemessen habe bedienen können.

Aus heutiger Sicht und nach meinen jetzigen Erfahrungen würde ich diese Geldsumme anders nutzen. Ich habe nie in Erfahrung bringen können, wofür er mir das Geld geben wollte. Viele sagen, es wäre Schweigegeld, doch diesen Verdacht konnte ich nie teilen. Ich denke noch heute, er wollte mir etwas schenken. Er wirkte auf mich sehr zerbrechlich, traurig und getrieben. Seine Frau versuchte, die Situation erträglich zu machen. War es in den letzten Jahren doch eher ein Leben, das er für seine verstorbene Tochter Anne lebte.

Nach dieser zweiten, nun erfreulicheren Begegnung mit Otto Frank in Birsfelden fuhr ich regelmäßig zu meine Mutter Esther nach Amsterdam, erzählte ihr aber nie von meinen Besuchen bei Otto, der kurz nach unseren Gesprächen am 19. August 1980 in Birsfelden verstarb. Leider hatte sich nicht ergeben, unseren Kontakt zu vertiefen. Zufällig las ich am 25.8.1980 im „Spiegel" den kurzen Nachruf: „Letzten Mittwoch starb Otto Frank, der seit 1952 in der Schweiz lebt, in Basel. Als einziger seiner Familie der KZ-Hölle von Auschwitz entronnen, widmete sich der Frankfurter Kaufmann nach der Befreiung dem Vermächtnis seiner Tochter: dem vom 14. Juni 1942 bis zur Verschleppung nach Bergen-Belsen im August 1944 in einem Hinterhaus der Amsterdamer Prinsengracht geschriebenen ‚Tagebuch der Anne Frank' – auch heute noch ausdrücklichste Erinnerung an die Judenverfolgung der Nationalsozialisten (...)."

Durch seinen Tod hatten meine Bemühungen um die persönliche Anerkennung seiner Vaterschaft leider ein Ende.

Das Schweigen

Am 11. November 1982 starb auch meine niederländische Mutter in Amsterdam. Wenigstens zu ihr hatte ich in ihren letzten Jahren wenn auch unregelmäßigen Kontakt. Mit ihr zu reden war nicht immer einfach, zumal sie nicht besonders mitteilsam war und auch nicht sein wollte. Jedoch konnte ich immer spüren, dass ihr Kopf zum Bersten gefüllt war mit Dingen, die sie mir mitteilen wollte. Aber sie hatte bewusst eine Sperre zwischen uns aufgebaut. Das machte unsere Gespräche sehr anstrengend. Immer gab ich das Thema vor. Ich bezog mich stets auf das, was ich vor Ort spontan entwickelte, um keinen Leerlauf, keine Stille oder gar peinliches Schweigen entstehen zu lassen.

Manchmal stand ich kurz vor dem Entschluss, den Kontakt endgültig zu beenden. Ihre unausgesprochene Last war so spürbar und für mich kaum zu ertragen. Aus Verlegenheit fragte ich nach Erinnerungen, die sie noch an mich hatte, denn schließlich war ich drei Jahre meines Lebens in ihrer Obhut gewesen. Ob sie noch alte Fotos von uns habe, die sie mir überlassen könne, da ich von ihr nichts besaß. Sie bat mich, eine Schublade in einem dunklen Holzschrank zu öffnen, auf dem eine offene Glasvitrine aufgesetzt war, in der ein paar Gläser, Teller und sonstige Habseligkeiten verteilt waren.

Mit einigem Kraftaufwand konnte ich die Schublade öffnen. Zum Vorschein kam ein altes Kinderbesteck, das sie noch aus alter Zeit behalten hatte, eine kindgerechte Gabel sowie ein kleiner und großer Löffel aus Silber, versehen mit üppigen Verzierungen. Ich möge darauf gut aufpassen, es habe eine lange Geschichte. Ich freute mich, dass sie aus meiner frühesten Kinderzeit eine derartige Reliquie aufbewahrt hatte. Zum ersten Mal hatte ich Gegenstände in Händen, die mit mir direkt zu tun hatten. Das silberne Besteck stand im krassen Gegensatz zu der ärmlichen Wohnung und zu den einfachen Möbeln, die von keiner guten Vergangenheit zeugten.

Zu welcher Gelegenheit hatte sie es für mich angeschafft? Hatte ich es je genutzt? Konnte sie mir etwas über meine ersten drei Lebensjahre erzählen? Hatte Otto Frank etwas mit diesen Reliquien zu tun? Ich drängte darauf, mehr über mich zu erfahren, auch von ihrer Familie in Ungarn, von ihren Eltern, die ja auch meine Großeltern waren. Gab es Verwandte? Fragen über Fragen, aber keine Antworten. Gerne hätte ich mich auf die Suche nach Verwandten und Familienmitgliedern begeben, und ich bedaure heute sehr, dass ich nicht eindringlicher und konsequenter, vielleicht auch geschickter vorgegangen bin, mehr von meiner Mutter aus Amsterdam zu erfahren.

Esther hatte zu dieser Zeit kein Telefon, ich konnte sie nicht einfach anrufen, mich spontan melden oder ihr ganz einfach einen „Guten Morgen“ wünschen. In dieser Zeit gab es Briefe, die ich regelmäßig an sie schickte, aber – wenig Antwort. Etwa zehn Mal war ich zu Besuch bei ihr, doch es blieb der Eindruck, dass sie ihre Erinnerung lieber für sich behalten und mit ins Grab nehmen wollte. Während unserer mühsamen Treffen nahm ich mich zunehmend zurück. Keinesfalls wollte ich ihr nahetreten oder sie gar bedrängen. Sie schwieg in gleichem Maße, wie sie mich seinerzeit davon hatte abhalten wollen, Otto Frank sprechen zu wollen. Zunehmend verkapselte sie ihre Geheimnisse und gab nichts mehr preis.

Seit dieser Zeit trage ich dieses Kinderbesteck tatsächlich wie ein Heiligtum durch die Welt. Eine weitere Reliquie, ein Kinder-Holzschuh, gelangte später in meinen Besitz. Es gab wohl nur diesen einen – der zweite tauchte nie auf. Der Schuh steht auf meinem Schreibtisch, gefüllt mit Stiften und Füllfederhaltern. Grundsätzliche Fragen zu Esthers Familie wurden von ihr nie konkret beantwortet.

Esther Goldstein wurde im Jahr 1982 66 Jahre alt und war seit ihrer Rückkehr aus Auschwitz sehr krank. Mit 33 Jahren hatte sie mich 1949 geboren und mich aus der Not heraus zur Pflege und Adoption freigegeben. 1982, kurz nachdem ich sie noch einmal besucht hatte, starb sie. Ich selbst war zum Zeitpunkt ihres Todes nicht in Amsterdam und erfuhr nach meiner Erinnerung die Nachricht über das Rote Kreuz. Sie wollte in Israel begraben werden. Leider hatte ich keine Gelegenheit und auch nicht das formale Recht, ihrem Wunsch mit Nachdruck nachzugehen. Und so wurde sie auf dem jüdischen Friedhof in Amsterdam bestattet, wohl um später nach Israel überführt zu werden.

Einige weitere Habseligkeiten sind nunmehr in meinem Besitz, etwa eine Kristallvase, die ich seit vielen Jahren von Wohnung zu Wohnung trage, und eine Uhr, deren Werk leider nicht mehr funktioniert.

Die Vase, der Holzschuh. Sie hatte die Dinge sofort erspäht, als sie das Zimmer betrat. Das angelaufene silberne Kinderbesteck hatte ihr die Ehefrau zuvor schon gezeigt. Sakrosankt seien sie ihm gewesen, diese letzten Erinnerungen an seine Mutter Esther. Trotz seiner mannigfachen Umzüge, er selbst beziffert sie auf mehr als 50, hätten diese Hinterlassenschaften ihn an jeden Wohnort, an jede Lebensstation begleitet. Obwohl so vieles andere verloren gegangen sei.

Die Journalistin ist guter Dinge, die Briefe von Esther und vielleicht sogar von Otto auch zu finden. Schließlich zitiert Raphael den ersten kurzen Brief seiner Mutter. Otto Frank und seine Ehefrau Fritzi hatten ihn damals im Frühsommer 1980 offenkundig erwartet, also könnte ein Antwortbrief, eine Nachricht über einen Termin existieren. Genau diese Beweise will sie ans Tageslicht bringen.

Seltsam, dass er seine eigenen Briefe, die er seinen Eltern schrieb und die er in seinem Text zitiert, aufbewahrte. Man macht doch keine Kopie von einem privat verschickten Brief! Das ist eher ein geschäftliches Gebaren, wo unter Umständen genau belegt werden muss, wann man sich mit wem und in welchem Wortlaut über eine Angelegenheit ausgetauscht hat. Da geht es um Einhalten von Fristen, um Formulierungen. Nicht, dass da noch einer käme und sagte „Das haben wir nie so vereinbart!“ Aber in der Korrespondenz mit Familie und Freunden empfindet sie derartige Kopien schon als recht unüblich. Das war ihr beim Lesen seines Buchtextes sofort aufgefallen.

Raphael entstammte dieser Generation, die lange vor Einführung des PC sozialisiert worden ist. Und in einem bildungsbürgerlich geprägten Unternehmerhaushalt, in dem er aufgewachsen war, mag es gute Sitte gewesen sein, auch persönliche Briefe mit Durchschlag zu schreiben und abzuheften. Sie erinnert sich an dieses klassische durchsichtige Durchschlagpapier. Wie früher mit geschickter Hand ein dünnes Papierbündel, bestehend aus Schreibpapier, sogenanntem Kohlepapier zum „Durchpauschen" und fludderigem Durchschlagpapier, in die Rolle der Schreibmaschine eingedreht wurde. Auf diese Weise wurde das Geschriebene in einem Arbeitsgang auf das hauchdünne Papier übertragen. Damals galt das als hochmoderne Technik, state of the art in den 1950er und -60er Jahren. Max Frisch etwa bewahrte eine Durchschrift seiner Briefe an Ingeborg Bachmann auf.

Sie wendet sich wieder den prall gefüllten Bücher-Kuben zu. Das Regal ist in quadratische Fächer eingeteilt; wie in einer Bibliothek stehen thematisch zusammengehörende Titel beieinander. Hinter- und übereinander geschoben lagern in mehreren Fächern die Bücher über Auschwitz, Bergen-Belsen oder von KZ-Überlebenden geschriebene Erfahrungsberichte. Ob in einem davon auch die Geschichte von Esther Goldstein erzählt, ob sie erwähnt wurde? War seine monothematische Lektüre ein Suchen nach der Bestätigung ihrer Geschichte?

Er selbst zeichnet ein nahezu ätherisches Bild seiner Mutter, deren schweres Schicksal sich in Luft aufzulösen schien, sobald sie mit der realen Welt in Kontakt kam. Stark flüchtig und leicht entzündlich, verletzlich zugleich, wie es ätherische Stoffe an sich haben. Raphaels Scheu, sie konkret zu befragen, ihr nahe zu kommen, ist nur allzu verständlich. Eine am Schicksal verstummte Frau. Einer Frau, der nach ihrem Tod nicht mehr nahzukommen war.

Das Rote Kreuz habe sie in Amsterdam begraben, schreibt

er. Eine spätere Überführung nach Israel sei geplant gewesen. Dabei meint sie sich felsenfest zu erinnern, er habe ihr einmal erzählt, er selbst habe den Sarg seiner Mutter seinerzeit nach Israel begleitet. Eine Grabstätte bei Jerusalem hatte er genannt. Spontan fällt ihr der Ölberg ein, an dessen Fuß die expressionistische Dichterin Else Lasker-Schüler begraben liegt. Ein schmaler Gedichtband von ihr klemmt zwischen Kleist und Strindberg in seinem Regal. Daher kommt die geistige Verbindung, die sie selbst überrascht. Es ist, als ob diese Bücherwand ein Assoziations-Feuerwerk in ihr entzündet.

Wieso schweigt er über die Überführung von Esthers Leichnam in seinem Buch? Weil er diesen Teil der Geschichte erfunden hat, flüstert ihr die Stimme im Kopf. Um sich als Sohn gut darzustellen, der den letzten Wunsch seiner Mutter unter Aufbringung aller Kräfte und Mittel erfüllt hat. Er war ein Geschichtenerzähler und wusste um eine gute Pointe. Da war es unpassend, an der Goldwaage zu stehen. Wichtig war dabei, seine Zuhörer bei Laune zu halten. Sie für sich zu gewinnen. Ihre Aufmerksamkeit und Anteilnahme zu bekommen. Das konnte er. Dafür mochten sie ihn. Auch wenn er es mit der Wahrheit hier und da nicht so genau nahm.

Sie muss sich schütteln, den Zweifel nachgerade mit einer körperlichen Bewegung abwehren. Seit sie diesen Rechercheauftrag angenommen hat, hat sich etwas verändert. Als sie nur Freundin seiner Ehefrau war, voller Empathie für den sympathischen, anekdotenreichen und zugleich schicksalsgebeutelten Mann, da gab es keinen Argwohn, keinen Missklang. Doch nun hat sie einen Auftrag, der von ihr nichts weniger verlangt als zu versuchen, die Wahrheit zu ermitteln.

Der Ausgangspunkt ihrer Arbeit, der sie an diesen Ort in Köln geführt hat, ist der Zweifel. Ein vom Verlag geäußerter

Zweifel an der phantastischen Lebensgeschichte des Raphael-Maria Goldstein. Keine Beschuldigung oder Unterstellung. Er selbst wollte Nachweise beibringen, sein Tod hat das vereitelt. Aber natürlich stellt nicht jede Ausschmückung oder erfundene Volte die Gesamtheit der Erzählung in Frage. Das sind lässliche Sünden eines kreativen Geistes. Wer einmal lügt, dem glaubt man nicht? Das wäre zu einfach.

Und kann es nicht durchaus auch sein, dass seine leibliche Mutter Esther die Aufschneiderin in dem ganzen Spiel war? Dass sie sich vor ihrem Sohn produzierte mit einem erfundenen oder erträumten Kindsvater? Sie hat den Holocaust überlebt, da muss man sich nicht mit falschen Vaterschaftsangaben wichtigmachen. Dieses Schicksal ist durchdrungen von unfassbarem Schmerz. Wie könnte sie urteilen, was eine Frau wie Esther Goldstein bewegt haben mag. Allein der Gedanke treibt ihr die Schamesröte ins Gesicht.

Aber wer ist diese längst verstorbene jüdische Frau, der selbst ihr Sohn nicht nahe zu kommen vermochte?

Esther Goldstein war zerstört und ohne notwendige finanzielle Sicherheit aus Auschwitz nach Amsterdam gelangt. Auch die deutsche sogenannte Wiedergutmachung konnte nicht darüber hinwegtäuschen, dass viele Auschwitz-Überlebende für den Rest ihres Lebens kaum in der Lage waren, wieder in ein geregeltes Leben zurückzufinden.

Nach drei Selektionen, nach dauerhafter Angst um ihr eigenes Leben, nach allen Entbehrungen und Entmenschlichungen, nach einer Kraftanstrengung, sich wieder in das alte Leben einfügen zu wollen, war es die emotionale Last der zerbrochenen Beziehung zu Otto, die Esther dazu brachte, sich vollends aufzugeben. Sie starb vereinsamt. All die Jahre wusste sie um meine Person, wurde regelmäßig in Kenntnis gesetzt, wusste auch um meinen schweren Unfall und war wohl völlig überfordert, mich plötzlich in Amsterdam zu treffen.

Ich glaube heute zu verstehen, was sie dazu brachte, mir abzuverlangen, keinen Kontakt zu meinem Vater zu suchen. Vielleicht war es für sie besser, mich als Kind nur aus der Ferne zu erleben. Vielleicht hatte ich Glück, als Kind nicht mit der Zerrissenheit meiner leiblichen Mutter umgehen zu müssen. Ich wäre in gleichem Maße implodiert und letztlich nicht fähig gewesen, mein Leben mit allen mir möglichen Perspektiven zu leben.

Ich hatte sie mal gefragt, ob sie sich in Auschwitz auch an positive Momente erinnere. Sie nannte mir einen Namen, den ich zuvor nie gehört hatte: Die Violinistin

Alma Rosé, die in Auschwitz das sogenannte Mädchen-Orchester geleitet hatte. Ich weiß nicht, wie sie sich begegnet sind, doch Esther sprach von ihrer Würde. Sie habe sich mit der SS-Oberaufseherin und Leiterin des Frauenlagers in Birkenau Maria Mandl irgendwie ins Benehmen gesetzt und deren Musikbegeisterung zu nutzen gewusst, um ein Orchester aufzubauen. Das Mädchenorchester musste in sehr vielen Situationen aufspielen, so bei den Ein- und Ausmärschen der Arbeitskolonnen und zur Unterhaltung der SS-Schergen. Die Oberaufseherin Maria Mandl sei sehr brutal gewesen. Die Förderung des Orchesters hätte ihre Brutalität nicht gemindert. Leider sei Alma Rosé, eine Nichte von Gustav Mahler, 1944 an einer Vergiftung verstorben.

Sonst hat mir meine Mutter Esther wenig erzählt. Viele Personen mit derartigen Traumata haben zu ihrer späten Zeit geradezu einen Erzähldruck entwickelt, jedoch war es bei ihr genau gegenteilig: Sie wollte nichts preisgeben, von ihrem Leben insgesamt, aber auch nicht über ihre Erfahrungen, Verletzungen und Enttäuschungen. Stattdessen fragte sie mich, was ich beruflich machte, wo ich jetzt leben würde, alleine oder in Partnerschaft. Irgendwann äußerte sie, falls ich je eine Tochter haben würde, könnte sie Milena heißen. Eine Freundin aus ihrer Kindheit habe diesen Vornamen getragen. Esther hatte sie aus den Augen verloren, aber dann hätten sie sich einmal in Auschwitz wiedergesehen. Danach niemals wieder.

Die Wiedergutmachung

Zu Lebzeiten war Esther von meinen deutschen Eltern monatlich mit einem Geldbetrag finanziert worden. Sie haben nie über diese Zuwendung gesprochen. Ich hatte jedoch den Eindruck, dass hier eine besondere Schuld der Anlass war. Die Arbeit der Maschinenfabrik väterlicherseits galt während des Krieges als „kriegswichtig“ und schützte folglich alle Beteiligten vor Kriegsdiensten. Vielleicht spielte auch der Geburtsort meiner deutschen Mutter eine Rolle: Hadamar, der Ort, der bis heute mit der dortigen Tötungsanstalt der Nazis in Verbindung steht.

Nach dem Krieg war es wohl zwischen den deutschen Eltern besprochen, sich an den Aufwendungen der Wiedergutmachung zu beteiligen. Sie wandten sich an das Rote Kreuz und wurden in die Niederlande und an Esther Goldstein vermittelt, die als NS-Verfolgte Anspruch auf eine Wiedergutmachung hätte. Da meiner leiblichen Mutter der staatliche Betrag nicht zum Lebensunterhalt reichte, wurde er von den damaligen Pflegeeltern aufgestockt. Das war auch der Grund, weshalb ich seinerzeit überhaupt die Adresse in Amsterdam und die Umstände meiner Adoption in Erfahrung bringen konnte. Meiner Erinnerung nach wohnte Esther damals in der Mercatorstraat; jedoch hatte sie sich dort nie offiziell gemeldet, wie ich später bei Nachforschungen erfuhr. Wie sie über Jahre ohne Meldebestätigung dort unentdeckt leben konnte, war ein Rätsel. Es mag wohl sinnbildlich für den Nebel und die Flüchtigkeit ihrer Existenz gestanden haben.

Bis heute und jetzt erlebe ich späte Konsequenzen.

Ich hatte kein geordnetes Elternhaus, auf das ich hätte zurückschauen und reagieren können. Esther Goldstein war nicht in der Lage, mich als ihr Kind zu ernähren oder mir später ein Vorbild zu sein. Zu schwerwiegend waren ihre seelischen Zerstörungen. Dann mein leiblicher Vater mit seinen Erlebnissen und Erfahrungen. Haben sich die traumatischen Erfahrungen der leiblichen Eltern auch auf mich übertragen?

Sie wird sich immer gewisser, dass Raphael zu den Menschen gehörte, die ihr eigenes Leben in Büchern zu ergründen suchen. Ein Blick auf sein Regal scheint ihre Annahme zu bestätigen. Gustav Mahlers Nichte, Alma Rosé, die Violinistin – ganz oben links hat ihre Biografie in Raphaels Regal ihren Platz.

Recht abgegriffen und vergilbt steht nicht weit daneben ein schmales Taschenbuch, der 1955 erschienene Roman „Wenn nur der Sperber nicht kommt" von Marie Mathi. Der sepiafarbene Einband, eine Reproduktion eines Ölbildes, vermutlich eine Ansicht von Hadamar, hat sie hineinlesen lassen: „Wie ein Nest in der Astgabel liegt das Städtchen zwischen den Hügeln", schreibt die in Hadamar geborene Schriftstellerin. „... Es hat einen seltsamen Namen, einen bemerkenswerten, voll dunkler Melancholie. Die Glocke der Totenkirche ruft ihn jeden Abend...: Ha-da-mar, Ha-da-mar ..."

Hadamar, die kleine Stadt im Westerwald, war Geburtsstadt von Raphaels Adoptivmutter Franziska. Die dort von den Nazis installierte Tötungsanstalt, über die Marie Mathi berichtet, lag in Sichtweite von Raphael-Maria Goldsteins Adoptiv-Großelternhaus. Von 1941 bis 1945 wurden dort von den Nationalsozialisten etwa 14.500 Menschen mit Behinderungen und psychischen Erkrankungen durch tödliche Injektionen und Medikationen, durch vorsätzliches Verhungernlassen und in Gaskammern ermordet.

Raphael erzählte stets mit Grusel von den Aufenthalten bei diesen Großeltern in Hadamar. Oft sei er in seiner Kindheit mit den Adoptivgeschwistern und der Duisburger Mutter dort zu Gast gewesen, ganze Ferien hätten sie dort verbracht. An diesem Ort, an dem der Horror des Erlebten in den 1950er Jahren noch sehr präsent gewesen sein muss. Liest sie nun von der Melancholie, die diese Stadt im Westerwald umgab, ahnt sie, in welchem Umfeld das Kind, das damals Norbert hieß – Norbert Hans Burger – aufgewachsen war.

An meine ersten Lebensjahre kann ich mich nicht erinnern, Bruchstücke dieser Zeit, auch Personen und Situationen, die eine Erinnerung ermöglichen, sind mir nicht gegenwärtig. Diese Jahre scheinen wie ausgelöscht.

Am 26.2.1949 wurde ich in Amsterdam als Kind jüdischer Eltern geboren. Als schwieriges Pflegekind kam ich im Alter von drei Jahren in eine Familie, die ihre Kinder streng nach dem katholischen Glauben erzog. Dem Zeitgeist entsprechend wurden mir alle Umstände meiner Herkunft verschwiegen.

In der Familie herrschte eine angespannte Atmosphäre. Wir Kinder musste zahlreiche Grundsätze und Regeln beachten. Der Hausherr und Familienvorstand, mein Adoptivvater, hatte eine Firma von seinem Vater geerbt, die offensichtlich nur mit großer Mühe und großem Aufwand rentabel gehalten werden konnte. Während der Kriegszeit war diese Firma mit ihren Produkten als besonders kriegswichtig angesehen worden und hatte so überleben können. In der Zeit nach 1945 wurde aufgebaut und repariert, was in den Häfen in Deutschland nicht mehr nutzbar war: Greifer, Kräne, Brücken, alles, was mit Eisen zu tun hatte. Offensichtlich aber waren die Erträge und Verdienstmöglichkeiten aus der Firma nicht ausreichend, so dass gelegentlich die Mutter mit Hand anlegen musste. Sie half im Büro aus, machte Fahrdienste, stand dem Familienvorstand stets zur Verfügung.

Diese Firma prägte den familiären Tagesablauf bis in jedes Gespräch bei Tisch. Der Hausherr als Oberhaupt der Familie sprach nicht viel über Dinge des alltäglichen Lebens. Themen und Probleme der Kinder, beispielsweise Schulleistungen, interessierten ihn wenig und blieben in der Regel vom Tischgespräch ausgespart. Sie waren die Angelegenheit der Mutter. Er war dafür zu beschäftigt. Frühmorgens verließ er das Haus und wurde von seiner Frau in den Betrieb gefahren. Er hatte ein Augenleiden und konnte folglich selbst kein Auto fahren. Stets war er deshalb auf Hilfe anderer, insbesondere auf die seiner Frau angewiesen. Sie erbrachte diese Dienstleistungen ohne Murren und Anspruch.

Er war häufig wütend, insbesondere auf die politischen Verhältnisse. Er hatte das typische Verhalten eines Patriarchen, dem zu widersprechen sich nicht lohnte. Schnell wurde er lautstark und ungehalten. Mit ihm zu diskutieren war sehr mühselig. Besser brachte man sich in Deckung, als sich seinen oft rechthaberischen Monologen auszusetzen. Nie habe ich eine konstruktive Diskussion zum Vorteil aller erlebt. Er war ein Mann, der Leistung über alles hob, der sich nicht über etwas einfach freuen oder auf etwas stolz sein konnte. In seinen Monologen redete nur er mit durchdringender Stimme, trug Halbwissen mit umso mehr Eindringlichkeit vor. Gegenreden wurden als unangemessen und unnötig empfunden. Regelmäßig gab es Streit, der in dem Abbruch zum Beispiel des Abendessens gipfelte. Am schlimmsten war es, wenn das Thema auf die aktuelle Politik zu sprechen kam. Die Stimme wurde lauter, die

Gestik zu einem Drama größter Theatralik. Alle übrigen Anwesenden zogen es vor, zu schweigen und die Reden über sich ergehen zu lassen. Auch erinnere ich mich an einen Rohrstock, der bei Tisch dazu genutzt wurde, die Sitzhaltung der Kinder während des Essens zu verbessern. Ich kann mich an kein Gespräch erinnern, das die Vergangenheit der Familie zum Thema gehabt hätte. Ein einziger Onkel wurde erwähnt (übrigens hatte er den gleichen Vornamen wie ich: Norbert), der wohl Zahnarzt und SS-Mann gewesen sei.

Über allem schwebte die katholische Kirche mit ihrer Gnadenlosigkeit. Priester wurden grundsätzlich für tadellos befunden und zu Instanzen erhoben. Nicht selten kam der eine oder andere Priester ins Haus und wurde in das Erziehungsvorhaben der Familie einbezogen. So besuchte jedes Kind eine katholische Volksschule, anschließend ein katholisches altsprachlich-humanistisches Gymnasium.

1955, mit 6 Jahren, wurde ich durch Adoption in das Familienleben gänzlich integriert, ob ich nun hineinpasste oder nicht. Als Mitglied der Familie erhielt ich – meist zu Weihnachten – die neuesten Ausgaben von Gebetsbüchern und wurde zum Ministrieren in die Kirche geschickt. Immer fühlte ich mich fremd und anders. Schließlich stammte ich – so weiß ich es heute – aus einer völlig anderen Welt.

Ich erhielt den Vornamen Norbert nach dem Vorbild des heiligen Norbert von Xanten. Regelmäßig fuhr die Familie in den Dom zu Xanten, um seine dort aufbewahrten Reliquien zu betrachten – grausam erscheinende Knochenstücke, die ich wegen meines Namens besonders in Ehren halten sollte. Zu allem Überfluss hieß ich nun mit zweitem Vornamen Hans, also die Abkürzung von Johannes, nach dem Vor- und Rufnamen des Familienoberhauptes, so als ob der erste „heilige" Vorname nicht gereicht hätte. Wenigstens hatte ich viel später die Gelegenheit, meinen Geburtsnamen Raphael-Maria Goldstein wieder zu übernehmen. Er war mir viel passender.

Während dieser Jahre schien alles sehr streng geordnet und geregelt. Alle familiären Freundschaften stammten aus katholischen Kreisen, meist Selbständige, die stolz ihr Unternehmertum zelebrierten. Auch waren alle Bekannten und Freunde des Hauses dem Schwimmsport zugeneigt. Gespräche mündeten entweder bei Themen der Schule, des Schwimmens und der katholischen Kirche. Bei größeren Festen konnte man immer die gleichen Menschen antreffen, die sich mehr in Konkurrenz zueinander befanden, als sich freundschaftlich zu fördern. Auch die jeweiligen Kinder standen in Konkurrenz zueinander, gerne wurden die Schulzensuren verglichen.

Der Standesdünkel schottete die Familie von den Nachbarn ab, die nur einfache Menschen sein wollten und auch waren. Besonders wichtig war es, nach außen hin Haltung zu bewahren. Insbesondere Fremden gegenüber wurde stets so getan, als sei alles in bester Ordnung – sowohl nach innen wie auch nach außen. Ich erinnere mich an einen Lastwagen mit Anhänger voll mit Kartoffeln zum Einkellern. So konnte man zeigen, wer man war und wozu man fähig war.

Der Hausherr rauchte im Gegensatz zu einigen nervösen Zigarettenrauchern natürlich Zigarren – wenn auch nicht die besonders teuren und guten dieser Zeit. Man umgab sich mit technischen Errungenschaften wie einer vollautomatischen Waschmaschine, einem Auto für die Hausherrin, einem Plattenspieler und den dazu gehörenden Opernplatten, mit Textbüchern, um der vernommenen Oper lesend mit verzücktem Gesicht zu folgen. Abendstunden mit Hochkultur.

Der Schwimmsport war in der Familie an oberste Stelle gesetzt. Jeden Dienstag wurden die Kinder aus der Nachbarschaft in Gruppen zum Schwimmbad gebracht. Letztendlich wurde der Hausherr auch noch zum Präsidenten eines Schwimmklubs erwählt. Die Übernahme eines ganzen Schwimmbades mit Sonnenliegen und Freizeitangeboten waren die Folge, und täglich wurde die Hausherrin mobilisiert, den Hausherrn zu diesem Schwimmbad zu begleiten. Dort hielt er – wenn auch sehr eingeschränkt – Hof und traf dort erneut seine Freunde aus der katholischen Kirche. Die Gesprächsthemen blieben die gleichen. Themen wie Tod oder körperliche Einschränkungen wären vielleicht notwendig gewesen, doch hatte ich immer den Eindruck vorgetäuschten ewigen Lebens, gespeist aus der Fülle der Geschäfte und unbegrenzten Kraftreserven. Wenn jemand starb, war das ein Versehen des Schicksals, das nicht im Programm vorgesehen war.

Meine deutsche Mutter war eine stille, zurückhaltende Frau, die beobachtend und eher strategisch vorging. Sie kam aus Hadamar, einem berüchtigten Ort der Euthanasie in NS-Zeiten im hessischen Westerwald. Ihr Vater war Schreiner und Restaurator, ihre Mutter hatte viele Jahre versucht, eine Gastwirtschaft auf die Beine zu stellen. In Hadamar wohnte die Familie mit zwei Töchtern und einem Sohn auf dem so genannten Herzenberg mit der berühmten Wallfahrtskirche, in der vier Herzen der nassauischen Fürsten beigesetzt sind. Gleich gegenüber, auf dem Mönchsberg, war die Tötungsanstalt der Nazis angesiedelt.

In Hadamar wurden während der NS-Zeit Behinderte und psychisch Kranke regelmäßig ermordet und verbrannt. Kilometerweit sah und roch man den Rauch der verbrannten Leichen. Viele der Bewohner Hadamars wussten um die Vorgänge. Ich kann mich an Berichte über Hilfsversuche meines Großvaters erinnern, der einige Insassen der „Heil- und Pflegeanstalt" in seinen Betrieb zum Aufräumen übernahm, um sie vor den Ermordungen zu schützen. In Hadamar hatte es viele Juden gegeben, von denen meine deutsche Mutter später regelmäßig erzählte. Es gab Schulfreunde und Schulfreundinnen, die plötzlich abgeholt wurden und die man niemals wiedergesehen hat.

Noch Jahre später berichtete sie vom Gestank, der sich über Hadamar ausbreitete. Ich selbst konnte mir als Kind nicht vorstellen, wie eine Vergasung stattfinden konnte, und war immer der Meinung, dass ein Gasherd, wie er in unserer Küche stand, zur Tötung herhalten musste. Auch die Warnungen, immer das Gas am Herd auszudrehen, erregten bei mir stets den grausamen Beigedanken an diese Tötungen.

Das kleine Haus der deutschen Großeltern war verwinkelt, man konnte die Zimmer nur über Treppen erreichen, die im Winter vereist und gefährlich waren.

Ich erinnere mich, dass bei Besuchen im tiefen Winter immer wieder die Wasserleitung eingefroren war und das Waschen zur großen Qual machte. Das Aufstehen, das Verlassen des Bettes war dann eine große Mutprobe für mich. Im Frühjahr kam die Hausschildkröte zum Vorschein, die im Herbst des Vorjahrs in den Winterschlaf gesunken war. Dann war große Freude, dass die Schildkröte noch unter den Lebenden weilte und zunehmend vitaler wurde.

Die Geschichten dieser beiden deutschen Großeltern waren unheimlich, ungewöhnlich und angsteinflößend, sowohl die unrealistischen und überzogenen des Großvaters, als auch die mystischen, unglaubwürdigen der deutschen Großmutter. Die Großmutter war eine eher trübsinnige Frau mit Hang zur Melancholie. Sie war sehr religiös und konnte stundenlang über Therese von Konnersreuth berichten, die mit den Stigmata Jesu versehen war und sehr verehrt wurde. Sie erzählte mir von unheimlichen Begegnungen auf dem Herzenberg, wo in der Nacht von Karfreitag auf Ostersamstag auf Sitzbänken vor der Kapelle graue Gestalten gesessen hätten – in gedrungener Haltung, betend, klagend und leidend. Damit war ich völlig überfordert und bekam nächtliche Albträume, zumal ich extrem empfänglich für diese Art von Erzählungen war, die meine Phantasie und skurrile Gedanken in Gang setzten.

Der Großvater war ein verschwiegener Mann mit großen Geheimnissen. Ich erinnere mich an manche Geschichte, die er mir aus dem Stand erzählte, erfundene Geschichten, die nicht der Wahrheit entsprechen konnten, aber immer spannend waren und lange nachwirkten. Der Großvater versuchte, sich mit mehr oder weniger Geschick über die Zeit zu retten, führte ein Leben ohne Höhepunkte und Pläne.

Leider – so wurde mir berichtet – waren diese Großeltern kein glückliches Ehepaar. Aber weil sie verheiratet waren, galten sie in diesen Zeiten als auf immer verbunden. Sie waren ein Ehepaar ohne Freude am Leben, aber mit hoher moralischer Verpflichtung. Aus dieser Familie entstammte meine deutsche Mutter, ebenfalls zum Trübsinn neigend. Das übertrug sich auch auf die Kinder der Familie, mich eingeschlossen.

Meine eigene Schulzeit war zunächst wohl unbeschadet und unproblematisch. In Erinnerung sind mir noch plötzlich auftretende Übelkeitsanfälle während eines nicht zu Ende gelernten Gedichts, wohl, um davon abzulenken. Die Lehrerin war mehr mit meiner Gesundheit beschäftigt als mit der nicht angemessenen Lernarbeit. Diese Vorgehensweise verfeinerte ich im Laufe meiner folgenden Schuljahre bis zur Perfektion. Immer war ich damit beschäftigt, Strategien zu entwickeln, die mein nicht vorhandenes Schulwissen zu kompensieren suchten.

Häufig gab es die Notwendigkeit eines Lehrergespräches. Die Lehrer gaben verworrene Ratschläge, die auch in die Tat umgesetzt wurden. Immer hatte ich den Eindruck, dass sich meine Mutter mit den sogenannten Pädagogen verbündete, geradezu unter einer Decke mit ihnen steckte. Mein Selbstwertgefühl sank mit jedem Schulbesuch. Nie gab es ein Lob. Den ganzen Nachmittag saß ich an Hausaufgaben und versuchte, den ein oder anderen Inhalt abzuspeichern, Passagen aus Schulbüchern auswendig zu lernen – eine Tortur, die bei mir immer mehr Frust und Ablehnung bewirkte.

Die ersten Jahre auf dem Gymnasium überlebte ich nur mit einem besonderen Trick. Ich hatte entgegen allen üblichen Geschmacks im Sommer wie auch im Winter Lederhosen anziehen müssen, die vorn eine klappbare Lederlasche besaßen. Diese konnte mich nach unten geklappt mit vielen Einzelinformationen zu den jeweiligen Klassenarbeiten versorgen. Den Mechanismus setzte ich in Bewegung, indem ich unauffällig das rechte Bein durchstreckte. So konnte ich ungestört mein nicht vorhandenes Wissen aufbessern, damit besser scheinen, als ich in Wirklichkeit war.

Leider hat meine Mutter sich nie gegen meine Lehrer gewehrt und war mit mir völlig überfordert. Sie fühlte sich dem Leistungsdruck des Hauses sehr verpflichtet und hatte diesen für sich in gleicher Weise abgespeichert. Sich eigenständig ernähren zu können war in dieser Familie eine zwingende Voraussetzung des Lebens. Mein Bruder lebte vor, wie man sein Leben eigenverantwortlich in die Hand nimmt. Er ging mit Abitur zur Marine, um dort Karriere zu machen.

Mein Weg ins Schauspielstudium war für meine deutschen Eltern zunächst eine Katastrophe, denn damit war, ihrer Meinung nach, meine spätere finanzielle Unabhängigkeit unmöglich geworden. Nach Beendigung des Schauspielstudiums entschloss ich mich folglich, mein Abitur an einem Abendgymnasium nachzuholen. Zwei Jahre benötigte ich dafür. Erst als ich promovierte, gab es von meinen deutschen Eltern Anerkennung, entsprechende Informationen an den Freundeskreis und Glückwünsche. Dabei waren ihnen die Reaktionen des Freundeskreises wichtiger als der Inhalt meiner Dissertation. Sie wurde durchgeblättert und die Menge der Seiten wurde bewundert.

Ich erinnere mich an die Verhältnisse in den 1950er Jahren: Nie wurde zugehört, verstanden, verziehen. Die Umstände waren sehr reglementiert, und wenn man den Regeln – wie auch immer sie begründet wurden – nicht entsprach, wurde man ausgesondert. Es war wichtiger, das zerstörte Land wiederaufzubauen, als sich Gedanken darüber zu machen, wie es in der Seele der nächsten Generation aussieht, welche Befürchtungen, Nöte, Überforderungen sich vererben.

Auch das eigene Seelenleben war Nebensache. Es war wichtig, das Leben wieder auf die Beine zu stellen, die Notlage so schnell wie möglich zu überwinden, wieder zu Wohlstand zu gelangen. Die ständige Empfehlung, nicht hinzuschauen und nicht hinzuhören, behinderte dauerhaft die Bildung einer persönlichen Identität bei gleichzeitiger Entwicklung von Misstrauen und Suche nach extremer Sicherheit. Sehr viele Menschen, die ihre Kindheit in den Kriegsjahren verbrachten, zeigten diese Symptome bis spät in ihr Alter und konnten sich nicht vor der Altersdepression schützen. Nie wurde über ihre Angst vor den Bombennächten gesprochen, nie wurde über ihre Schlafstörungen gesprochen, nie wurde über den Identitätsverlust und ihre inneren Verletzungen gesprochen. Die

Trümmer der Häuser wurden beiseitegeschafft, nicht aber die Trümmer der Seele.

Ich habe mir Fotos aus dieser Zeit angesehen, viele Kinder waren dort zu sehen, die in Bombentrichter blickten, in Trümmerlandschaften spielten, vor dem Angreifer flohen. Was haben sie wohl gefühlt? Was entbehrt? Auch die Erwachsenen standen häufig ratlos und auch stumm dabei und achteten nicht auf ihre Kinder. Ich habe Filmaufnahmen gesehen, wo Kinder an den Händen von Erwachsenen an Massengräbern vorbeigehen und sehen müssen, was in deutschem Namen an Verbrechen begangen wurden. Diese seelischen Verletzungen, diese seelischen und körperlichen Verkrüppelungen der Kinder wurden noch Jahrzehnte nach dem zweiten Weltkrieg als Traumata an die nächste Generation und an die Generation der Enkel weitergereicht.

Ich erinnere mich an viele damalige Zeitgenossen, die die Zeitenwende nur halbherzig erlebt zu haben schienen. Lehrer, die so sprachen und handelten, als seien sie auf dem Kasernenhof und hätten Sklaven vor sich. Auch die Ausführungen von Sabine Bode haben mich sehr beeindruckt. Aus ihrem Blickwinkel hatte ich meine Situation nie gesehen und es fiel mir manches auf, was verdrängt wurde oder verdrängt werden musste. Die Mühe um das wirtschaftliche Wohl im Zentrum täglicher Handlungen und Kommunikation war auch für mich prägend. Und tatsächlich: Ich habe nie von meinem deutschen Vater vernommen, dass er mich schätzte oder gar liebte. Auch wurde allseits nie an das geglaubt, was ich tat oder plante. Im Gegenteil: Ich musste es gegen alle Widerstände durchsetzen. Zwar hatte ich als

Nach-Kriegskind keine wirtschaftlichen Einschränkungen, aber das Materielle war ständiges Thema bei Tisch und in sonstigen Situationen. Ein leichtes oder vergnügliches Leben war uns Kindern nicht vergönnt.

Unwillkürlich nimmt sie ein anderes zerlesenes Taschenbuch vom Regalbrett: „Nachkriegskinder – Die 1950er Jahrgänge und ihre Soldatenväter“ von Sabine Bode. Ihre Sachbücher über die seelischen Folgen der „Nachkriegskinder“ und „Kriegsenkel“ sind allesamt Bestseller. Es ist nicht zuletzt ihr Verdienst, dass den in den 1950er und 1960er Jahren in einem Klima des Seelenfrosts Aufgewachsenen eine Stimme gegeben wurde, jenen Menschen, die unter der Härte und Kälte ihrer kriegstraumatisierten Eltern sehr litten und heute als posttraumatisiert gelten. Sie erzählen vom „herzlosen Ignorieren durch die Erwachsenen“, von Familien, in denen „Patriarchen regierten, häufig traumatisiert durch Kriegserlebnisse, sekundiert von überforderten Frauen und Müttern, die ihren Kindern Liebe schenken wollten, sie aber selbst gar nicht aus einem positiven Erleben schöpfen konnten.“

Viele Leser, auch Raphael-Maria Goldstein, identifizierten sich mit den Schicksalen, die dem eigenen so nah kamen. So könnte Raphaels Kindheit, wie er sie beschreibt, einem Bode-Buch entsprungen sein. Er litt unter den unausgesprochenen Gesetzen des Miteinanders der Nachkriegszeit, die bedingungslose Leistungsbereitschaft forderten und in der das Schweigen und Verdrängen den Dunst bildeten, in dem die Wirtschaft ungeachtet der historischen Last wieder erstarken konnte. Ein Dunst, der ein freies Atmen, ein selbstbestimmtes Leben fast unmöglich machte.

Das war die Welt, an die sich auch Raphael erinnert. Zum pädagogischen Instrumentarium gehörten Autorität und Demütigung; nur wer durch die harte Schule ginge, könne es später „einmal besser haben". Raphael fühlte die Nachwirkungen dieser ausgestandenen Qualen in seiner Kindheit und Jugend bis ins hohe Alter. Häufig war er in Gesprächen darauf zu sprechen gekommen. Obwohl er diese prägende Lebensphase für sich präzise analysiert hatte und Abgeklärtheit zur Schau trug, umschattete ihn der noch nicht restlos verklungene Schmerz. So hatte sie ihn als Mittsechzigjährigen kennengelernt. Ganz deutlich sieht sie seine gedrungene, immer auch ein wenig gebeugte Gestalt vor sich.

Wer waren dieser strenge Adoptivvater und die depressive Mutter? Ein Kind von einer Holocaust-Überlebenden als ihr eigenes auf- und anzunehmen, rührt nicht von dieser zitierten Herzlosigkeit. Im Gegenteil.

Nun steht seine Ehefrau in der Zimmertür, bemüht heiter fragend, ob die Journalistin zurechtkäme in diesem „Verhau" von Hinterlassenschaft. Bei der Verwandtschaft könne sie nicht weiterhelfen. Aus der Burger-Familie habe sie niemanden kennengelernt. Raphael pflegte keinerlei Kontakt mehr zu seinen Adoptivgeschwistern, einer sechs Jahre älteren Schwester und einem drei Jahre älteren Bruder. Immer wieder mal habe er von ihnen erzählt, das schon. Er bezeichnete sie als „langweilig", fühlte sich in keiner Weise mit ihnen verbunden, da habe er irgendwann konsequenterweise auf anstandshalben Kontakt verzichtet. Wenn sie nach detaillierteren Gründen für seine Ablehnung gefragt habe, sei die Antwort gekommen: „Das willst du gar nicht wissen." Sie habe dann auch nicht insistiert; ganz offenkundig wollte er nicht darüber reden. Er sei oft so verschlossen gewesen, da war dann bei allem guten Willen nichts mehr aus ihm herauszuholen.

Raphael hatte erklärt, seine ältere Schwester sei in Besitz

seiner Adoptionsunterlagen; sie habe die gesamte Familiendokumentation nach dem Tod der Eltern an sich genommen. Den Namen der Schwester entsinnt die Ehefrau nicht. Der Bruder habe Reinhold geheißen, aber der sei tot. Und die Schwester sei verheiratet und heiße nicht mehr Burger, wie man die nun finden solle. Wo sie lebte, darüber hatte Raphael nie gesprochen. Vielleicht noch in Duisburg?

Seine Schwester muss aufzutreiben sein. Sie könnte der Schlüssel sein. Die Dokumente in ihrem Besitz können zwar die Vaterschaft von Otto Frank nicht beweisen, aber wenigstens verfestigt sich dann die Mutter Esther in eine nachweislich existente Person. Aber vielleicht lüftet der schwere Kastenschrank schon das Geheimnis? Seit sie in diesen düsteren vier Wänden steht, hat sie zu ihm Abstand gehalten wie zu einem unantastbaren Schrein. Als ob Qualen auf sie warteten, wenn sie es wage, ihn zu öffnen. Aber genau deswegen war sie angereist: Um in seinen Dokumenten diejenigen zu finden, die sein behauptetes Leben bezeugen können. Nüchtern betrachtet fühlt sie einfach nur Scheu, in das Private des Verstorbenen einzudringen. Ans Licht zu zerren, was er offenkundig im Dunklen halten wollte, kommt ihr wie eine ungebührliche Indiskretion vor, eine Grenzübertretung.

Der Sohn ihrer Freundin erkennt ihre Not, völlig unbekümmert gesellt er sich zu ihr, betrachtet mit ihr das Bücherregal, an dem ihr Blick immer wieder hängen bleibt, plaudert, nimmt ihr die Befangenheit. Dieser junge Mann, schon lange dem Nest entschlüpft, auf eigenen Beinen stehend, ist an die Seite seiner Mutter zurückgekehrt, als klar war, dass Raphael nicht mehr lange leben würde. Als Raphael starb, saßen Mutter und Sohn gemeinsam an seinem Sterbebett.

Die Freundin hat ihren Mann verloren. Und er, ihr Sohn? Was hat ihn mit Raphael verbunden? Er überlegt eine ganze Weile. Er möchte nichts Falsches sagen, nichts was zu rührselig klingen könnte, nach dem Motto „Über Verstorbene sagt man nichts Schlechtes“, aber er möchte auch bei der Wahrheit bleiben. Und so nennt er ihn einen „geschätzten Menschen“. Er sei der Partner seiner Mutter gewesen, kein enger Freund von ihm. Er habe seiner Mutter gutgetan und das habe ihn, den Sohn, entlastet. Eine besondere Nähe habe er zu Raphael nie entwickelt, aber er schätzte ihn als Ratgeber. Sie hätten ein gutes Verhältnis voller gegenseitiger Wertschätzung gehabt. Als Stiefvater habe er ihn nie bezeichnet, schon gar nicht als Ersatzvater.

Für eine solche Beziehung war er schon zu alt, als der neue Mann in das Leben seiner Mutter trat. Anfang 20, Student, ein eigenes Leben führend. Raphael habe ihn spaßeshalber manchmal „Filiastro“ genannt. Eine von seinen einfallsreichen Sprachschöpfungen? Er spielte gern mit Worten, und wenn es sein musste, kreierte er auch neue. Überfiel ihn am helllichten Tag der Schlaf, war ihm „schlumesk“ zu Mute. Frauen mit schlanker knabenhafter Figur nannte er „knabil“. Solche Frauen mochte er. Sie googelt den Begriff und sieht: „Figliastro“ heißt auf Italienisch „Stiefsohn“. Doch der Filiastro ist sicher: Raphael habe den Namen eher als freundliche Verballhornung benutzt. Italienisch gesprochen habe er kein Wort.

Der Filiastro ist es nun, der Tatsachen schafft. Beherzt befördert er die Ordner und Kartons aus dem schweren Schrank und legt sie fächerförmig auf dem Boden aus. Für den guten Draufblick, sagt er. Die Büchse der Pandora ist nun geöffnet; sie atmet erleichtert auf. Es sind einfach nur Papiere.

Gemeinsam begeben sie sich ans Werk. Auf einer Klarsichthülle haftet ein Post-It, „Buch“ steht darauf. Darin ein Sammelsurium an Eintrittskarten und Infomaterial aus dem Anne-Frank-Haus in Amsterdam, Briefe an die Anne Frank-Gefährtinnen Hannah Pick und Inge Deutschkron: Von letzterer auch eine bedauernde Antwort, ihm nicht helfen zu können bei seiner Suche nach einer Esther Goldstein. Von Raphael handgeschriebene kurze Notizen, zur Verarbeitung in seinem Buch gedacht. Visitenkarten von Mitgliedern des Anne Frank Fonds in Basel.

Eine DIN-A4-Kopie, schwarz-weiß, eines in einer niederländischen Tageszeitung erschienenen Artikels mit dem Titel „Ik ben de halfbroer van Anne Frank“ (Ich bin der Halbbruder von Anne Frank) und mehreren Fotos von Raphael, auf einem lehnt er an einer Steinmauer, bedeutungsschwer in die Kamera blickend. Ein Mensch, ganz in sich gekehrt. Eine unendlich traurige Figur. Fast wie ein Bühnencharakter.

Natürlich hatte er von diesem Zeitungsartikel mit spürbarer Freude berichtet. Bei den wenigen Treffen mit Raphael und seiner Frau in den vergangenen Jahren waren die Neuigkeiten in Sachen „Halbbruder“ und Identitätssuche immer das wichtigste Thema gewesen. Es interessierte sie beruflich als Journalistin genauso, wie sie als Freundin seine verzweifelte Identitätssuche bewegte. Gebannt hatte sie ihm zugehört, wie er von seiner Kontaktaufnahme zu Jacqueline van Maarsen erzählte, eine der letzten noch lebenden Freundinnen von Anne Frank. Heißt es nicht, jeder Mensch kenne über längstens sieben Verbindungen jeden Menschen auf der Welt? Sie, so schoss es ihr in dem Moment durch den Kopf, kenne nun jemanden, der jemanden kennt, der Anne Frank kannte. Nur drei Schritte zu dieser historischen Person. Ein ganz sonderbar unangemessenes Gefühl von Stolz bemächtigte sich ihrer plötzlich, es schlich sich ein wie ein Gift. In seiner ruhigen Art berichtete Raphael, wie er van Maarsen und ihren Mann Ruud bei ihnen zu Hause in Amsterdam besucht habe, ein Schweizer Filmemacher sei auch anwesend gewesen.

Eben diese Jacqueline van Maarsen war es, die eine niederländische Reporterin auf ihn und sein Schicksal aufmerksam machte. Er habe sich zwei, drei Mal mit der Dame von der schreibenden Zunft getroffen. Sie plane, einen großen Artikel über ihn zu schreiben. Vor allem aber wolle die Zeitung auch einen aufwendigen und sehr teuren Gentest finanzieren. Jacqueline van Maarsen habe zwei Postkarten von Otto Frank zur Verfügung gestellt. Die Briefmarken, so sie von Otto Frank selbst aufgeklebt worden waren, könnten Gen-Material von ihm enthalten. Wieder passte diese Abgeklärtheit in seinem Ton überhaupt nicht zum sensationellen Inhalt der Nachricht. In der Psychologie kennt man das betonte Herunterspielen einer Angelegenheit, um erst recht große Wirkung zu erzielen: „Das war doch nicht der Rede wert", „Ist doch nur ein Kratzer". Er murmelte in dieser Situation etwas wie, man müsse doch davon kein Aufhebens machen. Der damit einhergehenden typischen abwinkenden Handbewegung bedurfte es gar nicht mehr.

Sie war damals ganz anderer Auffassung, bestürmte ihn geradezu mit ihren Gedanken. Dieser Gentest könnte doch endlich die Antwort bringen, auf die er sein ganzes Leben lang warte! Was für ein Glück, dass Frau van Maarsen diese Postkarten noch besitze und sogar für sein Anliegen freigebe! Schließlich seien es historisch wertvolle Dokumente, die da zerstört würden. Und das alles für ihn und die Klärung seiner

Identität! Sie sah ihn kurz vor der Lösung seines großen Lebensrätsels. Er lächelte milde.

Nun kauert sie mit seinem Filiastro auf dem Boden, um sich herum ausgelegte Dokumente, aufgeschlagene Aktenordner. So wie sie dort sitzen und versuchen, den Papieren inner- und außerhalb der Ordner eine thematische Ordnung zu geben, füllt eine aufgeräumte Heiterkeit das Zimmer. Sie drehen und wenden jedes Schriftstück, lesen sich gegenseitig vor, stoßen auf erstaunliche Korrespondenzen, bei denen es sich zwar nicht um das Gesuchte handelt, aber die den Menschen Goldstein doch treffend charakterisieren. Er schien ein wahrer „Prozesshansel" gewesen zu sein. Verfahrensakten um eine vergeblich angestrengte Frühverrentung, Rechtsanwaltsschreiben um die zunächst abgewiesene Zulassung seiner Doktorarbeit an der Universität Salzburg, bittere schriftliche Auseinandersetzungen mit Ex-Frauen, Einklagen von Gagen. Er gehörte ohne Frage nicht zu den Menschen, die klaglos aufgeben.

Für sie ist diese Facette von Raphaels Charakter neu, der Filiastro seufzt amüsiert. Genauso sei er gewesen: aufmüpfig, bisweilen bis zur Arroganz auf sein Recht pochend. Er selbst habe ihn als freundlichen und wohlwollenden Menschen gekannt. Aber nach außen habe er barsch und herablassend sein können. In erster Linie zu Menschen, die ihm intellektuell oder sprachlich nicht das Wasser reichten. Da habe er schnell die rhetorischen Daumenschrauben angelegt. Das sei nun mal seine nicht angenehme Seite gewesen. Die gab es natürlich auch.

Sie nimmt noch einmal die Kopie des Zeitungsartikels, den sie schon damals mit Hilfe eines Übersetzungsprogrammes gelesen hatte. Die Reportage war am 20. April 2019 erschienen. Aufmacher auf Seite 1, im Innenteil folgte auf vier kompletten Seiten ein ausführlicher Bericht über ihn und seine Herkunftsgeschichte. Die niederländische Reporterin hatte sich drei Mal mit ihm getroffen, in Amsterdam wie in Schwerte, wo Raphael damals wohnte.

Die Reporterin beschreibt, wie sie von Jacqueline van Maarsen erfährt, dass sich Goldstein bei ihr gemeldet habe. Van Maarsen beteuert gegenüber der Zeitung, dass sie ihm glaube, der Sohn von Otto Frank zu sein. In der Reportage werden die Versuche beschrieben, Raphaels Angaben mit Beweisen zu erhärten. Wo lebte Esther Goldstein, wo ist sie begraben? Die Nachfrage beim Amsterdamer Stadtarchiv verlief ergebnislos, ebenso eine spätere Anfrage in den Archiven Westerborks oder beim Internationalen Suchdienst der Arolsen Archives. Die Arolsen Archives sind ein internationales Zentrum über NS-Verfolgung mit dem weltweit umfassendsten Archiv zu den Opfern und Überlebenden des Nationalsozialismus.

Es könnten keine Angaben von Raphael verifiziert werden. Dafür taucht in dem Artikel plötzlich eine andere Frau auf – nicht Esther Goldstein –, die nun als eine mögliche Mutter ins Spiel gebracht wird. Diesen Hinweis gab Jacqueline van Maarsen. Sie schrieb Raphaels Frau nach dessen Tod eine Kondolenz-E-Mail und bekräftigte darin ihre Sicht der Dinge, die auch schon in dem Zeitungsartikel zu lesen war: „Ich bin sicher, dass Otto Frank der Vater von Raphael ist. Ich habe Otto Franks Notizbuch damals eingesehen. (Das hatte einen anderen Grund.) Er hat alle Namen der Personen aufgeschrieben, mit denen er damals verabredet war. Nur ein Name kam darin vor mit dem Buchstaben ‚G'. Dieses ‚G' hat er jahrelang wiederholt. Man könnte denken: Das ist Frau Goldstein. Den Namen von ‚G' wollte er nicht nennen."

Ich kontaktierte den Schweizer Regisseur Marin Rengel, der seit vielen Jahren über Anne Frank recherchierte und einen Film über ihr Leben plante. Meine Existenz schien ihm der Anlass zu sein, weiter an dieser Sache zu arbeiten. Wir trafen uns in Amsterdam, um Jacqueline van Maarsen gemeinsam in ihrer neuen Wohnung aufzusuchen.

Ich hatte zuvor Kontakt zum Anne Frank Fonds in Basel und hier zu dem Vorsitzenden Buddy Elias, dem noch lebenden Cousin von Anne, aufgenommen. Er antwortete mir kurz vor seinem Tod im Jahr 2015 mit ausweichenden Worten. Dann schrieb ich an eine Freundin von Anne, Hannah Pick in Jerusalem. Sie antworte freundlich, aber ebenfalls unkonkret. Sie verwies mich an Jacqueline van Maarsen, eine weitere Freundin von Anne, die inzwischen fast 90 Jahre alt war. Sie und ihr Ehemann luden mich zum Tee ein. Ich war froh über diesen Kontakt, denn sie konnte mir noch aus erster Hand über Otto und Anne berichten.

Martin Rengel und ich wurden sehr freundlich empfangen. Jacqueline van Maarsen bestätigte, mir zu glauben, dass ich der Sohn von Otto Frank sei. Dieser sei zwar ein harter Geschäftsmann, aber dem weiblichen Geschlecht durchaus zugeneigt gewesen. Sie berichtete von Charlotte Kaletta, die große Aufruhr in Otto Franks Leben verursacht hatte und sich später von ihm trennte, weil ihr Ehemann Fritz Pfeffer in der Theaterfassung und Dramatisierung des Tagebuchs der Anne

Frank ihrer Meinung nach überspitzt nachteilig beschrieben worden sei.

Frau van Maarsen zeigte mir noch einige Postkarten aus dem Jahr 1946, die ihr Otto Frank aus der Schweiz geschickt hatte. Es waren nur Feriengrüße, von ihm handschriftlich geschrieben und unterzeichnet. Zwei Schweizer Briefmarken waren auf den Postkarten, die wohl auch von Otto Frank frankiert worden waren. Das brachte uns auf die Idee, anhand dieser Briefmarken einen DNA-Abgleich zu versuchen. Die ersten Versuche wurden abgelehnt, da die Postkarten zu alt waren. Ein solcher Vergleich sei kaum aussagefähig.

Da ich mich um eine solche DNA-Untersuchung aus eigener Initiative nie bemüht hätte, wurde für die Finanzierung eine große niederländische Zeitung eingeschaltet. Sie wollte die Beweisführung übernehmen. Ich hatte bisher den Ausführungen meiner Mutter Esther Goldstein vertraut und geglaubt, hatte nie das Gefühl gehabt, ich benötige eine DNA-Analyse, um mir meiner sicher zu sein. Nun wurde ich jedoch davon überzeugt, wie wichtig es sei, einen Beweis der Vaterschaft Otto Franks zu haben.

Man fuhr einen halben Tag lang durch Amsterdam und erreichte nach langem Suchen ein Haus auf dem Lande, das sich so ausnahm wie ein Bauernhaus. Nur die gezielten und schweren Sicherheitsmaßnahmen machten deutlich, dass dieses Haus eine besondere Funktion hatte. Mehrere Schleusen und mehrere Unterschriften musste ich leisten, um zu der Stelle zu geraten, an der mir meine DNA-Daten endlich abgenommen wurden. Das ganze Prozedere dauerte maximal fünf Minuten, wohingegen die Fahrt dorthin mehrere Stunden gedauert hatte. Man verdeutlichte mir, dies seien Sicherheitsvorkehrungen, die einzuhalten wären, um meine Rechte nicht zu verletzen. Daher hätte ich einige schriftliche Genehmigungen erteilen müssen. Auch sei der Abgleich „gerichtsverwertend" und damit rechtens.

Nachdem ich meine Daten freigegeben hatte, wartete ich auf das Ergebnis der Untersuchung. Bis heute habe ich keine Adresse des Instituts, welches die DNA-Untersuchung vornahm, und behielt immer das Gefühl, dass ich mich nicht hätte weiter auf die Zeitung einlassen sollen. Dieser Eindruck wurde verstärkt durch den Regisseur Martin Rengel, der mir zu verstehen gab, dass ich keinen Einfluss auf die folgenden Veröffentlichungen haben würde. Ich sei praktisch ausgeliefert. Man wisse nie, wer noch weiteren Einfluss nehmen würde.

Das Ergebnis der DNA-Überprüfung erhielt ich auch nicht direkt durch das untersuchende Institut, sondern nur durch die Zeitung. Es war eine kurze Information, dass die DNA-Daten von Otto Frank leider nicht mehr verfügbar seien – sie seien kontaminiert. Eine Überprüfung könne so rechtsgültig nicht stattfinden. Wenn die Aussagen der Zeitung richtig waren, dann waren die DNA-Überprüfungen offensichtlich nicht weiter verwertbar.

So waren die Aussagen meiner Mutter Esther nicht falsch. Sie waren leider nur nicht überprüfbar und auch nicht rechtlich verwertbar. Weitere DNA-Proben wurden mir verweigert. So wurde ein Frisierschal von Anne Frank, der Paul Gies gehörte, dem 1951 geborenen Sohn von Miep Gies, und der durch viele Umstände in meine Hände gelangt war, nicht für eine DNA-Probe herangezogen.

Natürlich ist eine Zeitung nur daran interessiert, eine gute Sensation zu haben, die dann aber auch rechtlich abgesichert sein muss und nicht zu ihrem Schaden genutzt werden kann. Natürlich wäre „Anne Frank hat einen Bruder“ eine echte Nachricht geworden. Die Zeitung wäre weltweit bekannt geworden, hätte sie davon berichten können, dass sie den Beweis eines Bruders habe erbringen können. Aber die Gen-Untersuchung zeigte nur kontaminiertes Material. So gab es in diesem Jahr 2019 leider keine von der Zeitung erhoffte Sensation, sondern nur einen kontaminierten Bruder. Es würde keine Störung neben der Ikone Anne Frank geben.

Irritierenderweise erwähnte Raphael in seiner Niederschrift diese Frau, diese mögliche „richtige Mutter“ anstelle Esther Goldsteins, mit keinem Wort. Erschien ihm diese Verstrickung zu absurd? Er hielt sich an die Aussagen seiner Mutter Esther. Doch Jacqueline van Maarsen vermutete in ihrer E-Mail: „Raphael erinnerte sich, dass er, als er etwa drei Jahre alt war, in Amsterdam eine Frau besuchte in der Gegend vom Mercatorplein. Von dieser Frau habe ich ein Foto …, die wahrscheinlich Frau Goldstein kannte (beide stammen aus Ungarn). … Diese Frau war damals verheiratet, aber wohnte getrennt von ihrem Mann. Das ist später wieder gut gekommen und ich nehme an, dass sie in diesem Moment auf Raphael verzichtete und Frau Goldstein wurde Raphaels Mutter. Später gab Frau Goldstein Raphael zu Adoption an die deutsche Familie.“

Eine ganz neue Fährte. Da taucht eine andere Person auf, deren Nachname auch mit dem Buchstaben G beginnt und die in einer wie auch immer gearteten Beziehung zu Otto Frank stand. Obwohl kein Mensch weiß, wer sich hinter dem Buchstaben G in Otto Franks Notizbuch verbirgt, kommt damals in Amsterdam eins zum anderen. Die Geschichte wird immer wirrer. Zu groß der Wunsch der Zeitungsmacher, einen noch lebenden nahen Verwandten von Anne Frank zu präsentieren? Dennoch: Die niederländische Kollegin benennt ihre Zweifel, die sie nach vorläufigem Abschluss ihrer Recherchen am Wahrheitsgehalt hegt.

Ihr Fazit nach dem Gentest: Eine Vaterschaft von Otto Frank lasse sich weder beweisen noch belegen, vieles spreche gegen Raphaels Erzählung. Ein gutes Jahr nach Erscheinen wird die Story noch einmal aufgegriffen, nun wird die Pressevertreterin von einer Kollegin interviewt. Und sie bekennt freimütig, dass die Geschichte sie nicht loslasse und sie immer noch auf der Suche sei nach einem neuen Ansatzpunkt, einer neuen Herangehensweise, einer neuen Information. Nach Raphaels Tod schreibt sie eine kurze Notiz und erinnert an ihn.

Raphael hatte seinerzeit von einer 70-prozentigen Übereinstimmung seines Erbmaterials mit dem von Otto Frank berichtet. Der Filiastro nickt zustimmend. Genau das habe Raphael immer wieder bekräftigt. 70 oder 80 Prozent. Davon steht nichts in der Reportage. Etwa drei Jahre mag die Begebenheit zurückliegen. Sie saßen zu viert an ihrem Esstisch, sie diskutierten über die Referenz zu dieser Zahl 70 Prozent. Hat nicht schon eine Banane eine mehr als 50-prozentige Übereinstimmung mit jedwedem menschlichen Erbgut? Google wurde befragt: „Alle Menschen haben zu 99,5 % ein identisches Erbgut." Sie waren sich einig, dass es noch andere Messkategorien geben müsse, die sie nicht kannten. Es herrschte Zuversicht bei Tisch.

Mit dieser im Internet veröffentlichten Reportage und seinem Kontakt zur Anne Frank-Freundin Jacqueline van Maarsen, die beteuerte, ihm seine Halbbruderschaft zu glauben, hatte Raphael entscheidende Meilensteine gesetzt: Seine Geschichte war nun in der Welt und konnte nicht mehr ausradiert werden. Googelt man im Netz den Namen Raphael-Maria Goldstein, erscheint diese Reportage.

Sie nimmt sich vor, in den nächsten Tagen den Schweizer Filmemacher zu kontaktieren. Überhaupt notiert sie sich schon einige Namen, die ihr weiterhelfen können: Einen in

Xanten lebenden Freund, den die Ehefrau ihr nannte und der tatsächlich der einzige Weggefährte aus der Kindheit und Jugend ist, zu dem Raphael den Kontakt hielt. Yves Kugelmann vom Anne Frank Fonds, mit dem sich Raphael getroffen hatte. Und den Hamburger Journalisten Jörg Böckem, Autor bei „Zeit“ und „Spiegel“. Er sollte schon vor Jahren Raphaels Memoiren schreiben. Sie finden Kopien der E-Mail-Korrespondenz im Blätterwust. Sogar ein Konzept für das Buch hatte Böckem schon entworfen. Schon in der Korrespondenz mit Jörg Böckem erwähnte Raphael den Titel für seine Biografie: „Briefe an Anne“ solle sie heißen.

Beim Schreiben seines Textes ging Raphael nach einigen Seiten zur Form des fiktiven Briefwechsels über. Während er anfangs noch stilistisch unentschlossen und inhaltlich mäandernd schrieb, fand er hier seine Ausdrucksform. Diese Brief- bzw. Dialogform hatte er schon früher einmal als Schauspiel-Dozent mit Studierenden in Wien entwickelt und ausprobiert.

Das brachte mich zurück zu einem schauspielerischen Projekt, das ich mit Studierenden seinerzeit in Wien lanciert hatte: zeitverschobene imaginäre Zwiegespräche mit Anne. Ich versuchte eine gedankliche und emotionale Verknüpfung zwischen den Schülern, Schülerinnen und Anne Frank herzustellen. Ein verwegener Plan. Es bestand ein ständiges Gespräch mit meiner Halbschwester, die aus der damaligen Sicht natürlich älter war, aber mit diesem Modell zeitlos wurde, und mit mir. Auf diese Weise entwickelte sich eine schauspielerische Realität der zeitlichen Verschiebungen. Anne, die zwanzig Jahre ältere Schwester, trat in Austausch mit mir, dem Schauspiellehrer in Wien – in meinem Ringen um Bewältigung und Bestimmung meiner Identität. Anne wurde zur imaginären Spielpartnerin. Zunehmend entwickelten sich Dialoge, die zwar nie geführt worden waren, aber vielleicht unter anderen Umständen und in anderen Zeitebenen hätten stattfinden können. Ich setze diese Zwiegespräche fort in einem imaginären Briefwechsel, der mir nicht nur helfen kann, ihre und die Situation meiner leiblichen Eltern zu verstehen, sondern auch meine eigene Lebenssituation einzuordnen.

Anne Frank hatte es mir vorgemacht: Sie schrieb Briefe als Tagebuch, und alle Briefe blieben unbeantwortet, bis auf einen, den sie sich selbst beantwortete. Damit verstand sie es, die Situation im Versteck auszuhalten, die Eigenwilligkeit der Mitbewohner zu ertragen und sich eine Perspektive zu schaffen. Sie wollte nicht schweigen.

Auch ich wollte nicht länger schweigen. Ich wollte meiner Halbschwester Anne folgen und ihr in Form eines Tagebuchs und fiktiver Briefe von mir erzählen, von Stationen meines langen Lebens, von Störungen, Momenten der Unruhe, der Unrast, die sich so anders ausnahmen als das Leben eines fünfzehnjährigen Mädchens in der totalen Isolation. Vielleicht würde sie mir antworten. Wäre ich in ihrem Leben präsent gewesen, hätte sie mir vielleicht hier und da einen guten Ratschlag erteilen können.

Ich schreibe für sie und lege ihr meine Gedanken in den Mund. Meine Gedanken suchen ihre – ohne die Jahre des Unterschieds, ohne gleiche Erfahrungen, ohne weitere Fragen. Das gibt mir die Möglichkeit, ihr kurzes Leben mit meinem 70-jährigen wechselhaften Leben zu verbinden. Ab und an bedarf es einer kurzen Pause, um später dann mit den Gedanken und Worten Annes weiter fortzufahren. So bin ich gespannt auf die Antwort, die sie mir zugedacht hat. Freilich bin ich kein Hellseher und nicht in der Lage, Annes Reaktionen vorweg zu ahnen, dennoch gibt es mir die Möglichkeit, meine Sichtweisen und Lebenserfahrungen für sie aufzuzeigen. Ich werde mich von ihren Worten überraschen lassen.

Damit hat für mich eine effektvolle und tröstliche Aussprache begonnen. Ich werde die Jahrzehnte meines Lebens nicht chronologisch beschreiben, sondern fasse die in der jeweiligen Lebensphase wichtigen Ereignisse, Befindlichkeiten und Reaktionen zusammen und warte auf ihre fiktiven brieflichen Reaktionen. Ähnlich wie sie in ihrem Tagebuch, in dem sie Briefe von und an ihre Freundinnen Jacqueline van Maarsen oder Hanneli – Hannah Pick – schrieb. In denen sie ihre Hilflosigkeit beklagte und damit einen tiefen Einblick in ihr Seelenleben gab. Ihr waren nicht die Kräfte gegeben, Umstände, Verhaltensweisen und Perspektiven aus ihrer Situation zu verändern. Sie war in sich verschlossen und gefangen. Es schmerzt, in Kenntnis ihres tragischen Endes zu wissen, wie ohnmächtig ihr kurzes Leben verlaufen ist. Über sie wurde verfügt und bestimmt, wiewohl sie sich stets die Freiheit wünschte, nach ihren Gefühlen zu leben.

Die Briefform hat eine große literarische Tradition. Von Goethe und Jean Paul über Kafka bis zu Simone de Beauvoir veröffentlichten viele große Autor:innen Briefromane. In Franz Kafkas „Briefe an Milena – Ausgewählte Briefe an Kafkas große Liebe“ heißt es: „Briefe schreiben heißt, sich vor den Gespenstern entblößen, worauf sie gierig warten“.

Gerade eben noch hatte sie Kafkas Buch aus Raphaels Sammlung zur Hand genommen. Ob er seine Tochter „Milena“ genannt hatte, weil seine Mutter Esther ihn darum gebeten hatte, oder ob die Neuerscheinung dieser Briefe-Sammlung im Geburtsjahr seiner Tochter, 1983, den Impuls gegeben haben könnte? Damals waren die Zeitungen und Literatursendungen voll mit Besprechungen.

Bei Kafkas Briefen an seine große Liebe Milena Jesenská handelt es sich um tatsächlich geschriebene und empfangene Briefe, die der tschechische Schriftsteller an seine Geliebte verfasste. Milena Jesenská überließ sie später einem Freund, der sie nach ihrem Tod veröffentlichte. Wichtige Zeitdokumente eines Lebens, einer Liebe. Ein großer literarischer Erfolg. Wie mag die Rezeption eines „imaginierten“ Briefwechsels mit einer historischen, unter so dramatischen Umständen verstorbenen Person sein? Sein eigenes Leben mit der Tragik des kurzen Lebens von Anne Frank, einer Ikone des Holocausts, in Verbindung zu bringen, ist heikel. Raphael befand, es mache einen Unterschied, wenn der Halbbruder sich dieses Recht herausnehme.

Er hat sich Anne Frank in seinen phantasierten Briefen feinfühlig und vielschichtig genähert. Sie stecken voller Wissen über ihr Leben. Raphael hatte sich tief eingearbeitet in ihre – und seine – Familiengeschichte. Es blieb ihm nichts anderes übrig, als sich auf diese Weise zu informieren. Er wollte eine Nähe herstellen zu einer jungen Frau, mit der er Jahrzehnte nach ihrem Tod keine persönliche Verbindung mehr leben konnte. Er bewunderte sie so sehr, ihren Mut, ihr Selbstbewusstsein, ihre Beobachtungsgabe, ihre Vorstellungen von der Zukunft, ihr schriftstellerisches Talent. All das spiegelte seine Sehnsüchte. Er war nicht nur ein Leser, er war ihr von Herzen zugetan. Er war ein mit dem Verlust ringender oder, wie er es nannte, „ein kontaminierter Halbbruder".

Seit die Journalistin um Raphaels Geschichte wusste, war ihr Interesse an der Geschichte von Anne Frank neu erweckt. Im Teenageralter hatte sie das Tagebuch gelesen. Als erwachsene Frau wirkte das Werk noch viel mächtiger auf sie. Wie klug und reflektierend, wie lebendig dieses 13-, 14-jährige Mädchen über den NS-Terror und seine grauenhaften Konsequenzen geschrieben hat. Die Leser:innen erleben mit ihr die Flucht und das jahrelange Verstecken, teilen mit ihr Gedanken, die auch heute noch in diesem Teenager-Lebensabschnitt wichtig sind: das erste Verliebtsein, Auseinandersetzungen mit der Mutter, Zukunftspläne, aber auch Zweifel am eigenen Ich. Wie sehr mag Raphael sich in ihren Texten wiedergefunden haben. Vielleicht schon als junger Mann, als Jugendlicher. Vielleicht aber auch erst, als er von seiner möglichen Bruder-Bindung erfuhr.

Durch Raphaels Schicksal war sie selbst der Tragödie der Familie Frank auf eine ganz neue Weise nahegekommen. Sie hatte etliche Bücher gelesen, die ihr in diesem Zusammenhang interessant vorkamen. In Mirjam Presslers Buch „Die

Geschichte der Familie von Anne Frank“ oder im Buch der britischen Historikern Carol Ann Lee „Otto Franks Geheimnis“ fand sie sogar Hinweise auf eine Frau namens Esther (eine Sekretärin Otto Franks) und eine Familie Goldstein. Ob Raphael diese Bücher aufgrund ihrer Erwähnung gelesen hatte oder er sie schon vorher kannte, weiß sie nicht. Heute sieht sie, sie befinden sich in seinem Besitz.

Nachdem die Familie Frank in ihrem Versteck im Hinterhaus in der Prinsengracht verraten worden war, hatte man die Familie und Anne in das Durchgangslager Westerbork verschleppt. Was mag wohl im Kopf meiner kleinen älteren Schwester abgelaufen sein? Ich folgte den Ausführungen in ihrem Tagebuch in ihre Traumwelten und Phantasien. Ich schrieb Briefe, die ich natürlich nicht an eine konkrete Adresse senden konnte. Ihre letzte Adresse war Amsterdam. Danach Westerbork, das noch Freiräume gewährte, noch Hoffnungen ermöglichte:

Liebe Anne,

Westerbork, das ist der Ort, der mir als Adresse für einen Brief an Dich einfällt. Von hier aus wurdest Du nach Auschwitz deportiert – mit einem der letzten Transporte. Bald danach wurden die Niederlande und damit auch Westerbork befreit. Hier nahm dein großes Leid seinen Anfang, hier bist Du unter die Verbrecher geraten, die Dich in einen Viehwaggon verschleppt haben, um Dich nach Auschwitz zu deportieren, um Dich in den Tod zu treiben. Ich muss mir vorstellen, wo überall Du auf diesem Gelände warst, worüber Du mit Deiner Familie geredet hast. Über Deine Zukunft? Über Deine Hoffnungen, über Deine Ängste? Über Deine Einsamkeit?

Wie einsam musst Du gewesen sein, wenn Du es nur dem Papier, Deinem Tagebuch, anvertrauen konntest? Du hast Dich ständig fragen müssen, wo diese Papiere,

Deine ersten schriftstellerischen Arbeiten, geblieben sind. Hast Du es miterlebt, wohin sie geworfen wurden? Hast Du alles, was Dir widerfuhr, nur als fremden Film angesehen, der mit Dir nichts zu tun hat? Manchmal ist es Glück, aus der Ferne sehen zu können. Da sind die Möglichkeiten besser, der Wirklichkeit zu entfliehen. Nur so hast Du es vermocht, Dich nahezu zweieinhalb Jahre versteckt zu halten und Dein Tagebuch als Freundin zu sehen. Mit dem Tagebuch hast Du geredet, was Du immer gern und lautstark getan hast. Doch Du wurdest zum Schweigen angehalten.

An diesem Ort Westerbork wurden Deine Hoffnungen begraben, gleichzeitig entstanden neue. Dein geliebtes Tagebuch wurde achtlos auf den Boden geworfen. Damit wurde Dir die Freundin genommen und so auch die Sprache, Deine Phantasie und Deine Freiheit. Wie hast Du das ausgehalten?

Leider sind wir uns nie begegnet, die Zeiten waren gegen Dich. Es hätte nicht viel gefehlt und Du und Deine Familie hätten die Zeit des Versteckens überlebt und Du wärest nicht an diesen Ort gebracht worden. Und auch hier hätte nicht viel gefehlt und Du wärest nicht deportiert worden. Es hätte nicht viel gefehlt, dann wäre ich nie geboren worden.

Ich wollte Dir immer schon schreiben, aber wohin? Ich hatte das Glück, viel von Dir und über Dich gelesen zu haben. Du bist mir vertraut und nahe, wiewohl auch unendlich weit entfernt. Mein Leben ist voller Neugier gewesen. Es war mir ein Bedürfnis, Dich als meine Schwester zu kennen und sehr stolz auf Dich zu sein. Ich habe es bisher nicht vermocht, Dich zu fragen, ob Du mich wohl als Bruder akzeptiert hättest. Vielleicht hättest Du mich angenommen und zu schätzen gelernt? Ich hätte gern zu Deiner Zeit gelebt, auch wenn sie teuflisch war. Nun bleibt mir nur die Vorstellung einer ewig jungen Frau, die gerne Schriftstellerin geworden wäre und noch viel zu erzählen gehabt hätte. Ich als Bruder hätte Dir gern zur Seite gestanden. Ich habe Dich sehr häufig in meinen Träumen gefragt, und immer hast Du mir geantwortet: ‚Ja, ich bin gern Deine Schwester.'

Was wäre wohl gewesen, wenn wir beide uns begegnet wären?

Da ich schon mit sechzehn Jahren meine Gesangs- und Schauspielausbildung in Zürich machen konnte, wären viele meiner Themen vielleicht Deine gewesen. Ich stelle mir vor, wir hätten unsere Figuren geteilt, ergänzt und inszeniert. Wir hätten uns das Publikum geteilt. Wir hätten uns kontrolliert und hinterfragt. Wir hätten uns in eine andere Welt verschoben. Wir hätten jeden Auftritt geliebt und uns um jeden Erfolg gefreut. Schade, dass wir das nie erleben konnten.

Ich habe Deinen Vater, der auch mein Vater hätte sein sollen, zwei Mal in der Schweiz gesprochen. Ihn habe ich als verschwiegenen Mann kennengelernt, verstummt und sprachlos. Du hast ihm so viel bedeutet. Ich habe gelesen, dass er Dir Unterrichtsstunden im Schlittschuhlaufen ermöglicht hat. Du hast als Elfjährige auf der Kunsteisbahn der Apollohalle in Amsterdam Zuid gerne Pirouetten gedreht und dabei das

Pathos genossen. Du wolltest immer weit und hoch hinaus – doch blieb Dir nur die Phantasie für eine erdachte unwirkliche Welt.

Mich überkommt tiefe Trauer, dass ich Dich nie erleben konnte. Ich suche Dich nach vielen Jahrzehnten an einem Ort auf, in den man Dich aus Deiner Enge im Haus an der Prinsengracht getrieben hat und der vielleicht neue Ideen und Hoffnungen genährt hat. Ich laufe hin und her und habe das Gefühl, Dir dabei nahe zu sein. Und dabei habe ich zunehmend das Gefühl, dass wir den gleichen Ursprung haben. Ich will diesen Ort nicht verlassen, um Dich nicht zu verlieren.

Ich habe den Wunsch, von Dir etwas zu hören, zu sehen und nicht nur die Orte zu sehen, an denen Du vor langer Zeit auch warst. Vor Eurer ehemaligen Wohnung am Merwedeplein 37 in Amsterdam habe ich gestanden und konnte auch von dort nicht weichen, weil ich Angst hatte, Dich zu verlieren. In nicht weiter Entfernung von Eurem Eingang steht jetzt eine Statue, die Dich auf dem Weg zeigt. Wohin? In die Freiheit? In eine neue Welt? Auf der Flucht? In eine Phantasiewelt? Mich hat erstaunt, dass sich nach so langer Zeit das Haus und die Umgebung nicht verändert haben.

Es wirkt, als würdest Du gleich aus dem Haus kommen. Es gibt Fotos von Dir, die Dich genau dort beim Spielen zeigen. Da warst Du ein Kind und hattest die Unbekümmertheit eines Kindes. Es war die Zeit Deines Geburtstages, es war der 12. Juni und ich stand vor Deiner Statue und beobachtete ein kleines Mädchen, das Blumen in den Händen hielt. Zu Deinen Füßen legte sie die Blumen nieder, das machte mich fast atemlos. Das Mädchen war wohl in Deinem Alter. Ich hatte nicht den Mut, es anzusprechen. Auch diese Gelegenheit habe ich verpasst. Dann schaute ich immer wieder zu Eurer Wohnung, so als müssten sich die Gardinen bewegen. Aber keiner blickte hinaus. Ich besuchte den Eissalon an der nächsten Ecke und war mir sicher, dass das der Eissalon sein musste, in dem auch Du ständig einkehrtest. Er war verschlossen, sonst hätte ich Dir (und mir) ein Eis spendiert.

Ich schlenderte den Merwedeplein auf und ab und dachte mir, wie sonderbar die Häuser gebaut waren – in Form eines Dreiecks. Das hatte den Vorteil, dass sich vor Eurem Haus eine große Freifläche auftat, die für viel Kontakte und Gespräche Gelegenheit bot. Gerne wäre ich zu Deiner Zeit Dein großer Bruder gewesen, hätte mich an Deine Seite gestellt, hätte Dir den Koffer getragen, den Du mit auf die große Reise nehmen musstest.

Am Merwedeplein entdeckte ich plötzlich ein Schild, das eine Wohnung zum Kauf anbot. Sie lag ganz in der Nähe zur Nr. 37. Und sofort war ich elektrisiert und dachte mir, es wäre eine gute Sache, auch eine Wohnung in Amsterdam zu haben. Ich ging weiter zur Portugiesischen Synagoge, um mir dieses einzigartige Gebäude genauer anzuschauen. Die alte Synagoge aus Holz, ein Ort der Stille und Tradition, hat mich sehr berührt. Auch Du hast häufig eine Synagoge aufgesucht, insbesondere zu den Festtagen. Und ich frage mich, wie Du im Hinterhaus die religiösen Feste mit Deiner Familie begangen hast. Dafür hast Du Dich immer schön gemacht und hast Dich nicht gehen lassen, wiewohl kein großes Publikum anwesend war. Du hast es für Dich getan, hast Dich stets unter Kontrolle gehalten. Dafür war Dir Dein Vater ein großes Vorbild. Ich hätte diese Achtung gern mit Dir geteilt.

Liebe Anne, ich reiche Dir die Hand als kleiner Bruder – zwanzig Jahre jünger – und grüße Dich

Dein Raphael

Anne Frank antwortet auf meinen Brief:

Ich werde eine Brücke schlagen in Deine Zeit und auf Deinen Brief antworten, als sei mein Leben ganz normal weitergegangen. Natürlich kann man seinem Leben nicht vorgreifen. Aber was bleibt mir, als die Zeit zu überlisten, als wäre ich vom Schicksal verschont geblieben. Ich habe auch in meinem Tagebuch auf diesen verwegenen Trick zurückgegriffen, um damit auf die bedrängende Situation zu reagieren. So schrieb ich meiner Freundin Jacqueline van Maarsen einen Abschiedsbrief, den man in meinem Tagebuch mit ihrer Antwort veröffentlichte. Er war eine Frage der Phantasie, sich die Antworten und ihre Inhalte vorstellen zu können – das setzte voraus, sich in das Seelenleben einzuleben.

Es war immer mein Wunsch, einen Bruder zu haben, einen großen Bruder, dem ich hätte trauen können und der mir während der Angriffe über Amsterdam die Hand gehalten hätte. Ich war ständig damit beschäftigt, mir unseren Mitbewohner Fritz Pfeffer vom Halse zu halten.

Immer hatte er was zu anzumerken oder zu meckern. Aber ich will nicht die alten Geschichten aufwärmen, vielmehr Dir, meinem imaginären Bruder, etwas erzählen.

Wenn es möglich wäre, mit der Zeit zu spielen und einen Zeitsprung von 20 Jahren zu machen, auch die Lebenserfahrung von 20 Jahren in einem Zeitraffer zu nutzen, so hätte ich wenigstens nicht nur das Gefühl, Deine kleine Schwester zu sein und auch nicht den Gedanken, Du wärest mein sehr großer und älterer Bruder. Damals hätte ich mir immer vorstellen können, einen Bruder zu haben. Darauf wäre ich sehr stolz gewesen.

Es ist tragisch, keine gemeinsame Zukunft zu haben, dass unsere Zukunft sich nur im Kopf abspielt. Ich stelle mir vor, Menschen zu begegnen, die für Dich wichtig waren. Schauspieler interessieren mich, insbesondere diejenigen, die für den Film arbeiten und inzwischen für ihre Leistungen berühmt geworden sind. Ich lebe in einer ganz anderen Welt: Mein Vater war Geschäftsmann in Amsterdam. Er war sehr charmant und freundlich. Überhaupt hätte ich die Zeit im Versteck ohne unseren Vater nicht ausgehalten. Er war für mich immer da. Ich kann verstehen, dass Du ihn als Vater vermisst hast, er war durch den Verlust seiner Töchter und seiner Ehefrau traumatisiert, er konnte nicht in Amsterdam bleiben und ist letztendlich in die Schweiz zu seiner Familie gegangen. Vieles hat er später nur ertragen können, weil er die Veröffentlichung meines Tagebuchs als eine schicksalhafte Chance gesehen hat.

Ich will meinen/unseren Vater nicht entschuldigen für das, was er übersehen hat oder nicht wahrhaben wollte. Aber mit seinen Möglichkeiten hat er vielen Gutes getan. Mich hat er als Maßstab genutzt, um seine „Geschäftsseite" abzuschwächen. Das, wozu er nicht in der Lage war, konnte ich für ihn zum Ausdruck bringen.

Zu Deiner Existenz hat er nur schweigen können, es hätte sonst seine Lebensgrundlage zerstört. Ich bin mir sicher, dass auch seine zweite Frau Fritzi das so erfahren hat und sie deshalb für ihn das Wort übernehmen musste. Eine Verflechtung vieler Umstände hat dazu geführt, dass Du als Sohn nicht anerkannt wurdest, dass auch Esther Goldstein Dich zur Adoption freigab. Er konnte zu Dir nicht stehen, obwohl er hätte stolz sein können, Dich als späten Sohn zu entdecken. Er hat sich – auch mit Hilfe seiner zweiten Ehefrau – entschieden, mein Tagebuch zu fördern, hat mir die Anerkennung gebracht. Du dagegen wurdest übergangen. Das ist Dein Schicksal.

Heute bist Du über siebzig Jahre alt.

Ich schreibe Dir in die Zukunft, um Dir Hoffnung zu geben – wenn auch spät im Leben – und den Trost meiner persönlichen Anerkennung. Was auch immer geschehen ist – ich hätte Dich gern als Bruder gehabt und wäre Dir gern Deine ältere Schwester geblieben. Machen wir das Beste draus – so schwer es fällt.

Du wirst mich in Westerbork besuchen. Am 3. Sept.

1944 wurde ich gemeinsam mit mehr als 1000 jüdischen Gefangenen im letzten Transport vom Judenlager Drenthe/Westerbork nach Auschwitz deportiert. So nahm unser Schicksal seinen Lauf.

Ich werde Dir schreiben - mein Bruder.

Ich grüße Dich
Anne
Westerbork

Tatsächlich hat Anne Frank in ihrem Tagebuch über ihre Einsamkeit geklagt und das Gefühl, in ihrer Familie nicht am rechten Platz zu sein: „Ich passe nicht zu ihnen." So wie Raphael sich seiner Adoptivfamilie nie zugehörig fühlte. Anne: „Nur Papa versteht mich manchmal." Von ihrem Vater Otto spricht sie mit großer Zärtlichkeit: „Vater ist ein Schatz wie immer." Diese innige Vater-Kind-Liebe mag in Raphael eine immense Sehnsucht geweckt haben. Auch er hatte sich nichts inständiger gewünscht als einen liebenden Vater, der ihn verstand und beschützte. Der seine kreative Ader wertschätzte und förderte, dessen Liebe keine Gegenleistung benötigte. Otto Frank muss ihm wie der Idealtypus eines Vaters vorgekommen sein. Er protegierte seine jüngste Tochter, wo immer es ging. Nach ihrem Tod widmete er sein Leben ihrem Vermächtnis. Mehr Vaterliebe geht nicht. Da schnitt der Adoptivvater, Johannes Gaius Burger, der womöglich zwischen Leistungsdenken und Wohlstandserhalt emotional erstarrt war, schlecht ab.

Raphael sah sich nicht räumlich inhaftiert, aber gedanklich in Grenzen verwiesen, die er niederreißen wollte. Sein ganzes Leben fühlte er sich unverstanden, bezeichnete sich selbst gern als rätselhaft. Einen Freund nannte er so gut wie niemanden. Einen alten Schulfreund aus Xanten hatte seine Ehefrau erwähnt. Ansonsten sei er ein Einzelgänger gewesen, der sich auch ihrem großen Freundeskreis nur sehr zögerlich anschloss.

Und da war sein großer Berufswunsch. Wie Anne wollte auch Raphael schon in jungen Jahren Schauspieler:in werden, gesehen werden, Anerkennung und Berühmtheit erlangen. Es den anderen zeigen. Nicht nur von der Bühne aus. Bewundert werden. Annes Ausführungen hatten bei ihm einen Nerv getroffen. Mit Entschlossenheit entwirft sie im Tagebuch ihre eigene Zukunft: „Ich werde nicht unbedeutend bleiben, ich werde in der Welt und für die Menschen arbeiten."

Ob als Schriftstellerin, Journalistin oder Schauspielerin, wie ihr Cousin Buddy. Hauptsache: bedeutend.

Bemerkenswert, wie häufig Raphael von Stolz spricht. Ein sperriger Begriff. Er beschreibt das Gefühl einer hohen Wertschätzung und die Freude darüber. Sein Doktortitel habe die Eltern endlich stolz auf ihn gemacht; er selbst schreibt immer wieder vom eigenen Stolz auf seine Leistungen und legt Anne in den Mund, sie wäre stolz gewesen, einen Bruder gehabt zu haben. Nichts schien er mehr ersehnt zu haben, als dass „man" stolz auf ihn sei. Die Eltern, der Vater. Viele „Kriegsenkel" beklagen diese gängige Abwesenheit von elterlicher Anerkennung in den Nachkriegsjahren.

Lieber Raphael,

ich bedaure sehr, dass ich an vielen Dingen, Erlebnissen, auch Schwierigkeiten Deines Lebens nicht teilhaben konnte. Ich fasse mich für diesmal kurz, um Dir zu sagen, wie sehr ich an Deinem Leben Anteil nehme.

Ich bemerke, dass nicht nur unser Vater für Dich nicht da war, sondern auch viele andere Umstände gegen Dich sprachen. Aber das Leben ist nicht fair und ausgewogen. Du schreibst viel über Deinen Adoptivvater, er sei Dir sehr fremd geblieben, habe sich nicht für Deine Interessen offen gezeigt. Er sei nicht schützend in die Schule gegangen. Klagen über Klagen. Du weißt, dass ich mich auch oft über meine Mutter geärgert habe, ich war häufig sehr wütend auf sie. Doch bei der Betrachtung aus späterer Zeit haben sich meine Klagen anders dargestellt. Sie hat immer das Beste gewollt. So wird es auch mit Deinem Adoptivvater gewesen sein. Unsere Eltern waren Opfer ihrer Zeit. Gerade in Deutschland waren die 50er Jahre geprägt von Menschen, die ihre Schuld und ihre Taten leugneten oder verharmlosten. In dieser Zeit zu leben, muss ein ständiger Kampf um Ordnung bei gleichzeitiger Kontrolle der politischen, kulturellen und gesellschaftlichen Gesamtsituation gewesen sein. Viele Politiker, Lehrer, Juristen stammten aus der NS-Zeit.

Denk nur an den Frankfurter Auschwitz-Prozess. Viele Aussagen wurden durch einen Auschwitz-Überlebenden dokumentiert, Hermann Langbein, aus Wien stammend, kommunistischer Widerstandkämpfer, als KZ-Häftling in Auschwitz als Schreiber tätig. Er hatte regelmäßig Kontakt zu vielen Ärzten. Die Dokumente sind vielsagend – die Angeklagten wollten sich nicht mehr erinnern, stritten alles ab und bezichtigten die Zeugen und Zeuginnen der Falschaussage. In der Politik fassten NS-Juristen weiter Fuß. Denke nur an Hans Josef Maria Globke, Verwaltungsjurist im damaligen Reichsinnenministerium und Mitverfasser und Kommentator der Nürnberger Rassegesetze. Er ist nur ein Beispiel dafür, wie die alten Seilschaften sich im neuen Staat unter Adenauer weiter einrichten konnten.

„Man schüttet kein schmutziges Wasser aus, ehe man reines hat." Das sagte Adenauer dazu.

Liebe Grüße

Anne

Liebe Anne,

Anfang der 60er, mit elf Jahren, träumte ich noch davon, ein besonderer Schriftsteller zu werden. Damals hatte ich die gleichen Wünsche wie Du: Etwas Besonderes leisten zu wollen. Doch meine schriftstellerischen Versuche scheiterten schon im Ansatz. Der Wunsch, mich „publikumswirksam" zu äußern, war vielleicht gleichermaßen ausgeprägt wie bei Dir, jedoch fehlte mir für alle schriftlichen Unternehmungen die Ausdauer. Meine damaligen Deutscharbeiten in der Schule wurden abgelehnt und mit schlechten Benotungen abgekanzelt. Meine Ausführungen seien zu sprunghaft und zu wenig strukturiert. Überhaupt war für mich dieses

Jahrzehnt sehr mühselig und frustrierend. Meine Pläne wurden regelmäßig durchkreuzt, indem man mir Regeln und Maßnahmen überstülpte. Ständig bekam ich Nachhilfestunden, die dazu führten, dass ich die Schule wechseln musste – von einem altsprachlich-humanistischen zu einem neusprachlich ausgerichteten Gymnasium mit Französisch als Hauptsprache. Ich sackte mit meinen Schulzensuren ins Bodenlose. Keiner konnte etwas mit mir als Schüler anfangen. In der großen Verzweiflung wollte ich wieder zurück in meine alte Schule. Das wurde auch so durchgezogen – ich erhielt Nachhilfestunden in Alt-Griechisch von einem hart auftretenden Studienrat und Freund der Familie, der mir alle Lektionen in dem Fach Griechisch, die ich während der Zeit in der neuen Schule verpasst hatte, einpaukte.

Noch heute sitzt bei mir der Schulschock so tief, dass ich mich an diese Zeit nur mit Grauen erinnere. Daher war meine Phantasie auf meine mögliche Zukunft gerichtet, die mir mehr Anerkennung und Hochachtung bringen sollte. Ich war darauf ausgerichtet, etwas ganz anderes zu leisten, als im Schulunterricht zu glänzen. Was lag da näher, als Schauspieler werden zu wollen? Faszinierend fand ich das Foto von Hamlet, gespielt von Gustaf Gründgens, der einen Totenkopf in Händen hielt und der für mich den höchsten und diabolischsten Ausdruck verkörperte. Ich wollte ein ähnliches Bild nachstellen und fragte bei meinen Schulkameraden nach, ob sie mir einen Totenschädel besorgen könnten. Heute scheint es mir so, dass ich meine Unfähigkeit, sinnvolle Leistungen in der Schule hervorzubringen, dazu ummünzte, meine Phantasie an den Rand der Verträglichkeit zu bringen. Für mich war die Welt damals eine große Bühne mit vielen unterschiedlichen Mitspielern und unterschiedlichen Funktionen.

Bis zu meinem fünfzehnten Lebensjahr zeichnete ich mich als Schüler durch regelmäßige Wiederholungen der Jahrgänge aus. Somit war ich stets der Älteste in den jeweiligen Klassen. Ich habe immer diejenigen bewundert, die ihre Schuljahre mit Leichtigkeit erlebten. Sonderbare Wiederholtechniken wurden erfunden, um mein trübes Gehirn in Schwung zu bringen. Ich war, wie man damals sagte, „unbeschulbar“. Mit dieser Erkenntnis wurde den deutschen Eltern zunehmend deutlich, wen sie seinerzeit adoptiert hatten – und Resignation war die Folge.

Endlich, nach Jahren der Demütigung, konnte ich das Gymnasium verlassen und wurde – mein erster Lichtblick – Schauspielschüler. Noch gegen Ende meiner Schulkarriere war ich Gesangsstudent an einem Konservatorium in meiner Heimatstadt geworden, hatte begonnen, Orgel und Klavier zu lernen, auch die theoretischen Fächer fielen mir nicht so schwer, wie man hätte erwarten können. Das Gesangsstudium rettete mich, insbesondere da die Gesangslehrerin eine berühmte, eher mütterliche Frau war, die erstes Vertrauen in mich setzte. Diese Zeit gab mir den Mut, mich neu zu erfinden.

Die Beschäftigung mit dem Fach Gesang hat mich abgesetzt vom Alltag meiner Schulkollegen, die später nach ihrem Abitur Ärzte, Rechtsanwälte und auch Lehrer wurden. Da war Zielstrebigkeit ein typisches Zeichen der Lebensentwürfe. Aber ich denke auch an einen ehemaligen Mitschüler, der mich ständig überrundete, später in Heidelberg der jüngste Student für Griechisch und Latein wurde, in kürzester Zeit seine Examina bestritt, mich – zufällig – später im Theater in Heidelberg traf und mir sagte, er habe mich bewundert, da ich schon sehr früh wusste, was ich beruflich machen wollte. Das aus dem Munde eines ehemals so hochgeschätzten und bewunderten Mitschülers zu vernehmen, war mir eine große Wohltat und Genugtuung. Ein weiterer Mitschüler erinnerte sich an meine eigenwilligen Verhaltensweisen. So hätte ich wohl jeden Morgen der Schulkasse ein Lied vorgesungen, jeweils eine Strophe des Liedes „Es war ein König in Thule“ – lautstark und mit großem Pathos.

Mit vierzehn Jahren hatte ich auch einem Deutschlehrer das Schultheater aus der Hand genommen, weil er – meiner Meinung nach – unfähig war, die schauspielerischen Fähigkeiten meiner Mitschüler angemessen zu beurteilen. Schon damals hatte ich wohl auch den Hang, zu experimentieren und Ungewöhnliches auszuprobieren. Trotz meiner ins Bodenlose absinkenden Schulleistungen wurde unser Schultheater von vielen geliebt und geachtet. Hier kam ich mir vor wie ein kleiner Intendant und hielt Hof auf dem Schulhof. Till Eulenspiegel, die vieldeutige Figur, hat mir damals zunehmend gefallen. Auch Du, liebe Anne, hättest Deinen großen Spaß am Till-Eulenspiegel-Spiel gehabt.

Die Eule war im alten Griechenland der Vogel der Weisheit und im Mittelalter der Bote des Teufels. Kurz: Meine Art zu sehen und zu handeln war immer verbunden mit der kritischen Aussage „Ich halte euch den Spiegel vor“. In vielen Situationen habe ich in Deinen Beobachtungen und Analysen ähnliche Perspektiven gefunden, die – wenn auch zu unterschiedlichen Zeiten – einen ähnlichen Fokus hatten und mit entsprechender Entrüstung kommentiert wurden.

Meinen nächsten Brief an Anne schicke ich nach Auschwitz und damit an einen weiteren Ort des Schreckens. Ich möchte wissen, wie meine Schwester Anne mir geschrieben hätte, wenn sie es denn gedurft hätte.

Liebe Anne,

Du bist in einen Viehwaggon geladen worden, ohne zu wissen, wohin die Reise geht. Hast alles zurücklassen müssen, ohne zu wissen, ob es je eine Rückreise gibt. Doch es war Glück, Deine Familie nahe zu wissen. Du warst im Hinterhaus in der Prinsengracht langsam erwachsen geworden. Du hast Dich nie beirren lassen. Du hast viele Menschen für Dich gewonnen, die Deinen Weg begleitet haben und denen Du stets auch kritisch begegnet bist. Das hat mich immer für Dich eigenommen – Du warst vielen ein Vorbild. Du hattest klare Pläne, welchen Beruf Du ergreifen wolltest, Du wolltest Einfluss nehmen, berühmt werden, überleben und gestalten.

Als Du nach Auschwitz gebracht wurdest, ist Dir Dein Leben genommen worden. Dort herrschten völlig andere Gesetze. Du bist auf eine Nummer reduziert worden, Deine Eltern, Deine Schwester, Peter, in den Du so sehr verliebt warst und an den Du Dich halten konntest –

alles Nummern. Was musst Du gelitten haben. Du wurdest in eine Baracke gepfercht, musstest stundenlang Appell stehen, musstest bis zur Erschöpfung arbeiten - und warst doch erst 15 Jahre alt. Deine Haare wurden rasiert - Deine geliebten Haare. Hätten wir uns begegnen können, Du meine ältere Schwester und ich Dein jüngerer Bruder, hätte ich Dich wahrscheinlich sehr bewundert - wegen Deiner Schönheit und Energie. Aber ich weiß, jüngere Brüder sind älteren Schwestern immer eher peinlich.

Ich wollte immer Schauspieler werden und bin es später auch geworden. Ich hätte viel von Dir und Deiner Phantasie gelernt, von Deinem Mut und Deine Eigenwilligkeit. Später in meinem Leben habe ich einen beeindruckenden Menschen kennengelernt, der aus dem alten russischen Zarenland entstammte, dessen Vater Leibarzt der Romanows gewesen war: Nikolaus von Sementowsky-Kurilo. Drei Mal in seinem Leben war er zum Tode verurteilt worden. Zum ersten Mal in Russland während der Oktober-Revolution, dann in Spanien und später während der Nazi-Zeit.

Er erzählte häufig aus seinem Leben. Es war verwunderlich, dass er alle Unruhen überlebt hatte. Als Kind des Leibarztes des Zaren hatte er in St. Petersburg im Palast des Zaren gewohnt und mit den Zaren-Kindern gespielt. Das waren wohl herrliche Zeiten für ihn, so erzählte er mir. Er erzählte, dass er sehr jung begonnen hatte zu schreiben und dass ihn das Schreiben später gerettet habe. Er habe lange in Europa nach seinem Bruder Konstantin gesucht. Der Zufall wollte, dass er ihn fand, als er auf einem Markt auf Ibiza ein paar Äpfel kaufte, die in eine Tageszeitung eingeschlagen waren. In der Innenseite der Zeitung las er zufällig eine Anzeige, in der sein Bruder Konstantin seinen verschollenen und zum Tode verurteilten Bruder Nikolaus suchte. Sie trafen sich später in Frankfurt, in Deiner Geburtsstadt, wieder.

Ich grüße Dich und habe dabei das Ende eines Gedichtes von Nikolaus von Sementowsky-Kurilo aus dem Jahre 1923 vor Augen:

Mit größter Armut schlug mich Gott:
Den toten Augen gab er Schmerz der Sehnsucht.
Nur einmal sehen: den Schweif des fremden Vogels!

Dein Raphael

Nikolaus Sementowsky-Kurilo. Der Filiastro tippt auf dessen Buch „Schicksal im Sternenspiegel. Lebensdeutung auf astrologischer Grundlage". Daneben ein Gedichtband „Lebensspuren", ebenfalls von ihm. Die Ehefrau hatte den Namen erwähnt. Ein ehemaliger älterer „Verehrer" ihres Mannes aus Heidelberger Zeiten, Ende der 1960er Jahre, habe ihr Raphael erzählt. Er hatte zu der Zeit ein Erstengagement am Heidelberger Theater. Tatsächlich: eine Postkarte, adressiert an „Norbert Burger", liegt auf dem Haufen „Unwichtig", den sie bereits gebildet hatten. Unverfängliche Grüße aus der Kur auf der Bühlerhöhe im Schwarzwald.

Ungewöhnlich, dass das Worldwide Web so wenig über Sementowsky weiß. Unter Wiki-Data nur die Angabe: deutscher Journalist. Bei Astro-Wiki finden sie mehr: Ukrainisch-italienisch-deutscher Publizist und Astrologe, entstammte einer alten Adelsfamilie, verließ 1933 Deutschland und ging ins Exil nach Frankreich, Italien, Spanien und in die Schweiz. Bundesverdienstkreuz 1. Klasse wegen seines langjährigen Engagements für die deutsche Kultur im Ausland. Letzte Lebensjahre in Heidelberg. Veröffentlichte einige Bücher über Psychologie und Astrologie.

Nach Raphaels Beschreibung war er offenbar ein Quell an außergewöhnlichen Begebenheiten. In seinen Memoiren kommt Raphael an einer späteren Stelle noch einmal auf ihn zu sprechen. Ein Mensch, der ihn nachhaltig beeindruckt haben muss. Er nannte ihn einen Mentor.

Als ich die Schauspielschule beendet hatte und nach Heidelberg engagiert worden war, war ich noch jung und fühlte mich sehr fremd in der neuen Stadt. Hier lernte ich diesen außergewöhnlichen Menschen kennen, der bald großen Einfluss auf mich hatte: Professor Nikolaus von Sementowsky-Kurilo. Regelmäßig wurde ich von ihm zum Essen eingeladen. Sementowsky war neben seiner Historiker-Tätigkeit auch Parapsychologe und in einem Verbund von Freunden tätig, die sich alle der Parapsychologie verschrieben hatten. So traf man sich mit Medien, die ihre Fähigkeiten unter Beweis stellen sollten. Es wurden auch die letzten Buch-Veröffentlichungen diskutiert, zum Beispiel des Autors Wilhelm Moufang, der regelmäßig Gast im Hause Sementowsky war. Noch heute habe ich Bücher aus damaliger Zeit in meinem Bücherschrank. Dialoge hinter vorgehaltener Hand deuteten immer auf etwas Geheimnisvolles hin, etwas, das für mich und meine Ohren nicht bestimmt war.

Ich erinnere mich an einen Abend mit ausgewählten Gästen, mit klassischer Musik und einem Beitrag von mir als Rezitator. Das Publikum war eine besondere Mischung aus Heidelberger Honoratioren und Gästen der besonderen Art, die nicht von dieser Welt zu sein schienen, merkwürdige Gestalten, denen man besser nicht traute. Auch Wilhelm Moufang war vor Ort und warb für seinen Jour Fixe, eine ständige Einrichtung zum Austausch neuer paranormaler Phänomene. Ich wurde zu diesen Treffen eingeladen und wurde Zeuge unerklärlicher und verblüffender Beobachtungen wie dem Hervortreten von sogenanntem Ektoplasma bei sogenannten Medien.

Wild wurde diskutiert, wie es zu den erkennbaren Gesichtern im Ektoplasma gekommen sein könnte, welches Gesicht zu erkennen gewesen sei und welches Phänomen tatsächlich dieser Erscheinung zu Grunde läge. Weiter wurde ständig gestritten, ob Menschen sich ohne Hilfsmittel in die Luft, eben durch Psychokinese erheben könnten. Die sogenannte Levitation konnte nie ganz aufgedeckt werden, aber die Heftigkeit der Auseinandersetzung war auffällig und abstrus. So wurde ich – unfreiwillig – in Bereiche eingeführt, die meinen Kopf völlig überstiegen.

Ähnlich wie Sementowsky hatte sich auch der Jurist, Kunstsammler und Autor Wilhelm Moufang in seinen Heidelberger Jahren sogenannten übersinnlichen Phänomenen verschrieben. Seine Jours Fixes waren legendär. Das seit Beginn des 20. Jahrhunderts sprießende Interesse an Spiritismus und Okkultismus erhielt in den Siebzigern mit dem Horrorfilm „Der Exorzist“ noch einmal einen Schub. Die aufkommende öffentliche Diskussion wird auch den Schauspieleleven Norbert bzw. Raphael erreicht haben. Moufangs Zusammenkünfte ermöglichten dem vielseitig interessierten jungen Mann einen Blick in eine ihm bislang unbekannte esoterische Welt. Er wird sie aufgesogen haben wie ein Schwamm. Eine Weltanschauung, die kritisch mit Rationalität und Faktizität ins Gericht geht, mag ihn tief beeindruckt haben.

Und nun steht die Journalistin in diesem dunklen Raphael-Reich, das seine Frau ihm mit Sorgfalt eingerichtet hat und das doch nie seines war, und aus jeder Fuge in diesem Raum wirkt sein Leben auf sie ein. Was sie gelesen hat, bei ihm und bei anderen, wovon er ihr persönlich berichtete, was sie den zusammenhanglosen Informationen seines dokumentarischen Nachlasses entnimmt: Fragmente eines Lebens, die eher Bruchstücken eines vielfarbigen Mosaiks ähneln als einem Puzzle, dessen Motiv von vornherein bekannt ist.

Seit Stunden bildet sie mit dem Filiastro kleine Türme aus Unterlagen und losen Zetteln. Dabei ist es erstaunlich wenig, was nach einem 72-jährigen Leben von diesem Menschen übrigbleibt. Sie sondieren, verlieren sich immer wieder in Fundstücken: Presseartikel über die von Raphael gegründete

Theatergruppe Ende der 70er, Anfang der 80er Jahre. Das Forum-Theater muss eine echte Institution in Duisburg gewesen sein. Da gibt es Briefe der populären und aus Film und Fernsehen bekannten Schauspielerin Gisela Uhlen an ihren Bühnenpartner.

Sie öffnen eine flache Schachtel mit Fotos. Der kleine Raphael, der damals Norbert hieß, mit seiner Adoptivfamilie: Vater, Mutter und die drei Kinder. Offensichtlich aufgenommen auf einem Ausflugsdampfer. Alle fein herausgeputzt im Sonntagsstaat, die Schwester mit Schleife im Haar. Raphael mag schätzungsweise gerade mal drei Jahre gewesen alt sein; das Foto muss kurz nach seiner Aufnahme als Pflegekind in die Familie aufgenommen worden sein. Er sitzt auf dem Bein des Vaters, sein kindliches Gesicht drückt Unbehagen aus. Er schmollt. Keines der drei Kinder wirkt glücklich, da wissen sich die Eltern besser in Szene zu setzen. Ein klassisches 50er-Jahre-Motiv: die Familie in ikonischer Positur.

Ein Bild seines Adoptivvaters Johannes, ein sympathisch wirkender Mann. Da sind sich die Journalistin und der Filiastro einig. Fast meint man eine Familienähnlichkeit mit Raphael zu erkennen, aber es ist wohl nur der verletzliche, stets kritische Blick, der auch Raphael im Alter ausmachte.

Geradezu Begeisterung kommt auf, als Fotos vom jungen Raphael auftauchen. Er als Schüler, während der Zeit des Schultheaters. Ein attraktiver junger Mann. Wie er da als dänischer Prinz Hamlet mit einem Totenkopf in der Hand lässig zurückgelehnt posiert. „Sein oder Nicht-Sein?“ Die große Frage, die Shakespeares Drama nach wie vor Aktualität verleiht. Teilnehmer oder Zuschauer seines eigenen Lebens zu sein, das war auch eine Frage, die sich Raphael sein Leben lang stellte und für sich klar beantwortete: Er wollte teilnehmen, sein Leben gestalten und sich nicht den Regieanweisungen des Schicksals fügen oder als passiver Zuschauer dem Spektakel, das man Leben nennt, folgen.

Hier! Die Journalistin hält dem Filiastro triumphierend zwei Schwarzweiß-Fotografien entgegen. Die müssen aus seiner Heidelberger Zeit mit Sementowsky stammen! Der junge Raphael, elegant im dunklen Anzug, hockt neben augenscheinlich illustren Herrschaften an einem Cocktailtischchen. Auf einem anderen sitzt er, mit einem existenzialistischen, schwarzen Rollkragenpullover bekleidet, ein Blatt in der Hand haltend an einem Schreibtisch, neben sich ein Klavier. Sein Gesichtsausdruck expressiv, so wie man sich einen Rezitator vorstellt.

Endlich: Das Foto von Esther Goldstein, wohl aufgenommen in den 1940er Jahren. Sie kannte das Bild, hatte es in der niederländischen Zeitung gesehen. Es zeigt eine zurückhaltend lächelnde Frau in einem steifen langen Tageskleid. Ein Ganzkörperporträt. Schade, dass sich das analoge Papierfoto nicht zoomen lässt. Und so kneifen sie die Augen zusammen und halten das Foto abwechselnd dicht vor ihre Nasen. Sah Raphael ihr ähnlich?

Damals, an diesem Abend vor ein paar Jahren, als er ihr sein Geheimnis über seine wahre Identität verriet, erwähnte er auch den Auftritt seiner Mutter beim Eichmann-Prozess 1961 in Jerusalem. Sie hatte sich diesen Auszug aus dem Prozess gegen den ehemaligen deutschen Obersturmbannführer Adolf Eichmann schon mehrfach auf YouTube angesehen. Es war Hannah Arendt, die im Zusammenhang mit diesem aufsehenerregenden Prozess den Begriff „Banalität des Bösen“ prägte. Unter dem Suchbegriff „Eichmann Trial Session 70,75“ findet sich Esther Goldsteins Aussage auf YouTube. Ab Minute 1:37 beginnt ihre Befragung als Zeugin vor Gericht.

Die hübsche junge Frau im hellen Blusenkleid wird als Zeugin aufgerufen. Gefasst erzählt sie ihre grauenvolle Geschichte. Sie sei mit ihrer Familie von ungarischem Territorium nach Auschwitz transportiert worden. Ein Foto zeigt sie inmitten anderer Frauen bei der Ankunft am Bahnhof. Es werden ihr weitere Fotos von KZ-Mitinsassen vorgelegt; sie identifiziert, wer von diesen Personen noch lebt: ihr Bruder, ihre Schwestern und ein weiterer Mann. Alle anderen seien tot.

Sie schildert die Schrecken des Lagerlebens, der von Dr. Mengele betriebenen Auswahl, wie sie zu zwölft in einem Bett schliefen und die zwölf Frauen von nur einem Teller ohne Besteck essen mussten. Wie es kam, dass sie sich der Selektion entziehen konnte, fragt der Richter. Sie, die hebräisch spricht und auf Englisch übersetzt wird, erteilt detailliert Auskunft: Die Frauen hätten sich in die Wangen gekniffen, damit Farbe ins Gesicht kommt. Dr. Mengele schickte alle, die schwach aussahen, ins Gas. Als die Journalistin das Video das erste Mal sah, schossen ihr die Tränen in die Augen. Auch weil sie Raphaels Leid plötzlich so intensiv mitfühlte.

Aber: Die Esther Goldstein aus dem Eichmann-Prozess konnte nicht Raphaels Mutter sein. Die Geburtsdaten stimmten nicht überein. Das Foto der Frau im Streifenkleid bestätigt es: Es handelt sich um zwei verschiedene Frauen. Der Filiastro erinnert sich, dass Raphael diese Erkenntnis in einer Art resignativer Unausweichlichkeit hingenommen hatte. Dann sei die Esther Goldstein aus dem Eichmann-Prozess eben nicht seine Mutter, habe er lapidar gesagt. Seine Tragödie war dadurch noch größer geworden, denn somit hatte er auch diese letzten beweglichen Bilder als vermeintliche Erinnerung an seine Mutter verloren. Die andere Frau Goldstein auf dem Foto dagegen sieht ihm frappierend ähnlich. Der Schock muss für Raphael groß gewesen sein.

Liebe Anne,

vom Konzentrationslager Auschwitz wurdest Du in das Konzentrationslager Bergen-Belsen deportiert. Ich habe viel über dieses Lager gelesen und habe erfahren, was Du sieben Monate lang, bis kurz vor der Befreiung des Lagers durch die Engländer, ertragen musstest. Schon vorher hast Du mit Auschwitz das grausamste Lager erleben müssen, das es je gab. Mit dem Lagerarzt Dr. Mengele, der regelmäßig die sogenannten Selektionen durchführte, hattest Du einen trügerischen Kontakt. Davon hat mir meine Mutter Esther ein furchtbares Bild gegeben. Dann der erneute Transport im Viehwaggon ins KZ Bergen-Belsen. Es gibt erschütternde Berichte von niederländischen Frauen, die zur selben Zeit erleben mussten, was Du ertragen musstest.

Ich frage mich, was hättest Du in Dein Tagebuch geschrieben, hättest Du die Möglichkeit zu schreiben gehabt? Was hättest Du uns aus der Hölle berichtet und wärest Du überhaupt in der Lage gewesen, geeignete Worte zu finden? Du bist, wie Deine Schwester Margot, in Bergen-Belsen an Flecktyphus erkrankt. Über Deine letzten Stunden ist nicht viel bekannt, aber einige Zeitzeugen haben über die grausamen Zustände dort berichtet. Vieles hättest Du mit der Macht Deiner späteren Worte beschreiben können. Du wärst dazu imstande gewesen, die genaue Vorstellungskraft im Leser zu entwickeln, die notwendig gewesen wäre, dieses Grauen nachzuvollziehen.

Wenn Du wieder nach Amsterdam zurückgekehrt wärest und Dein Tagebuch auf dem Dachboden des Verstecks wiedergefunden hättest, wäre es Dir möglich gewesen, an die alten Worte, Berichte und Beschreibungen anzuknüpfen? Ich möchte hoffen, dass für Dich andere Themen möglich gewesen wären – weniger ein Nachvollzug, sondern eine Vorausschau. Nur ein Buch aus heutiger Zeit bezieht sich auf Deine früheren Texte: „Anne Frank – Liebe Kitty: Ihr Romanentwurf in Briefen“, entwickelt von der Sprachwissenschaftlerin Laureen Nussbaum. Es ist ein Nachvollziehen schon formulierter Texte, Ideen und Briefe. So würde ich gerne Dein Leben und Schreiben heute begleiten.

Bei der Lektüre des Romanentwurfs ‚Kitty‘ erkannte ich, welche Sachlichkeit und Klarheit Du in Deinen Beschreibungen an den Tag legtest. Auch hast Du Kitty konsequent als Ansprechpartnerin erhalten. Gelegentlich hast Du Namen alter Freundinnen genannt und mit ihnen in Deiner Vorstellung gesprochen. Gerade so sind die Personen immer plastisch und verbindlich geblieben. Du hast mir die Möglichkeit gegeben, mir ein Bild von Kitty zu machen – ihr Aussehen, ihre Stimme, ihre Geduld, ihre Präsenz neben Dir zu vergegenwärtigen. Du erzwingst geradezu die Vorstellung einer realen Freundin, die Dich begleitet.

Hättest Du Dir vielleicht auch einen imaginären Bruder wie mich ausgedacht? Wie hätte er ausgesehen? Wie wären seine Gedanken gewesen? Oder wärest Du enttäuscht gewesen? Deine alte Schulfreundin Jacqueline van Maarsen hat die Frage grundsätzlich für mich beantwortet. Sie schrieb: Anne Frank hätte mich gern zum Bruder gehabt. Anne Frank wäre stolz darauf gewesen, mit mir Otto Frank als gemeinsamen Vater gehabt zu haben.

Was hätte alles sein können?

Liebe Grüße

Raphael

Lieber Raphael,

ich schreibe Dir aus der Hölle, aus dem Konzentrationslager Bergen-Belsen. Meine Schwester und ich sind tagelang von Auschwitz im Viehwaggon nach Celle gefahren worden und mussten anschließend zu Fuß zum Lager laufen. Nichts war vorbereitet, um so viele neue Menschen aufzunehmen. Es regnete und stürmte heftig. Nachdem die eilig erstellten Zelte wieder in sich zusammengebrochen waren, wurden wir neuen Insassen auf andere Baracken verteilt. Da konnte ich kurz meine Gedanken sammeln und fragte mich, wer wohl mein Tagebuch jetzt hat, wer es liest oder in den Müll wirft. Dieser Gedanke machte mich verzweifelt, auch dachte ich an Mutter und Vater, was aus ihnen geworden sein mochte. Hier in Bergen-Belsen gab es keine Gaskammern, aber eine riesige Grube, wohin wir die Toten trugen. Der Gestank war unbeschreiblich. Und dann die Vögel, die in die Grube hineinflogen! Wir trugen die Leichen in Decken gewickelt. Die Decken schüttelten wir dann aus, weil wir sie ja erneut nutzen mussten.

Ich habe Flecktyphus, alle um mich herum haben Fleckfieber, und ich kann mich nicht mehr auf den Beinen halten. Margot war sehr krank, bis sie sich aufgab und starb. Sie war vor lauter Schwäche aus dem Bett auf den Steinboden gefallen. Noch will ich mich nicht aufgeben. Die Gedanken an Vater und Mutter, an mein Tagebuch, an Kitty, meine Freundin in dieser Situation, sollen mich am Leben erhalten. Überall munkelt man, der Krieg sei zu Ende und das Lager würde den Engländern übergeben. Dann hörte ich in meinem Fieber Margots Stimme. Phantasie ist so notwendig, um überleben zu können. Wenn man sie verliert und aufgibt, ist das Leben verloren.

Hier stirbt man, weil es keine medizinische Hilfe gibt. Dann wird man zur Grube getragen und vergessen. Ich hatte eine große Freude, als ich mit meiner alten Freundin Hanneli jenseits des Sperrzaunes sprechen konnte. Ich hörte ihre Stimme, aber konnte sie nicht sehen. Sie warf ein kleines Päckchen zu mir über den Zaun, jedoch stürzten sich andere Gefangene auf das Päckchen und entrissen es mir. Der zweite Versuch funktionierte. Ich konnte es auffangen und konnte ihr noch kurz berichten, dass ich über Auschwitz nach Bergen-Belsen transportiert worden war. Was aus Vater und Mutter geworden ist, weiß ich nicht. Hier gehen ständig Gerüchte, dass wir bald befreit werden. Alle leben nur darauf hin. Aber gerade in der letzten Zeit sind so viele gestorben - sie hatten nicht mehr die Kraft, weiterzuleben oder sich weiter für das Leben zu ermutigen.

Deine Anne

Liebe Anne!

Die Fahrt nach Auschwitz dauerte drei bis vier Tage ohne weitere Unterbrechungen. Für die deportierten Menschen bedeutete das eine unbeschreibliche Qual und Erniedrigung. Gerade für Dich muss diese Fahrt unerträglich gewesen sein. Bei Eurer Ankunft ging es ebenso grausam weiter. Ich habe darüber viel gelesen und bin bis heute sprachlos, auch darüber, was Menschen auszuhalten können, um zu überleben. Jedes Wort an dieser Stelle könnte nicht das ausdrücken, was Du erlebt haben musst und ich mir nur anlesen konnte. Was sollte für Dich die Zukunft bringen? Du schriebst, dass Du Schriftstellerin werden wolltest. Du wolltest Wirkungen erreichen und nicht wortlos bleiben. Du wolltest Reaktion und Aufmerksamkeit. Es war eine ausgleichende Tätigkeit der Beobachtung und eine Möglichkeit, sich der jeweiligen Situationen bewusst zu sein, sie besser zu verstehen und darauf zu reagieren. Deine Beobachtungsgabe war für Dich von Vorteil. Und dieser Vorteil war auch stets ein Hemmschuh Deiner Stimmungen. Immer hast Du Deine Stimmung hinterfragt und stets auch die Begründung bei Dir selber gesucht. Immer wolltest Du besser und klüger sein als Deine Mitmenschen. Du hattest schnell die Einsicht, dass Dein Vater Dir im Versteck nicht alles sein und geben konnte. Und Deine Mutter Edith konnte Deinen Erwartungen und Wünschen nicht gerecht werden.

Es gab wohl eine Annäherung zwischen Dir und Deiner Mutter während Deiner Gefangenschaft in Auschwitz, sie hat für Euch Töchter zu sorgen versucht und ist dann doch in Auschwitz gestorben. So haben wir nur den Eindruck der Entzweiung und der unerfüllten Wünsche. Du hättest nach dieser entsetzlichen Zeit bestimmt versöhnende und verstehende Worte finden wollen. Ich stelle mir vor, dass Du während Eurer Verhaftung mitansehen musstest, wie Dein Tagebuch aus der väterlichen Tasche auf den Fußboden geworfen wurde. Alles ging zu Bruch, Deine Hoffnungen zerbrachen, Deine Tagebuchtexte wurden vernichtet.

Und trotz aller Zerstörungswut blieben sie erhalten und wurden weltweit verbreitet – so wie Du es Dir in besseren Zeiten gewünscht hattest. Über was hättest Du später geschrieben? Hättest Du überhaupt weiterschreiben können? Hätte es noch eine Notwendigkeit gegeben, weiter zu schreiben? Oder wärest Du durch die Erfahrungen, die Du in Auschwitz machen musstest, zerbrochen und verstummt? Wären die Nöte, die schrecklichen Umstände dann doch die Bedingungen gewesen, die Dich zum weiteren Schreiben gebracht hätten? Ich habe noch die Berichte des italienischen Schriftstellers und Wissenschaftlers Primo Levi in Erinnerung, der weniger die Umstände beschreibt, sondern sie zu verstehen versucht.

Wäre dieser Umgang mit den vorgefundenen Bedingungen nicht auch eine inhaltliche Richtung geworden? Aus Deiner engen und stark persönlichen Perspektive hätte eine generelle und übertragbare Richtung werden können. Du hättest aus Deiner starken und analytischen Beobachtung der Bedingungen in Auschwitz jenseits des

Leids auch eine humorvolle Betrachterin und Schriftstellerin werden können, die durchaus auch einen weiten und interessierten Leserkreis hätte finden können. Was hätte die Analyse aus Dir gemacht?

Liebe Grüße

Dein Raphael

Sie wendet sich wieder den Papieren zu, fördert Ausweise verschiedener Schauspielschulen in Heidelberg und Köln zutage, an denen er ihres Wissens nie Unterricht genommen hatte, vor allem nicht zu den dort verzeichneten Zeiten. Wie war er denn an diese Dokumente gekommen? Vermutlich hat er sich damit vergünstigten Eintritt ins Theater verschafft.

Wenn es um verzeihliche Vorteilsnahmen ging, war er schon immer recht ideenreich aufgetreten. Ein Mitgliedsausweis der Genossenschaft Deutscher Bühnen-Angestellter ist ausgestellt auf den Namen Jean-Bert Burger. Der Filiastro zieht mit ausholender Geste den imaginären Hut vom Kopf und verbeugt sich dramatisch vor der Journalistin.

„Gestatten, je suis Jean-Bert, Marquis de Schade…" Sie lacht, mag den Humor dieses jungen Mannes. Der habe ihn, so sagt er selbst, eng mit Raphael verbunden.

„Er konnte über sich selbst lachen. Bis zu seinen letzten Tagen. In der letzten Einrichtung, in der er dann verstorben ist, da lag er so würdevoll in seinem Krankenbett. Und ich sagte ich zu ihm: ‚Du siehst aus wie ein Papst'. Da hat er huldvoll mit der rechten Hand gewunken wie ein Papst. Das fand ich extrem lustig, trotz dieser todtraurigen Situation."

Auch sie erinnert sich an Raphaels Lachen. Es war kein donnerndes oder schepperndes, sondern ein lautloses. Seine Augen blitzten auf, seine Schultern zuckten hoch und runter, so dass der leicht pyknische Körper ins Wackeln kam. Für schlagfertige Bonmots und intelligente Drolerien war er immer zu haben, für bierdimpflige Witzkultur hingegen gar nicht. Die beiden spekulieren noch weiter über den Namenswirrwarr.

Zwölf Jahre zuvor hatte er sich „Raphael-Maria Goldstein" als Künstlernamen vom Interessenverband Deutscher Schauspieler e.V. bestätigen lassen. Ein entsprechendes Papier war in seinen Aktenordern abgeheftet. Den mühseligen Weg der behördlichen Anerkennung hatte er sich geschenkt. Aber was für eine Entwicklung! Vom deutschen Norbert über den künstlerisch frankophilen Jean-Bert bis hin zum bedeutungsschweren jüdischen Raphael, dem er den christlichen Namen Maria hinzufügte. Vielleicht eine Reminiszenz an seine Adoptivmutter Franziska Maria Burger?

Liebe Anne,

vielleicht wäre eine Schauspiel-Ausbildung auch eine für Dich passende Alternative gewesen zu Deinem Wunsch, Schriftstellerin zu werden? Ich weiß, dass es immer sehr schwer ist, solche Entscheidungen in jungen Jahren zu fällen. Ich selber hatte nach meiner Aufnahmeprüfung in Zürich während meiner Ausbildung die Gelegenheit zu erkennen, dass es sich hier um eine andere, sehr spezielle Welt handelt. Der Großmeister des Schauspiels, Konstantin Stanislawski, ein russischer Schauspielpädagoge und Regisseur, wurde stets als derjenige dargestellt, der auf alle Fragen von jungen Schauspielern die passenden Antworten wusste. Dabei stellte ich fest, dass doch sehr viele Fragen bei ihm unbeantwortet blieben und bisweilen große Ratlosigkeit hinterließen.

Überhaupt hatte ich stets die Frage, was das sei – „Ich spiele ...“ Ist es eine Befindlichkeit, die der Realität nahekommt, aber diese nie erreicht? Ist es ein Ziel, in die Nähe der Realität zu geraten? Oder ist es mehr eine Flucht aus der Realität, die häufig mit der entsprechenden Vorstellung im Kopf beginnt? Damit wäre sie dann auch vergleichbar mit der Phantasie des Schriftstellers, der in der Lage ist, sich Szenen und Vorgänge vorzustellen und sie in Worte zu setzen. Was ist Spiel? Was ist Spiel miteinander? Was ist Realität? Was ist Schein-Realität? Was ist ein Spielraum? Fragen, die unter dem Aspekt bühnenspezifischer

Betrachtung anders zu beantworten waren als unter dem Aspekt filmspezifischer Aktionen.

Hätte ich derartige Überlegungen auch mit Dir, Anne, durchgehen können? Überlegungen, die überhaupt nur schwer mit jungen Menschen geleistet werden konnten? All das, was ich von Dir erfahren konnte, was ich von Dir in Deinem kleinen Kosmos des Hinterhauses beschrieben lesen konnte, ließ mich zu der Annahme kommen, Du seist zu derartigen Gedankenausflügen fähig gewesen. Vielleicht war es auch nur meine Wunschvorstellung, in dieser Weise mich mit der eigenen Schwester unterhalten zu können? Auf Peter – auf Deinen Mituntergetauchten in Amsterdam – war ich gelegentlich fast ein wenig eifersüchtig, da er häufig die Gelegenheit hatte, mit Dir auf dem Dachboden zu sitzen, frische Luft zu atmen, die Gedanken frei schweben zu lassen und der Phantasie freien Lauf zu lassen. Viele Gespräche, die ich immer wieder zu diesen Themen führen musste, fanden ihren Anfang in diesen Betrachtungen. Leider konntest Du nie Deinen kleinen literarischen Kosmos verlassen und musstest in Deiner kleinen Welt gefangen bleiben.

Dass auch bei Dir eine Neigung zu theoretisch-literarischen Betrachtungen bestand, erkennt man neben Deinem Schreibtalent an den Lektüren historischer Romane und Biografien zum Beispiel Peter Paul Rubens, Franz Liszt und Galileo Galilei. Was hätte daraus werden können?

Ich grüße Dich – Dein Raphael

Lieber Bruder, lieber Raphael,

das stimmt, ich habe mich sehr häufig in die Welt der Schauspielerinnen und Schauspieler geflüchtet, habe mir sogar kleine Fotos berühmter Personen aus den damaligen Zeitschriften herausgeschnitten und im Versteck in der Prinsengracht an eine Wand geklebt. Mein Tisch stand in unmittelbarer Nähe dieser Bilder – sie boten mir den Raum für Phantasie, die ich sonst nie hätte entwickeln können. Diese Fotos waren meine andere Welt, die ich brauchte, um die Tragödien auszuhalten, die mich umgaben. Angefangen mit Fritz Pfeffer, der immer zur gleichen Zeit wie ich den gemeinsamen Tisch nutzen wollte, nur um mich daran zu hindern, meinen eigenen Gedanken nachzugehen. Zunächst war er mir ruhig und höflich erschienen, sodass ich damit einverstanden war, das Zimmer mit ihm zu teilen, doch nach und nach wurde er immer unerträglicher.

Jede Person im Hinterhaus zeigte in diesen Extremsituationen irgendwann ihr wahres Gesicht. Über zwei Jahre waren wir im Versteck, hatten nur uns selbst, unsere Tischgenossen und unsere diversen Beschäftigungen. Der eine las, der andere lernte für die Zukunft oder langweilte sich, so wie Peter, der Sohn von Herrn und Frau van Pels, der doch immerhin im eigenen Zimmer schlafen durfte. Im Gegensatz zu mir war er still und verschlossen. Seine Eltern dagegen konnten sich heftig streiten, sich anschreien und sich tagelang beleidigt anschweigen. Wäre mein Vater nicht dazwischen gegangen, hätte es Mord und Totschlag gegeben.

Margot, meine ältere Schwester, die auch Deine Schwester gewesen wäre, war eine völlig andere Persönlichkeit, als ich es war. Sie war die perfekteste Tochter, die man sich vorstellen konnte. Im Gegensatz zu mir war sie zurückhaltend und ruhig. Auch war sie eine sehr gute Schülerin, über die man sich nicht ärgern musste. Einmal fragte ich sie, was sie später – nach dem Krieg – werden wollte. Ihr Wunsch war es, Krankenschwester und Hebamme im damaligen Mandatsgebiet Palästina zu werden. Mehr als dieser Wunsch für die Zukunft war aus ihr nie herauszubekommen. Sie bekam eine Einberufung zum Transport in ein Arbeitslager in Deutschland. Aus diesem Grund sind wir untergetaucht und in die Prinsengracht eingezogen. Auch Margot hat regelmäßig in ihr Tagebuch geschrieben, das jedoch nach dem Krieg nie gefunden wurde. Für meinen Vater blieb nur mein Tagebuch als letzte Quelle, um etwas von uns Töchtern in Händen zu haben.

Liebe Grüße
Anne

Raphaels Manuskript scheint fast die einzige Quelle, um etwas von seinem Leben in den Händen zu halten. Die Ausbeute des Tages ist kläglich. Unvollständige berufliche Unterlagen, sorgfältig abgeheftete Korrespondenzen, nicht die Briefe seiner Mutter Esther, dafür eine Fotografie von ihr und etliche Fotos aus seinem Leben als Norbert Burger. Sie hat die gebildeten Material-Häufchen mit Post-its versehen. Sie nimmt sich den „Vielleicht wichtig"-Packen noch einmal vor; es sind nur ein paar lose Blätter. Darunter die Geburtsurkunde seiner Tochter Milena von 1983. Und eine Geburtsurkunde seiner Adoptivmutter, Franziska Burger, die ihr bei der ersten Durchsicht schon in die Hände geraten war. Sie hatte sie aber achtlos wieder zur Seite gelegt, spontan auf den „Unwichtig"-Stapel, dann zögerlich doch auf „Vielleicht wichtig".

Sie hält die Seite in den Händen, liest sie. Einmal, zwei Mal. Es sind nur wenige Worte. Sie erstarrt. Der Filiastro blickt sie fragend an. Sie schaut auf das Papier und wieder zu ihrem Gegenüber. Wie konnte sie das überlesen haben? Sie holt den Moment zurück, als sie das Papier das erste Mal in den Händen hielt. Genau: Sie hatte als erstes die Geburtsurkunde der Tochter entdeckt: „Milena-Maria G., weiblichen Geschlechts, ist am … 1983 in Duisburg geboren. Eltern Norbert Hans Burger und Annette G., beide wohnhaft in Duisburg."

Anschließend hatte sie die zweite Geburtsurkunde zur Hand genommen, den Namen seiner Adoptivmutter gelesen und sie für uninteressant befunden. Sie war analog zur anderen Urkunde davon ausgegangen, dass es sich um die Geburtsurkunde von Franziska Burger handelt, weil ihr Name obenan stand. Jetzt sieht sie: Die Urkunde ist datiert auf den 1. März 1949. Sie liest weiter, mit erhobener Stimme: „Die Franziska Maria Burger, geborene Herlth, katholisch, wohnhaft in Duisburg, bei ihrem Ehemanne, Ehefrau des Betriebsführer Gaius Johann Burger, katholisch, wohnhaft in Duisburg, …, hat am 26. Februar 1949 im Sankt Marienkrankenhaus einen Knaben geboren. Das Kind hat folgende Vornamen erhalten: Norbert Hans. Eingetragen auf schriftliche Anzeige des Leiters des vorgenannten Krankenhauses."

Stille.

„Ist das Raphaels Geburtsurkunde?!" Der Filiastro blickt sie an, sein kleiner Hund tippelt aufgeregt zwischen ihnen hin und her. Er ist augenscheinlich der Einzige, der seiner Freude über den Fund Ausdruck verleiht. Sein Herrchen greift ihn mit einer Hand und drückt ihn eng an sich. Nochmals ein vergewissernder Blick: Es ist Raphaels Geburtsurkunde. Kein Zweifel. Die ihn als Sohn von Franziska und Johann Burger ausweist.

„Er war gar nicht adoptiert", spricht sie langsam jedes Wort gleichbetonend aus. „Ich hatte gedacht, es sei eine Geburtsurkunde seiner Mutter, aber …"

Sie steht auf, durchquert nervös den Raum. In Bewegung ordnen sich die Gedanken leichter. Der Filiastro spricht beruhigend auf sie ein: „Das muss ja nicht gleich heißen, dass er der leibliche Sohn war."

Genau. Sie bleibt abrupt stehen.

„Ich bin mir sicher, schon einmal gelesen zu haben, dass Adoptivkinder in ihrer Geburtsurkunde die Adoptiveltern wie leibliche aufgeführt haben!"

Sie atmet tief durch.

„Das müssen wir nochmal genau recherchieren“, beschwichtigt sie in erster Linie sich selbst. Sie starrt auf die Urkunde, es ist eine beglaubigte Kopie, ausgestellt am 6. September 1996.

„Es könnte eine völlig normale Erklärung für diese Geburtsurkunde geben, die keinesfalls eine vorherige Adoption ausschließt.“

Sie weiß, wie trügerisch Rechercheergebnisse sein können und wie wichtig es ist, jede Information genau zu hinterfragen.

„Ich habe geahnt, dass da etwas nicht stimmt“, sagt der Filiastro. „Diese Bluttransfusionsgeschichte. Dass die Burgers Blut spenden sollten und sich dann herausstellte, dass die Blutgruppe nicht übereinstimmt.“

Seine Aufregung scheint sich mehr aus der Freude zu speisen, recht gehabt zu haben, als aus der Empörung, dass Raphael alle angelogen haben könnte.

„Ich habe mich schlau gemacht. Eltern werden grundsätzlich nur in Ausnahmefällen als Spender genommen. Es gibt sogar ein erhöhtes Risiko einer Abstoßungsreaktion bei Blutsverwandten.“ Er schüttelt immer wieder den Kopf. „Diese ganze Geschichte konnte nicht stimmen!“

„Und warum hast du nicht gleich gesagt, dass dir das komisch vorkommt?“

Er lächelt entwaffnend. Klar, er wollte keine Verdächtigungen gegen den Mann seiner Mutter erheben.

Die beiden rätseln, verlieren sich in Spekulationen. Wenn er tatsächlich nicht adoptiert wurde, dann gäbe es auch keine Mutter Esther Goldstein. Infolgedessen auch keinen Otto Frank als geheimen Vater. Natürlich waren da sehr viele Zweifel an der Plausibilität seiner möglichen Verwandtschaft zur Familie Frank. Raphael selbst wusste ja nicht, ob Esther ihm die Wahrheit gesagt hatte. Aber dass die Story schon an der Basis bröckelt, das hatte sie nie und nimmer in Erwägung gezogen. Kann es sein, dass er von dieser ominösen Frau in Amsterdam an der Nase herumgeführt worden ist? Hat dieser schwere Unfall vielleicht eine Art dissoziativer Amnesie ausgelöst? Traumata oder extreme Stresssituationen können derartige Gedächtnisstörungen auslösen. Man kann Teile seines autobiografischen Gedächtnisses verlieren.

Eben noch waren der Filiastro und sie sinnbildlich in ihrem Kanu über den ruhigen Recherchefluss geschippert. Doch nun bricht das Flussbett unter ihnen zusammen und sie stürzen mit der Kaskade in die Tiefe, umgeben vom tosenden Lärm des Wassers. Ist die gesamte Herkunftsgeschichte eine Erfindung? Hat Raphael bewusst gelogen? Sind hier alle einem Hochstapler ins Netz gegangen? War er krank, psychisch gestört? Oder findet sich noch eine andere schlüssige Erklärung?

„Noch ist nichts geklärt oder bewiesen", hört sie sich selbst reden. „Solange wir nicht hundertprozentig sicher sind, dürfen wir deiner Mutter auf gar keinen Fall etwas davon erzählen. Unter Umständen konfrontieren wir sie mit einem unglaublichen Verdacht und dann löst sich alles in Wohlgefallen auf."

Sie beginnt zu ahnen, welches Drama sich ankündigt. Ihre Freundin muss nicht nur den Verlust ihres geliebten Mannes verkraften, sie muss auch die letzten Lebenswochen, in denen sie ihn so sehr hat leiden sehen, bewältigen. Das ist Tragödie genug, da braucht es nicht noch eine Lebenslüge, die – vielleicht – die ganze Beziehung im Nachhinein in Frage stellen kann. Und die Überbringerin der katastrophalen Nachricht wird sie sein. Wenn sich der Verdacht erhärtet. Sie ist in diesem

Fall investigative Journalistin und gute Freundin zugleich. Es ist ihr ein Rätsel, wie sie diese beiden Rollen erfüllen soll, ohne auf einem Feld zu versagen.

Darf sie Wahrheiten verschweigen? Muss sie sie sogar bewusst schonen? Hat nicht jeder ein Recht auf Wahrheit? Sie kann sie nicht anlügen. Dann würde ihre Freundin doppelten Verrat erleben. Man liest oder hört von Geschichten, in denen Menschen jahrelang ein Doppelleben führen und die engsten Vertrauten nichts von dieser Zweigleisigkeit ahnen.

Wie bringt man der Ehefrau bei, dass der Mann, mit dem sie 14 Jahre liiert war, ihr eine falsche Lebensgeschichte erzählt hat? Warum meinte Raphael, ihr nicht die Wahrheit anvertrauen zu können? Hätte er sich dazu überwinden können, hätte sie nach dem ersten Schock vielleicht gelacht, ihm einen kleinen Hieb auf die Schulter gegeben und zu ihm gesagt: „Das lassen wir jetzt aber mal schön bleiben!" Sie hätte ihm geholfen, aus der Nummer herauszukommen, ohne das Gesicht zu verlieren. Diese Option schien er aber nicht ins Kalkül gezogen zu haben. Fühlte er sich der Liebe und Zuwendung nur wert, wenn er in größtmöglichem Maße Mitleid erregte? Der Filiastro ahnt, was in ihr vorgeht und sagt: „Meine Mutter hat ihn ja nicht geliebt, weil er der Halbbruder von Anne Frank ist."

Die Freundin ruft sie zu Tisch, hat eine Kleinigkeit zu essen vorbereitet, damit „ihr Zwei wieder zu Kräften kommt!". Ihr Ton ist fröhlich, obwohl ihr sichtlich nicht freudig zumute ist. Die beiden verständigen sich wortlos auf Stillschweigen. Sie verlassen das Zimmer, in dem sie den Nachmittag verbracht haben, täuschen Munterkeit vor. Die Ehefrau fragt nichts. Reicht jedem schweigend den Teller. Die Journalistin beginnt ein unverfängliches Gespräch über Allerweltsthemen. Doch jedes Wort und jeder Bissen drohen ihr im Halse stecken zu bleiben. Sie murmelt entschuldigend, dass sie es nicht gewohnt sei, so spät am Abend zu essen. Der Filiastro übernimmt die Rolle des Alleinunterhalters. Die Ehefrau schenkt den Weißwein großzügig nach. Die eine sperrt die schmerzende Trauer für eine Weile aus, die andere zügelt die Gedanken.

Es ist, als brenne im Hintergrund der Horizont, aber niemand nehme davon Notiz. Später am Abend wird ihr die Ehefrau gestehen: „Ich möchte eigentlich nicht wissen, was ihr da so findet. Ich möchte mich mit seiner Geschichte noch gar nicht beschäftigen."

Auch sein Manuskript werde sie erstmal nicht lesen. Zu schmerzvoll sei das alles, drei Monate nach seinem Tod. Sie stimmt ihr beklommen zu. Sie wird diese Nacht sehr schwer in den Schlaf finden.

Am nächsten Morgen verlässt die Ehefrau in aller Früh das Haus. Sie ist Lehrerin, die Schule ruft. Vor ein paar Jahren hat sie die Schulleitung übernommen. Raphael habe sie bei dem langen und zehrenden Bewerbungsprozess unglaublich unterstützt. Das sei insofern außerordentlich bemerkenswert gewesen, als er die Welt der Lehrer so sehr hasste. Er selbst hatte nach seiner Schauspielausbildung und dem nachgeholten Abitur Deutsch und Musik auf Lehramt studiert. Seine Berufsjahre als Lehrer habe er immer wieder als komplettes Desaster geschildert. Ein großer Pädagoge, das habe er selbst eingesehen, sei an ihm nicht verloren gegangen. Und dennoch hat der Beruf in ihm auch positive Spuren hinterlassen, schließlich lehrte er von den 1990er Jahren an bis zu seinem Lebensende an unterschiedlichen Schauspielschulen im deutschsprachigen

Raum. Und als sie in Schwerte wohnten, bevor er seine Professur an der dortigen Ruhrakademie, seiner letzten Arbeitsstelle, bekam, da gab er Deutschunterricht für Flüchtlinge. Das sei ihm unglaublich wichtig gewesen.

Der Filiastro kocht Kaffee. Sie bemühen sich um Sachlichkeit, versichern gegenseitig, sich nicht in Vermutungen verstricken zu wollen. Die Journalistin fotografiert mit dem Handy Dokumente, Fotos und Kontaktdaten aus Raphaels Adressbuch ab. Beim Durchsuchen war sie auf prominente Namen gestoßen, vor allem Schauspieler. Matthias Habich, Katharina Thalbach, Manfred Krug sind Namen, die sie mit Filmen, Theaterproduktionen und Serien in Verbindung bringt.

In Gedanken plant sie bereits die nächsten Tage. Sobald sie zu Hause ist, wird sie sich mit den Modalitäten einer Adoption auseinandersetzen. Und versuchen, die Verwandten ausfindig zu machen.

Am Mittag geht ihr Zug.

Liebe Anne,

mein Leben ist ein verworrener Weg zwischen Realität, gewünschter Realität, Ahnung, Wunschtraum und Fakten gewesen. Der gewünschte Beleg vieler Äußerungen kann nur unzulänglich erbracht werden. Dessen bin ich mir bewusst. Jedoch ist mir auch bewusst, dass die Gesamtsicht auf meinen Lebensentwurf in sich stimmig bleibt. Er gab viele Unzulänglichkeiten, zweifelhafte Entscheidungen, Korrekturen und Notlagen. Mit der Niederschrift meiner biografischen Stationen, mit dem kritischen Rückblick auf viele Stationen, Orte, Begegnungen komme ich nach wie vor zu dem Schluss, auf die mir noch verbleibende Lebenszeit und die vielleicht noch folgenden Stationen durchaus stolz schauen zu können. Die Gesamtsicht scheint sehr verworren und diffus, doch die Verbindungen einzelner Teile sind logisch und konsequent. Ich habe mich stets an Strukturen festhalten wollen, hatte ich sie dann erreicht, entsprach es meinem Naturell, sie wieder aufzulösen. Das machte mir mein Leben spannend und abwechslungsreich – aber auch mühsam. Der häufige Vorwurf an mich, ich sei nicht zu berechnen, sei sprunghaft und launisch, ist häufig falsch, zumindest aber sehr ungenau.

Vielen Menschen war ich immer ein Rätsel, meine Reaktionen blieben ihnen unverständlich. Ich habe mich vielen Fragen stellen müssen. Wie häufig wurde ich von der Bemerkung verschreckt, dass eine jüdische Mutter nie ein Kind zur Adoption freigegeben hätte, so wie es meine Mutter tat. Das sei ein absolut nicht nachvollziehbares Verhalten von Esther Goldstein. Vielleicht hatte sie aber nur die Absicht, mich aus diesen Verstrickungen herauszuhalten? Vielleicht war es keine rationale Entscheidung? Warum sollte ich keinen Kontakt zu meinem Vater haben? Natürlich war ich ein störender Eindringling und belastete seine Familienstruktur. Ich sollte herausgehalten werden.

Ich überlegte, ob ich nicht einen Film machen sollte, der verdeutlichen könnte, wieso ein Bruder Anne Franks nicht früher auf die Idee gekommen war, Ansprüche geltend zu machen. Nie – trotz aller Wut – war es mir darum gegangen, Deine Berühmtheit auszunutzen. Auch deshalb hatte ich erst mit über 70 Jahren damit angefangen, aufgestaute Fragen zu beantworten. Vielleicht hat es all dieser Jahre bedurft, um mir selbst eine treffsichere und lebbare Antwort zu geben?

Bei allem inständigem Bemühen, den Mann ihrer Freundin nicht einer unfassbaren Lüge zu bezichtigen, gelingt es der Journalistin nicht mehr, diesen Verdacht auszuklammern. Er hatte auf sie so glaubwürdig gewirkt. War das alles Schauspiel?

Sie hatte ihn schon vor Jahren gegoogelt, aber keine Einträge gefunden. Was ihr seltsam vorkam, denn es gibt Plattformen, in denen auch alte Film- und Fernsehproduktionen mit allen Mitwirkenden gelistet sind. Da hätte sein Name auftauchen müssen. Sie teilt ihre Überlegungen mit dem Filiastro. Der weiß von einer kleinen Rolle im ersten Duisburger „Tatort". Den hatten er und seine Mutter natürlich mit Raphael vor ein paar Jahren angesehen. Die Journalistin kann sich gut daran erinnern; der erste Auftritt von Kommissar Horst Schimanski alias Götz George im öffentlich-rechtlichen Rundfunk war 1981 ein echter Aufreger. Noch nie hatte ein Kommissar so herumgepöbelt in einem deutschen Krimi.

Es bleibt genug Zeit, bis sie zum Zug muss. Die beiden beschließen, sich diese Perle deutscher Fernsehgeschichte bei YouTube zum Frühstück anzusehen: „Duisburg Ruhrort" hieß die Folge. Schon in Minute sechs kommt Raphael als Pressefotograf Maschmann in Großaufnahme ins Bild. Er rangelt mit Kommissar Schimanski, der ihm zuruft: „Mal wieder Polizeifunk abgehört?!" Wirklich eine sehr kurze Szene. Aber immerhin ein „Tatort"-Auftritt.

Der Filiastro erzählt, mit welcher Selbstironie Raphael sich über die Dreharbeiten ausgelassen hatte. So richtig wohl habe er sich als Darsteller nie gefühlt und sich beruflich bald auf Dramaturgie und Regie verlagert. Das mag der Grund sein, warum sie weder Erwähnungen noch Kostproben von ihm als Schauspieler im Internet gefunden hatte. Einen einzigen Film als Regisseur hat er gedreht, „Vendesi". Mit Matthias Habich in der Hauptrolle. Erfolgreich war der Streifen nicht, lediglich eine Pressevorführung in Saarbrücken beim Filmfestival Max Ophüls 2002 ist im Netz verzeichnet. Der Filiastro holt eine VHS-Videokassette aus Raphaels Bücherregal. Sie steht neben den DVDs mit Filmen über Anne Frank. Zu gern würde sie einen Blick in dieses Werk werfen, aber über einen Videorekorder verfügt weder dieser noch ihr eigener Haushalt.

Außerdem muss sie sich auf den Weg zum Bahnhof machen. Einige Dokumente und Bücher möchte sie mitnehmen und zu Hause näher inspizieren. Noch ist ihr Auftrag nicht beendet und es ist ratsam, weiterhin in alle Richtungen zu denken. Die Ehefrau hatte sie ermuntert, alles, was sie gebrauchen könne, mitzunehmen.

Auch einige Bücher aus seinem Regal steckt sie in einen Leinenbeutel. Unter anderem eins der Schweizer Schriftstellerin Ruth Schweikert, die Ende der achtziger Jahre Raphaels Schauspielschülerin war und mit ihm immer noch in Kontakt stand. Die Ehefrau hatte ihr den Kondolenzbrief gezeigt. Von einer lebenslangen Freundschaft war in Ruth Schweikerts Brief die Rede. Das hatte sie überrascht. Raphael habe zwar von dieser Frau erzählt, ihre Bücher gelesen, aber deren sehr persönliche, warme und anteilnehmende Worte stellten die Beziehung der beiden in ein völlig neues Licht. Sie habe schon den Verdacht gehabt, dass die beiden vielleicht mal ein Paar waren, aber Raphael habe sich dazu nie geäußert. Und sie habe ihn nie danach gefragt.

Der Filiastro bringt sie zum Bahnhof. Sie verspricht, ihn auf dem Laufenden zu halten. Gleich am nächsten Tag will sie beim Duisburger Jugendamt anrufen. Die werden schon wissen, wie Geburtsurkunden im Falle einer Adoption gehandhabt werden. Ein paar Weggefährten möchte sie kontaktieren, allen voran die Schwester. Sie muss Fakten schaffen.

„Noch eine Sache!", ruft er ihr noch hinterher. „Vielleicht sollten wir meiner Mutter einfach sagen, wir hätten herausgefunden, Raphael sei zwar nicht der Sohn von Otto Frank, aber der von Rudi Carrell!" Nun hat er es geschafft, dass sie lachend in den Zug steigt.

Glücklicherweise scheint heute ein wenig frequentierter Reisetag zu sein. Sie macht es sich auf ihrem Doppelsitz bequem, nimmt ihr Smartphone und gibt „Ruth Schweikert" ein. Die 1964 geborene Schweizer Schriftstellerin und Theaterautorin veröffentlichte 1994 ihren ersten Erzählband „Erdnüsse. Totschlagen", mit dem sie beim renommierten Ingeborg-Bachmann-Wettbewerb in Klagenfurt ein Stipendium gewann, liest sie in Wikipedia. Seitdem habe sie unter anderem vier Romane veröffentlicht und mehrere literarische Preise gewonnen, etwa den Schweizer Literaturpreis. Eine Schauspielausbildung habe sie abgebrochen. Die Schauspielschule war in Ulm und Raphael war ihr Dozent.

Erstaunlich, dass Raphael die Freundin, die als eine der wichtigsten zeitgenössischen Schweizer Autorinnen gilt, in seinen schriftlichen Erinnerungen mit großer Zurückhaltung behandelt hat. Er, der so gern prominente Namen in die Runde warf, blieb hier auffallend dezent.

Wichtig war mir die Begegnung mit der Schweizerin Ruth Schweikert. Sie absolvierte damals eine Schauspielausbildung in Ulm und wohnte in einer Wohngemeinschaft. Ab und an besuchte ich sie dort. Sie wohnte dort mit ihrem Sohn, der ebenfalls Raphael hieß. Sie hatte regelmäßig Unterricht im Bereich der Stimm- und Sprechbildung, aber schon früh machte sich bei ihr mehr die Neigung zur Literatur bemerkbar. Nach Schweizer Eigenart war sie sehr verschlossen und schweigsam. Ich kann mich an eine Szene von ihr erinnern nach Jean Tardieus „Das Möbel“. Die Szene beeindruckte mich so sehr, weil das Möbelstück nicht wie üblich ein Möbelstück war, sondern ein Spazierstock, mit dem sie sich durch die Szene bewegte und natürlich eine neue Konzeption dadurch entwickelte, eine eigenwillige und schräge Sichtweise auf das Thema „Möbel“ als beweglich, variabel, veränderbar.

Auch mir ordnete sie diese Attitüde einmal zu, als ich sie fragte, wie sie mein Erscheinungsbild beschreiben würde. Ich besuchte sie häufiger in der Schweiz. Sie wohnte im Aargau, später in Zürich. Leider ist es bis heute mit ihr zu keiner inszenatorischen Zusammenarbeit auf der Theaterbühne gekommen. Meine Bemühungen, in Zürich Fuß zu fassen, wurden durch die rigorosen Schweizer Aufenthaltsbedingungen vereitelt. Da wollte ich nicht weiter gegen Windmühlen ankämpfen. Außerdem hatte ich auf meinem Konto nicht genug Bares angesammelt, um den Schweizern eine finanzielle Sicherheit für die nächsten zwanzig Jahre nachweisen zu können.

So verfolgte ich aus der Ferne das Anwachsen ihrer Familie. Ich wurde dazu ausgewählt, beim zweiten Sohn der „Göddi" zu sein. Auch hatte ich die Ehre, sie zu einer Inszenierung im Gebäude der Düsseldorfer Bezirksregierung zu begrüßen. Es war mehr ein Theaterfest mit einigen Düsseldorfer Größen aus der Kunst-, Theater- und Musik-Szene, wie zum Beispiel dem bildenden Künstler Jörg Immendorf von der Kunstakademie Düsseldorf, dem Wiener Schauspieler, Film- und Theaterregisseur Peter Kern.

Ruth Schweikert kannte Raphael schon Ende der 1980er Jahre und kennt vielleicht weitere Details aus seinem Leben. Raphael war der Patenonkel, schweizerdeutsch „Göddi", ihres zweiten Sohnes David. Das stand im Kondolenzbrief. Sie wird der Schweizerin eine E-Mail schreiben. Zu ihr hatte er im Gegensatz zu den meisten anderen früheren Freund:innen immer Verbindung gehalten. Das spricht für ein Vertrauen, das er offenbar nur wenigen schenkte. Sie holt Ruth Schweikerts Buch „Erdnüsse. Totschlagen" hervor, es ist ihr Erstling, und beginnt, die Erzählungen zu lesen. Das wird ihr die Zeit im Zug verkürzen.

„Schlafbetrunken" von Ruth Schweikert

„Wir haben uns noch gar nicht vorgestellt", sagte der Mann später, „mein Name ist Hubert Schlosser, ich bin 36 Jahre alt und wohne in Düsseldorf. Mein Beruf ist die Herstellung einer präzisen Wiederholbarkeit" und auf Evas fragenden Blick ergänzte er: „Ich arbeite am Theater." (...)

Hubert war klein und gedrungen; er trug am ganzen Körper den Schutz einer glatten dunklen Haut. Wenn er in Zürich war, rief seine Mutter jeden Morgen um sieben Uhr an, um ihn zu wecken; er hatte eine Tochter in Düsseldorf, die er selten besuchte. Fotos von ihr lagen in allen Winkeln der Wohnung. Jeden Abend trank er eine Flasche magenschonenden Weißwein, schluckte Schlaf- und Beruhigungstabletten, zweimal täglich Betablocker gegen Bluthochdruck, und eines Nachts, es war gegen Ende des Winters, als Eva und Hubert, wie so oft, vergeblich nebeneinander lagen im Bett, er im Pyjama, sie nackt unter hochgezogener Decke und angestrengt, die Gesichtsmuskulatur einzustellen auf: müde, aber glücklich, sagte er:

„Gestern Nacht ist meine Mutter gestorben."

Deine Mutter? sagte Eva erstaunt, aber sie hat doch heute früh noch telefoniert –

„Ich fliege morgen nach Amsterdam", fuhr Hubert fort, „übermorgen ist die Beerdigung."

Aber wieso Amsterdam? fragte Eva verständnislos, ich dachte – also, wenn du es wirklich wissen willst: ich kann gut auf ihre Weckdienste verzichten. Es tut mir leid für dich, aber sie war doch schon weit über siebzig.

„Sie war zweiundachtzig", präzisierte Hubert, „aber du scheinst ja überhaupt nichts zu begreifen!", schrie er, „ich habe meine Mutter geliebt."

Und nach langem Schweigen sagte er: „Meine Mutter, die mich immer aus Düsseldorf anruft, ist nicht meine richtige Mutter, sie hat mich adoptiert, als ich zwei Jahre alt war. –

Ich erzähle dir jetzt eine Geschichte", sagte Hubert, „eine unglaublich wahre Geschichte." Er sah Eva während der folgenden Sätze scharf ins Gesicht, sein Körper war starr, kein Muskel schien sich zu bewegen, die Sätze fuhren waagrecht und schnell aus seinem Mund: „Ich bin 1949 in Amsterdam geboren. Meine Mutter war Jüdin. Sie war früher mit einem Herrn Goldschmidt verheiratet gewesen und hatte drei Töchter. Meine

Halbschwestern. Sie leben heute in Israel; eine heißt Eva, so wie du. Mein richtiger Name ist Nathanael-Maria. Der Ehemann meiner Mutter war tot; du kannst dir denken, wie er umgekommen ist. Nach dem Krieg lebte sie in Amsterdam und verliebte sich in einen verheirateten Mann namens Frank. Sie war sechsundvierzig und wurde von ihm schwanger; das bin ich. Außerdem habe ich eine weltberühmte Halbschwester, die man vor meiner Geburt umgebracht hat.“

Frank, sagte Eva mechanisch. Du meinst Anne Frank.

„Anne Frank wäre meine Halbschwester, hätte man sie nicht vor meiner Geburt vergast“, sagte Nathanael-Maria. „Meine Mutter war fast siebenundvierzig bei meiner Geburt und krank. Sie war Opernsängerin und reiste mit mir allein durch halb Europa. Als ich zwei Jahre alt war, gab sie mich zu Adoptiveltern nach Düsseldorf. Sie tauften mich katholisch auf den Namen Hubert.“

Aber warum –

„Ich weiß es selbst nicht; ich habe nie gewagt, meine Mutter danach zu fragen, und jetzt ist es zu spät; da gibt es vielleicht gar nichts mehr zu verstehen. Ich habe meine Mutter kennengelernt, als ich sechzehn war und von zu Hause ausgerissen; ich wollte Schauspieler werden –“

Und dein Vater?

„Ich habe ihn zweimal in Basel besucht, wo er bis zu seinem Tod gelebt hat; und beim zweiten Besuch gab er mir immerhin indirekt zu verstehen, ich sei leiblich sein Sohn.“

Unmittelbar nach der Beerdigung zeugten Eva und

Nathanael in einem Amsterdamer Hotel, in begreiflicher Verwirrung, aber ohne den Wunsch, gemeinsam ein Kind aufzuziehen, Heinrich.

Damit hatte diese Liebe ihren Zweck erfüllt, und sie endete taubstumm.

Ruth Schweikert „Erdnüsse. Totschlagen“, 1994,
Rotpunktverlag, Zürich

Der Zug hat Mannheim erreicht. Es geht nicht weiter. Wegen Personen auf den Gleisen verzögert sich die Weiterfahrt auf unbestimmte Zeit. Die Journalistin wird kurz in die Realität der Bahnreisenden zurückgeholt. Sie rührt in dem erkalteten Kaffee. Sie blickt nach draußen, nimmt die Menschen auf dem Bahnsteig nicht wahr. Es ist ihr egal, wann der ICE seine Weiterfahrt aufnimmt.

Was sie da gerade gelesen hat, ist doch Raphaels Geschichte? Ruth Schweikert hat seine Geschichte in ihrer Erzählung verarbeitet? Stimmt es also, dass sie eine Liebesbeziehung hatten? Haben sie einen gemeinsamen Sohn? Sie verwirft den Gedanken. Raphael hatte so sehr darunter gelitten, keinen Kontakt zu seiner einzigen Tochter zu haben, da wird es nicht so sein, dass in der Schweiz ein Sohn lebt, den er geheim hält. Natürlich greift hier die literarische Freiheit der Schöpferin. Die in der Erzählung entworfene Liebesbeziehung kann ebenso reine Erfindung sein. Die Autorin wird sich Anleihen an seiner hochinteressanten Legende genommen haben, doch das bedeutet nicht, dass diese Geschichte insgesamt autobiografische Züge trägt. Es beweist allerdings auch, dass er schon vor 1994 diese Halbbruder-Geschichte erzählte.

Sie schreibt ihrer Freundin eine Nachricht. Ob sie wusste,

dass Ruth Schweikert über Raphael literarisch geschrieben habe, schon in den früher Neunzigern. „Nein“, lautet die Antwort. Es liegt auch an der Knappheit der Antwort, dass sie keine weiteren Fragen stellt.

Von Halbschwestern ist da die Rede. Ist das auch der dichterischen Freiheit zuzuordnen? Ihres Wissens hatte er nie Halbschwestern erwähnt. Nur nicht vorschnell falsche Schlüsse ziehen. Auf jeden Fall wird sie Ruth Schweikert kontaktieren.

Der Zug setzt seine Fahrt fort. Und während draußen die neblig verhangenen Landschaften vorbeiziehen, kommt auch sie langsam zur Ruhe. Das leise Fahrtrauschen und die angenehme Stille im Großraumwagen tun das Ihre dazu. Alle umherschwirrenden Gedanken sammeln sich.

Sie sitzt am heimischen Schreibtisch in München. Gleich am Morgen hat sie sich an die Recherche im Internet begeben. Die Adoptiveltern werden in der Geburtsurkunde wie leibliche Eltern aufgeführt, findet sie ihre Annahme schnell bestätigt. Die Adoptiveltern werden nur in der Abstammungsurkunde aufgeführt. Diese musste bis 2009 noch bei einer Eheschließung vorgelegt werden, damit eine Heirat zwischen Geschwistern ausgeschlossen werden konnte.

Raphael und seine Frau hatten 2012 geheiratet, da war eine solche Abstammungsurkunde nicht mehr notwendig. Allerdings brauchte es auch zu diesem Zeitpunkt noch eine Abschrift des Geburtenregisters. Diese hätte das Paar in Amsterdam anfordern müssen. Sehr viel später wird sie die Ehefrau mit aller gebotenen Zurückhaltung danach fragen, aber wie so häufig lautet die Antwort, es sei alles so hektisch gewesen, sie könne sich beim besten Willen nicht daran erinnern, welche Unterlagen sie beim Standesamt vorgelegt hätten. Immer betont sie die Hast. Die beiden scheinen ein unruhiges Leben geführt zu haben.

Was die Journalistin konkret in Händen hält, ist eine Geburtsurkunde. Sie ist die beglaubigte Kopie einer am 1. März 1949 ausgestellten Urkunde. Sie wurde also wenige Tage nach der Geburt des Jungen Norbert Hans am 26.2.1949 angefertigt. Mit dem Geburtsort Duisburg, nicht Amsterdam. Seltsam hört sich der Eintrag an: „Eingetragen auf schriftliche Anzeige des Leiters des vorgenannten Krankenhauses". Eines Krankenhauses in Duisburg. Sie kann sich beim besten Willen nicht vorstellen, dass deutsche Behörden den

Geburtsort fälschen. Auch nicht, wenn es von Amts wegen darum geht, adoptierte Kinder wie leibliche zu behandeln.

Ein Anruf beim für Adoptionen zuständigen Jugendamt in Duisburg führt sie zu einem freundlichen Sachbearbeiter. Sie skizziert grob den Fall, allerdings ohne die Details um Otto Frank als möglichen Vater. Sie liest ihm den Wortlaut der Urkunde vor, und auch der nette Mann vom Amt schließt aus, dass ein Standesamt derart kreativ mit Daten umgehe und neue Zusammenhänge erfinde. Seiner Einschätzung nach handele es sich um eine „ganz normale" Geburtsurkunde. Was man schon am Ausstellungsdatum erkennen würde. Wäre, wie behauptet, eine Adoption sechs Jahre später erfolgt, trüge die Geburtsurkunde mit dem Namen der annehmenden Eltern auch das Datum 1955. Er gibt ihr den Rat, die Ehefrau solle sich an das Standesamt wenden. Unverzüglich schreibt die Journalistin eine E-Mail, hängt den Scan der Urkunde an, allerdings unter ihrem eigenen Namen. Sie hofft auf eine brauchbare Auskunft, auch ohne die Witwe mit ins Boot holen zu müssen, die von alldem noch gar nichts ahnt.

Am nächsten Tag findet sie die unmissverständliche Antwort in ihrem E-Mail-Postfach: „Herr Burger wurde als eheliches Kind der Eheleute Burger geboren. So wie es in dem Geburtenregister steht. Wäre er in Amsterdam geboren, würde hier gar kein Geburtenregister von ihm existieren. Dann wäre die Adoption z. B. im Heiratseintrag der Adoptiveltern beigeschrieben worden. Genauso wäre in seinem Geburtenregister vermerkt worden, wenn er später adoptiert worden wäre."

Raphael hat gelogen. Er hat den Anne Frank Fonds angelogen, die Journalistin in Amsterdam, den Rabbi, der vor seinem Tod noch zu ihm ins Krankenhaus gekommen war, seine Kolleg:innen, seine Studierenden ... Vor allem: Er hat seine Frau angelogen. Wie soll sie das der Freundin beibringen? Ihr wird ganz mulmig bei der Vorstellung, die Überbringerin dieser Hiobsbotschaft sein zu müssen.

Im Wissen darum, dass Raphael seine Herkunft komplett erfunden hat, erhalten plötzlich auch andere unglaubwürdig anmutende Details Gewicht. Wie hielt er es grundsätzlich mit der Wahrheit? Hat er seine Anekdoten aus der Welt des Theaters und des Schauspiels, auf die er episodenhaft eingeht, etwa auch fabuliert? Plötzlich scheint alles möglich. Es ist erstaunlich, wie schnell der Vertrauensvorschuss zu erodieren beginnt. Sie hatte sich für ihre Arbeit bislang auf die Passagen seines Textes konzentriert, in denen er sich mit der Person Anne Frank und ihrer möglichen Verwandtschaft beschäftigte. Das war ihr Auftrag gewesen: Nachweise zu finden, die diesen Teil der Geschichte bestätigten.

Wie war er auf diesen Identitätsschwindel gekommen, was war sein Antrieb? Hat er sie vor 1994, also bevor Ruth Schweikert ihre Erzählung verfasste, schon entwickelt? Warum hat er sich eine jüdische Identität ausgesucht? Und dann solch eine prominente? Glaubte er vielleicht selbst daran? Oder hat er ein Schauspiel auf die Weltenbühne gebracht? Wollte er bewusst aufs Eis führen? Tausend Fragen.

Aber noch immer bewegt sich der Zweifel in ihr wie die vom Wind verwehte Plastikfolie im Baum vor ihrem Fenster. Ein grünes verwittertes Stück PVC hängt seit Wochen direkt in ihrer Sicht an einem schweren Ast. Weder Sturm noch Regen wehen es fort. Irgendwann, so denkt sie, wird sie auf den Baum klettern und das störende Teil wegreißen, damit ihre Aussicht wieder ungetrübt ist. Natürlich wird sie das nie machen; sie würde nicht die erste Astgabel erreichen. Aber den störenden Zweifel am Zweifel, den sie an Raphaels Geschichte hegt, den kann sie aus dem Weg räumen. Sie wird viel tiefer in sein Leben tauchen müssen, um auf all die Fragen eine Antwort zu bekommen. Manches wird sich nach seinem Tod auch gar nicht mehr klären lassen und für immer im Spekulativen bleiben. Sie wird sich auf die Suche machen nach Weggefährten, die bereit sind, mit ihr über Raphael zu reden. Er hat ja zu fast allen die Verbindung abreißen lassen. Nun ist ihr auch klar, warum. Er konnte keine kritischen Zeugen des Norbert Burger-Lebens gebrauchen.

Am allerwenigsten die echte Schwester.

Jemanden zu suchen, von dem man noch nicht einmal den Namen kennt, ist eine Herausforderung. Ihre Freundin hatte von einem alten Freund aus Duisburger Jugendtagen gesprochen, Karl. Unkompliziert vereinbaren sie einen Telefontermin. Eine freundliche Stimme meldet sich. Genau, er sei der alte Kumpel aus Duisburg, heute Xanten. Bis zum Schluss habe er herzlichen Kontakt zu Raphael gehalten.

„Wir waren gemeinsam beim Bund Neudeutschland, Mitglieder waren ausschließlich katholische Gymnasiasten. Das war so eine Art Pfadfinderbewegung mit starkem intellektuell-christlichem Hintergrund."

Karl war eigentlich ein Klassenkamerad von Raphaels drei Jahre älterem Bruder Reinhold und als sogenannter Fähnleinführer beim Bund Neudeutschland der Gruppenleiter von Raphael. Ihr fällt auf, dass er ganz kurz stockt, wenn er den Namen ausspricht. Damals hieß er noch Norbert und die Erinnerungen teilt Karl mit Norbert, nicht mit Raphael. Sie fragt, ob ihm der Name ungewohnt sei. Das sei gar nicht der Fall, ab einem gewissen Zeitpunkt habe Norbert eben Raphael geheißen. „Das war denn eben so." Sie ist angetan von der großen Toleranz, den anderen zu nehmen, wie der es möchte.

„1963 fuhren wir mit einer Gruppe Jungs mit dem Fahrrad über die Alpen, von München nach Tirol und zurück. Raphael stand im Wortsinne immer abseits, das zeigen auch die alten Fotos. Da gibt es eins auf dem Gipfelkreuz. Da stehen wir anderen vier Jungs eng beieinander, und irgendwie abgeklemmt daneben er. Das war auch so. Der ist von den drei anderen nicht akzeptiert worden. Die haben sich über ihn lustig gemacht."

Warum fehlte ihm die Anerkennung der anderen?

Karl überlegt eine Weile, wählt seine Worte mit Bedacht: „Er hatte damals schon so eine dramatische Art. Und er war ganz klar auch körperlich nicht sehr belastbar."

So fühlte sich der Ältere als sein Beschützer, als jemand, der den unangepassten Jungen so nahm, wie er war. Eine Haltung, die er bis zu Raphaels Tod beibehalten sollte.

„Raphael wollte am liebsten die Aufgaben übernehmen, die er allein ausüben, wo er den anderen aus dem Weg gehen konnte. Einkaufen zum Beispiel. Oder wir haben ihn vorgeschickt, beim Bauern nachzufragen, ob wir dort unser Zelt aufschlagen können. Er hat auch immer das Geld verwaltet. Diese Rolle des Nicht-Dazugehörenden, die hat er sehr oft innegehabt. Ich weiß nicht, ob er sich zurückgesetzt gefühlt hat. Denn er hat sich auch über die anderen lustig gemacht, die eher grobe Art der anderen oft kritisiert. Das waren so typische Jungs. Raphael war immer so ein Feiner, Zurückhaltender."

Mit seinen zuweilen skurrilen Zügen habe er sich aber auch selbst ins Abseits gestellt.

„Das war dann später, als wir älter waren. Da hat er

anlasslos in geselligen Runden das Deklamieren angefangen und laut aufgefordert, alle sollten jetzt mal das ‚Ö‘ singen. Da gab es natürlich Riesengelächter. Weil er dann auch so ernsthaft meinte, wir machten das nicht richtig. Man muss es so sagen: Er ist von einigen ziemlich verarscht worden."

Karl analysiert seinen verstorbenen Freund mit unverhohlener Sympathie.

„Er hat mit seinem ausgeprägten Hang zur Selbstüberhöhung die Ablehnung der anderen kompensiert. Das hat aber zu noch mehr Ablehnung geführt. Das war eine ungute Wechselwirkung."

Verlief die schulische Laufbahn tatsächlich so desaströs, wie Raphael sie in einem seiner Briefe an Anne beschrieben hat?

„Oh, ja! Er ist der einzige, den ich kenne, der die Klasse 5 drei Mal gemacht hat. Das war nur möglich, weil er die 5. Klasse einmal in der Volksschule durchlaufen hat und dann auf dem Gymnasium nochmal. Und dann musste er sie dort auch wiederholen."

Raphael hatte geschrieben: „Mein Selbstwertgefühl sank mit jedem Schulbesuch. Nie gab es ein Lob."

In Raphaels Schrank hatte sie einen Brief des Vaters Hans an die Schulleitung aus dem Jahr 1965 gefunden, Sohn Norbert war 14 Jahre alt: „In der Anlage lege ich Ihnen meinen Einspruch gegen die Zensur im Fach Griechisch und damit gegen die Nicht-Versetzung meines Sohnes Norbert vor."

Da stand wohl erneut ein „Sitzenbleiben" an. Dieser ungewöhnliche Einsatz des Vaters passt so gar nicht in das von Raphael entworfene Bild des verständnislosen Patriarchen, der sich um schulische Belange nicht scherte.

Kannte Karl Raphaels Eltern gut?

„Natürlich. Ich war mit seinem Bruder in einer Klasse. Ich

war gern bei ihnen, sie waren ein bisschen auch Familie für mich. Ich bin ja selbst adoptiert. Die waren für damalige Verhältnisse recht wohlhabend, gehobene Schicht, würde ich sagen. Die hatten schon ein Haus und immer große Autos."

Für junge Männer in den 1960er Jahren stellte das Auto ein zweifelsfreies Signum für Wohlstand dar, das hohes Sozialprestige bescheinigte.

„Damals war das Auto ein Heiligtum. Eines der Autos der Burgers war so groß, dass man es von hinten anschieben musste, um es in die Garage manövrieren zu können."

Wäre die Fahrer:in – in diesem Fall Franziska Burger – hineingefahren, hätte sie die Tür nicht mehr öffnen können.

Sie merkt auf, als Karl seine Adoption erwähnt. Hatte Raphael Karls Status als adoptiertes Kind als Schablone genommen? Karl denkt nach. Darüber habe er sich noch gar keine Gedanken gemacht, aber vielleicht sei das tatsächlich so gewesen. Unumwunden gewährt er ihr Einblick in sein Leben. Nach seinen leiblichen Eltern seien auch die Adoptiveltern früh verstorben, kurz bevor sein Abitur anstand. Da hätten die Burgers, besonders der Vater, sich sehr um ihn gekümmert.

Raphael beschreibt seinen Vater als kaltherzig, seine Mutter als devot gegenüber ihrem Mann und von großer Melancholie befallen. Von einer stark patriarchischen Prägung schreibt er, und dass der Vater nicht nur in seiner Firma, sondern auch zu Hause regierte, wie es in diesen Jahren üblich war.

Freund Karl pflichtet dem bei: „Die Firma des Vaters hatte ein Lastschiff auf dem Rhein. Das war schon was! Die stellten was dar. Und sie waren alle im Schwimmverein, der Vater war da sogar Präsident."

Raphael erwähnt recht sarkastisch seinen in dieser Sportart erfolgreichen und ihm stets als Vorbild vor die Nase gehaltenen Bruder Reinhold. Nie sei Raphael schwimmen gegangen, hatte auch die Ehefrau erzählt.

„Er war so gern am Meer, aber Schwimmen kam für ihn nicht in Frage."

Karl fand die älteren Burger-Männer sympathisch: „Der Vater wie der Bruder Reinhold waren sehr nett. Aber eher so vom Typ Macher. So ganz anders als Raphael mit seiner künstlerischen Veranlagung."

Die Mutter habe er als sehr mütterlich und fürsorglich in Erinnerung, die Schwester kenne er nicht so gut, die sei schon aus dem Haus gewesen. Er denkt angestrengt nach, aber ihr Name will ihm nicht einfallen. Sie sei verheiratet gewesen mit einem Lehrer, aber dessen Name ...? Er verspricht, sofort anzurufen, wenn ihm die Namen wieder einfielen. Seine Frau könne sich bestimmt erinnern. Sie plaudern noch eine ganze Weile weiter und vereinbaren, sich möglichst bald zu treffen. Sie kann das Telefonat aber nicht beenden, ohne ihm die über allem schwebende Frage zu stellen: Kannte er die Geschichte von der jüdischen Identität und der Halbbruderschaft mit Anne Frank?

Karl zieht tief die Luft ein. Ein Freund, der inzwischen in Südfrankreich lebe, der habe ihm zugetragen, dass Raphael ihm schon Mitte der 1990er Jahre von seiner jüdischen Abstammung und seiner Adoption erzählt habe. Karl fand das nicht befremdlich. Er sei selbst adoptiert und könne nachvollziehen, warum das Thema früher nie angeschnitten worden war. Er habe ihn auch nie darauf angesprochen.

„Ich habe vergeblich darauf gewartet, dass er mir das persönlich erzählt. Das war dann vor drei Jahren der Fall. Da habe ich ihn besucht, wir waren zusammen spazieren. Da hat er mir die Sache mit Otto Frank erzählt. Ich hatte das vorher schon im Internet gelesen, in diesem Artikel über ihn."

Über die Glaubwürdigkeit habe er sich keine Gedanken gemacht.

„Ich habe Raphael oder früher Norbert immer so akzeptiert, wie er ist. Und wenn er nun adoptiert war und das erst später erfahren hat, dann war das eben so. Es hat ja nichts an unserer Beziehung geändert."

Es habe auch zu seinem verschwiegenen Charakter gepasst. Selbst von Raphaels vierter Heirat habe er erst vor drei Jahren bei einem Besuch in Schwerte erfahren, als er die Ehefrau kennengelernt habe. Und doch hatte Karl manchmal Zweifel, auch wenn er sie nicht zum Ausdruck brachte: „Es blieb bei mir immer so ein Schatten von Unwahrscheinlichkeit. Warum erzählt er mir das? Passt das? Kann es überhaupt sein? Der Zweifel ist bei mir immer so mitgelaufen. Mal so gesagt: Ich habe ihn als einen Menschen akzeptiert, bei dem immer eine Restunwahrscheinlichkeit geblieben ist, bei allem, was er gesagt hat."

Klar: Von diesem treuen Freund ging keine Gefahr durch kritische Nachfragen aus. Aber es gibt einen weiteren Aspekt, der stark dazu beigetragen haben dürfte, dass Raphael über viele Jahrzehnte hinweg den Kontakt aufrechterhalten hat: Karl hat ihn so akzeptiert, wie er nun einmal war: „In dem Moment, wenn er da war, gehörte er dazu. Ich glaube, das war für ihn wichtig, wenn er kommt, da wird er nicht beurteilt."

Nun kommt der Zeitpunkt, an dem sie ihm von der gefundenen Geburtsurkunde und ihren Recherchen erzählt. Sie lauscht, aber hört nicht den Anflug von Überraschung oder gar Missfallen und Enttäuschung in seinem Ton.

„So etwas habe ich mir schon gedacht. Das war so eine

Fifty-Fifty-Geschichte. Das Verrückte daran ist: Wenn ich belogen werde, reagiere ich normalerweise sehr deutlich und stelle die Leute zur Rede. Bei Raphael nicht. Ich habe es so genommen, wie ich es gehört habe. Es war eigentlich gleich gültig."

Er betont die Trennung der Worte. Natürlich sei die inszenierte Lebenslüge vor allem für die Witwe schwer zu verkraften. Sicher sei es eine unverzeihliche Anmaßung, sich ein tragisches jüdisches Schicksal wie einen falschen Orden anzuhaften. Und dennoch scheint das Verständnis für den Freund aus Jugendtagen zu überwiegen. Karl benutzt den Begriff der „selektiven Authentizität". Er werfe ihm nichts vor.

„Die Phantasie war ein integrierter Teil von ihm."

In diesem Moment fällt bei ihm der Groschen: „Lieselotte!", ruft er. „Lilo! Und ihr Mann heißt Rolf. Ich hab's: Lilo L."

Die Namen Lieselotte und Rolf hatte sie in Raphaels Adressbuch erspäht: Telefonnummern und eine Adresse in Köln.

Momente und Fragmente der Erinnerung: Schlimme Zeiten während meiner Schulzeit, Schuljahre geprägt von Leistungsforderung, Konkurrenz und körperlicher Bedrohung. Die Lehrer stammen fast alle aus der NS-Zeit und handeln so, als habe sich die Zeit nicht geändert. Einige Jahrgänge muss ich wiederholen – immer unter der Androhung, ich müsse, falls die Leistungen nicht besser würden, ins Internat – eine dauerhaft drohende Perspektive. Tatsächlich soll ich in ein Kloster in Altenbeken, ein ukrainisch-katholisches Internat. Vor mir sitzen bei meiner Ankunft dunkel verhüllte Menschen – Leiter der Anstalt – und bewirken in mir Grusel und Angst. Noch während der ersten Nacht entschließe ich mich zur Flucht. Mit 16 Jahren reise ich in die Schweiz nach Zürich, um Schauspieler zu werden. Insgesamt werden am Bühnenstudio Zürich, der späteren Schauspielakademie, 256 potentielle Studierende geprüft und letztlich 7 genommen.

Dazu gehöre ich. Das ist der erste wirkliche Erfolg meines Lebens, auf den ich sehr stolz bin. Und es gelingt mir, meine Eltern zu überzeugen, dass dieser Weg für mich der richtige ist.

Den neuen Weg gehe ich mit Mut und Zuversicht, ohne in eine Sackgasse zu geraten. In Felix Rellstab habe ich einen väterlichen Lehrer, der mir auch später die ersten Schritte ins Theater ebnet. Eine neue Stadt, Menschen, Mitschüler, Lehrer, auch neue Erwartungen und Anforderungen – alles fremd, alles im Umbruch. Es wird lauter um mich und vor allem fordernder.

Später, während meines ersten Engagements in Heidelberg, bei einem Zusammenschluss der Bühnen der Stadt mit dem „Zimmertheater“, wird es noch lauter. Ich wohne in der Bergheimer Straße, danach in der Hauptstraße. Studentenunruhen und Sitzblockaden. Auch im Theater Zwischenrufe, Unterbrechungsversuche, Störungen.

Aber es gilt der Ratschlag von Felix Rellstab: „Spiel weiter, lass dich durch nichts unterbrechen, es ist dein Spiel, deine Wahrheit, Theater ist wie ein Gottesdienst, heilig, unverwechselbar und durch nichts zu stören.“

Die Schwester Lilo muss inzwischen kurz vor 80 sein, sie ist sechs Jahre älter als er, drei Jahre älter als der verstorbene mittlere Bruder. Eine ältere Dame dieses Alters kann man nicht einfach so anrufen, nicht in solch einer delikaten Angelegenheit. Wer weiß, in welchem gesundheitlichen Zustand sie sich befindet. Vielleicht ist sie nicht gut beieinander. Oder sie will von dem Abtrünnigen nichts wissen. Wirft am Ende gleich den Hörer auf die Gabel des Festnetzgerätes, wenn der Name „Norbert“ fällt. „Raphael“ wird ihr wahrscheinlich gar nichts sagen. Vor allem wird sie noch gar nicht wissen, dass ihr Bruder gestorben ist. Auch das muss ihr die Journalistin so schonend wie möglich beibringen.

Sie entscheidet sich, einen Brief zu schreiben und mit der Post zu verschicken. Ob sie die Schwester von Norbert Burger sei, der habe seine Biografie geschrieben, mit der sie befasst sei, sie hätte da ein paar Fragen. Ob sie denn überhaupt wisse, dass der Bruder bedauerlicherweise vor einigen Wochen verstorben sei. Sie entschuldigt sich ausdrücklich für diesen „Überfall“, denn dass die Schwester ihren Brief als einen solchen empfinden kann, darüber ist sie sich im Klaren. Sie bittet um einen Rückruf. Und hofft inständig, dass sich die Frau bei ihr meldet.

Zwei Tage später ruft sie an. Eine feste, dunkle Stimme. Sie gibt Auskunft, sachlich, präzise, als sei sie auf einer Polizeistation. Ja, sie sei die Schwester, und ja, sie habe im Internet gelesen, dass er gestorben sei. Sie wisse um seinen neuen Namen und habe ihn durch die Zeit immer mal wieder gegoogelt, um etwas über ihn zu erfahren. 2017 habe sie den letzten

Kontakt mit ihm gehabt. In Köln. Nein, sie wisse nicht, warum er den Kontakt so abrupt habe abreißen lassen. Sie habe keine Telefonnummer oder Adresse von ihm besessen. Den Artikel in der niederländischen Zeitung kenne sie. Dort sei im August auch sein Tod vermeldet worden.

Das hört sich in den Ohren der Journalistin nicht nach hilfloser alter Dame an. Eher nach patenter Frau auf der Höhe der Zeit, der Internet-Recherche via Google kein Rätsel ist. Lilos resoluter Ton macht das Gespräch gleich leichter. Der innere Druck, um den heißen Brei herumzureden, bei jedem Wort auf der Hut sein zu müssen, löst sich auf.

Auch Lilo hat Fragen an die Journalistin. Woran Norbert denn gestorben sei? Er sei wohl verheiratet gewesen, das habe sie in dem Artikel gelesen, davon habe er nie etwas erzählt. Wo er denn gewohnt habe?

„In Köln?! Was, in …?! In der Gegend bin ich häufig! Wir hätten uns jederzeit auf der Straße treffen können!"

Basses Erstaunen auf beiden Seiten.

„Ich hatte angenommen, er wohne in Basel. Jedenfalls hat er diesen Eindruck erweckt."

„Was bedeutet ‚den Eindruck erweckt'?", hakt die Journalistin nach.

„Das war typisch für ihn. Er sagte nicht ausdrücklich, ‚ich wohne in Basel', aber aufgrund seiner Erzählungen ging ich davon aus, er wohne in Basel und sei in Köln auf Durchreise."

Zuletzt hätten sie sich im Funkhaus-Café in der Kölner Innenstadt getroffen. Danach noch ein paar Mal telefoniert, aber „dann meldete er sich nicht mehr. Und es war immer so, dass er sich bei mir gemeldet hat, nicht umgekehrt."

Sie habe vergeblich gewartet.

Ob denn die Mutter seine Telefonnummer besessen habe?

„Davon gehe ich aus“, bestätigt Lilo. Ihres Wissens sei der Kontakt zwischen der Mutter und dem kleinen Bruder nie abgerissen. Aber die Mutter sei 2003 gestorben. Als der größere Bruder Reinhold die Mutter nach Norddeutschland in ein Pflegeheim geholt habe, sei Norbert noch einmal bei ihr zu Besuch gewesen. Viele Wochen später wird die Journalistin von Reinholds Witwe außerdem erfahren, dass er damals nur „auf einen Sprung“ vorbeigekommen sei. Als er Norbert informiert habe, dass der Tod der Mutter bevorstehe, sei dieser nicht zum Abschiednehmen angereist. Dabei sei er doch das „Herzebobbelche“ der Mutter gewesen.

Lilo erzählt weiter, dass sie schließlich im Internet den Presseartikel in der Amsterdamer Zeitung entdeckt habe. Jemand habe ihr dann mit einem Übersetzungsprogramm geholfen, sodass sie den auf Niederländisch geschriebenen Beitrag lesen konnte.

Nun sieht die Journalistin den Moment der Wahrheit gekommen. Die Situation ist ihr sehr unangenehm. Es muss sein: Wenn sie den Artikel gelesen habe, dann wisse sie ja auch von seiner Herkunftsgeschichte, ob die denn der Wahrheit entspreche, also es gebe da durchaus Zweifel, aber vielleicht könne sie das aufklären. Sie braucht viele in der Luft umher kreisende Worte, um schließlich die entscheidende Frage zu formulieren: „Ist er adoptiert?“

Lilo antwortet unaufgeregt und unmissverständlich: „Ich erinnere mich gut an den Tag seiner Geburt. Ich war sechs Jahre alt. Meine Großmutter wurde installiert, um auf uns andere beide Kinder aufzupassen. Die Mutter ist mit dem Säugling nach Hause gekommen. Nein, das war keine Adoption.“

Der letzte Zweifel zerfällt zu Staub und Schwester Lilo – sie ist tatsächlich ehemalige OP-Schwester – fährt sinnbildlich noch mit dem Staubsauger darüber: „So eine erfundene Geschichte ist typisch für ihn. Er hat häufig solche haarsträubenden Sachen erzählt. Und maßlos übertrieben."

So habe er immer wieder unter schwersten Krankheiten gelitten, meist ging es um Leben und Tod. Beim nächsten Treffen war er dann wieder vollständig genesen. Ihr Bruder Reinhold, selbst Mediziner, war schon früh der Meinung: „Wenn der das alles gehabt hätte an Krankheiten, die er behauptete, gehabt zu haben, wäre er längst tot."

Und wie war das mit dem Unfall 1978?

„Von einem schweren Unfall weiß ich nichts. Ich wohnte da nicht mehr bei meinen Eltern, war aber regelmäßig zu Besuch. Das hätte mir meine Mutter erzählt."

Nun wird es der Journalistin doch mulmig. Keine Adoption, kein Unfall, was kommt sonst noch alles?

Raphaels Erinnerung an die Familie – gespannte Atmosphäre, der Vater ein Patriarch, lautstark und ungehalten, die Mutter unterwürfig und zum Trübsinn neigend, nach außen hin allerdings stets die Haltung wahrend – teilt Lilo als ältestes Kind und einzige Tochter nicht.

„Ich kann mir vorstellen, dass er das so empfunden hat, aber ich habe es so nicht erlebt."

Erzkatholisch sei das Elternhaus tatsächlich gewesen. Norbert war wie sein Bruder Messdiener, was ihm überaus missfallen habe.

Ihre Kindheit und Jugend sei typisch für die damalige Zeit gewesen. Der Vater hatte mit seinem Bruder das Maschinenbau-Unternehmen des Großvaters geerbt; dort wurden Krane und Greifer gebaut. Die unternehmerische Aufgabe, der Wassersportverein und die Kirche, das waren seine Bereiche.

Sicher habe er „gelegentlich einen strengen Aspekt" gehabt und sei auch „nicht in allen Positionen mit seinen Kindern zufrieden gewesen", aber als kühl und lieblos habe sie ihn nicht empfunden. Aus der Kindererziehung habe er sich herausgehalten. Das sei, wie damals üblich, allein Sache der Mutter gewesen.

„Norbert war als Jüngster der Liebling unserer Mutter. Sie hat ihn immer in Schutz genommen. Mir fällt da eine Begebenheit ein, die zwar lächerlich erscheinen mag, aber signifikant war: Die Mutter sagte zu mir ‚Geh' mal nach oben und hol' dem Norbert 'ne Jacke, dem ist kalt'. Dabei hatte der Norbert durchaus zwei Füße, mit denen er die Treppe hätte raufgehen können."

Ein verwöhnter Junge?

„Sicher. Nicht unbedingt materiell, aber er war das Kind, das dem Herzen meiner Mutter am nächsten stand. Aber das mag bei meinem kleinen Bruder völlig anders angekommen sein. Das kann ich mir schon vorstellen."

Die Mutter habe großen Einfluss auf ihn ausgeübt. Von ihr habe er dieses Streben nach Höherem, dieses Klassenbewusstsein übernommen.

Sie erzählt weiter. Man achtete im Hause Burger auf adäquaten Umgang.

„Nicht jeder war da als Spielkamerad oder Freund akzeptiert." Raphael schreibt von Standesdünkel gegenüber den Nachbarn ... Lilo bekräftigt: „Das kann man wohl sagen! Wir wohnten in einem Reihenhaus. Auf der einen Seite gab es ‚die Kommunisten'; Grete war Kommunistin, das war klar, ich hörte durch die Wand, wie sie auf der Schreibmaschine hämmerte. Und auf der anderen Seite die Nachbarn, die waren evangelisch."

Ihr sarkastischer Tonfall lässt die Journalistin erahnen, wie sich Herr und Frau Burger gefühlt haben mögen, quasi eingeklemmt zwischen den unterschiedlichen Erscheinungsformen des Leibhaftigen.

Lilo formuliert es distanziert sachlich: „Eine gewisse Dünkelhaftigkeit, die kam von beiden Eltern."

Zum Dünkel gesellte sich ein ausgesprochener Bildungseifer, der auf die Kinder projiziert wurde. Alle Kinder erhielten Klavierunterricht. Der Vater schätzte die Oper. Der Journalistin fällt der französische Soziologe Pierre Bourdieu ein, dessen bekannte soziologische Abhandlung „Die feinen Unterschiede" sie in Raphaels Regal entdeckt hatte. Bourdieu war es, der feststellte: „Der musikalische Geschmack dokumentiert unfehlbar die Klassenzugehörigkeit. Keine andere Praxis ist klassifikationswirksamer als der Konzertbesuch oder das Spielen eines ‚vornehmen' Instruments." Oder, Bourdieus Ausführungen folgend: Das Gespür für Distinktion war bei den Burgers durchaus ausgeprägt. Man investierte in den sozialen Aufstieg der Kinder. Kein Wunder, dass Raphael die Erkenntnisse solcher Studien quasi inhalierte. Sie repräsentierten sein Leben.

„Schon in frühen Jugendjahren wurde für Norbert eine eigene Gesangslehrerin engagiert, die regelmäßig ins Haus kam. Das war die Frau Storb, eine tolle Frau!"

Ilse Storb war seine Gesangslehrerin? Die Professorin für Jazzforschung, eine echte Koryphäe ihres Fachs? Von dieser Frau hatte Raphael Gesangsunterricht erhalten? Eltern, die das künstlerische Talent ihres Sohnes nicht wertschätzen, würden niemals eine so außergewöhnliche Frau engagieren. Vielleicht war Raphaels inbrünstiges Intonieren von Vokalen der Anlass für das Engagieren der Gesangslehrerin, vielleicht war es auch umgekehrt. Er könnte in ihr ein Vorbild gehabt haben, sein Interesse an Stimme und Wirkung könnte in dieser Zeit ihren Ursprung gehabt haben.

Auch das Lesen erhielt frühe Förderung. Die Kinder bekamen regelmäßig Bücher geschenkt, natürlich nur dem Alter und der Kirche angemessene Titel. Wie so viele Kinder wird auch Raphael Bücher und Geschichten als ein Vehikel genommen haben, um sich in andere Welten zu katapultieren. Heraus aus der tatsächlichen, der realen Welt in die mythische Welt der Helden und Sieger. Ob ihr kleiner Bruder schon in frühen Jahren „Das Tagebuch der Anne Frank" gelesen habe, vermag Lilo nicht zu sagen.

„Aber es gab eine Theateraufführung im Duisburger Schauspielhaus. Da hatten wir alle Schülerkarten, die meiner Erinnerung nach 1,50 Mark gekostet haben. Ich nehme an, dass in unserer Schulzeit alle Schüler dieses Theaterstück gesehen haben. So auch Norbert."

Aber von einem intensiv bekundeten Interesse am Thema Holocaust oder Anne Frank wisse sie nichts.

„Das Thema Juden rührt möglicherweise daher, dass meine Mutter von ihrer Kindheit in Hadamar erzählt hat. Da gab es diese ‚Anstalt', wo die behinderten Kinder vergast wurden. Meine Großmutter mütterlicherseits hat immer wieder erzählt, sie habe diese grauen Autos vorfahren sehen, die zur Anstalt hochfuhren, aber dann hörte die Erzählung auf. Da setzte dann die Phantasie ein, bei Norbert bestimmt auch."

Sehr viel später habe er sie mal gefragt, ob das väterliche Unternehmen als „kriegswichtig" gegolten habe.

„Da war klar, dass er sich mit der Schuld unserer Vorgängergeneration auseinandergesetzt hat. Aber meines Wissens war das auch nicht der Fall."

War der Vater Kriegsteilnehmer? Die Journalistin hat die traumabelasteten Biografien im Kopf, denen Sabine Bode in ihren Büchern eine Stimme gibt.

„Nein, unser Vater war ja sehbehindert und deshalb kein Kriegsteilnehmer. Die Kriegszeit war bei uns zu Hause nie ein Thema. Die Eltern haben 1939 geheiratet, sind in ein Haus gezogen, das später den Bomben zum Opfer gefallen ist. Danach sind sie in das Haus gezogen, in dem wir alle groß geworden sind. Norbert ist in dieses Haus hineingeboren, wir sind nie umgezogen. Das Haus ist erst nach dem Tod meiner Mutter verkauft worden."

Lilo fällt die Konkurrenzsituation der Brüder ein. Zumindest, als sie beide noch zu Hause wohnten.

„Ich habe das alles gar nicht so mitbekommen, ich war schon ausgezogen, aber die beiden lagen sich als Kinder oft in den Haaren. Wobei das ja auch ganz normal ist, oder?"

Konkurrierende Brüder sind kein Einzelschicksal, vor allem wenn sie altersmäßig so nah beieinander liegen. Eines Abends hätten die beiden mal wieder lautstark Zoff gehabt, vermutlich waren die Eltern nicht zu Hause, da habe der kleine, etwa sieben- oder achtjährige Norbert das Fenster aufgerissen und der gesamten Nachbarschaft mit theatralischer Verve und Lautstärke mitgeteilt „Dann schlag' mich doch gleich ganz tot!" Diesem Hang zum Dramatischen entsinnt sich die große Schwester im Nachhinein mit einem gewissen Amüsement und großer Zuneigung.

„Norbert schmiss sich aufs Sofa und schrie aus Leibeskräften, wenn er nach Aufmerksamkeit verlangte."

Sie trägt ihm sein Verhalten nicht nach? Er hat den Kontakt abgebrochen, hat die gesamte Familie verleugnet, hat sie leiden lassen …

„Sicher, ich könnte ihm böse sein, man könnte auch denken ‚Dieser Scheiß-Kerl!'" Offenkundig denkt sie so nicht, sie macht eine kleine Pause am Telefon, räuspert sich: „Er war ja auch ein prima Mensch, so insgesamt. Er war und bleibt immer mein kleiner Bruder. Ich hatte immer das Gefühl, ich müsste ihn verteidigen. Wahrscheinlich wächst einem diese Position als große Schwester zu."

Die Journalistin muss schlucken. Das unerwartet offene Gespräch macht ihr klar, dass es nicht nur die Ehefrau ist, die mit Raphaels Tod und seiner Lebenslüge klarkommen muss. Darüber hatte sie zuvor gar nicht nachgedacht. Sie war von einer verhärteten Konfliktsituation mit seinen Geschwistern, egal ob adoptiert oder leiblich, ausgegangen. Dabei hat er seine Familie nur abserviert. Er konnte sie nicht mehr gebrauchen. Und sie hatten sich damit abzufinden, er gab ihnen keine Chance. Im Gegenteil: Sie waren zu Kronzeugen geworden, die jederzeit seine Erzählungen von der Holocaust-Herkunft hätten entlarven können. Raphael musste alles daransetzen, dass weder er noch seine Frau noch jemand anderes in seiner aktuellen Lebenswelt einem Angehörigen seiner tatsächlichen Familie begegnete. Dass in Zeiten des Internets alle seine öffentlichen Äußerungen, auch der Artikel in der niederländischen Zeitung, für jeden frei recherchierbar wäre, darüber schien er nicht weiter besorgt.

Lilo sagt: „Ich bin so froh, dass unsere Eltern das nicht mehr mitbekommen haben."

„Eine Sache noch. Raphael schreibt und hat es oft erzählt, dass er auf einem Internat war, die Schule mit 16 geschmissen hat und von zu Hause ausgerissen ist, um nach Zürich auf die Schauspielschule zu gehen …"

Sie hört in ungläubige Stille hinein. Lilo braucht etwas

Zeit, um ihre Antworten gewissenhaft zu sortieren: „Eine große Leuchte in der Schule war er sicherlich nicht. Das waren wir alle drei nicht, zum Kummer unserer Eltern."

Von einem Internat wisse sie nichts. Ausgerissen sei er auch nicht, schon gar nicht nach Zürich.

„Wenn ich zu Besuch kam, war er immer im Haus der Eltern. Von einer Schauspielausbildung in Zürich habe ich auch noch nie etwas gehört. Die hat ja ein Renommee, das hätte meine Eltern mit Stolz erfüllt."

Ein neues Bild schiebt sich über die bisherige Lebensstation „junger, renitenter und aufstrebender Schauspielschüler in Zürich". Es scheint eher so, als habe Raphael im „Hotel Mama" abgehangen. Nesthocker-Schicksal statt Ausreißer-Biografie.

„Aber auf einer Schauspielschule war er, in Heidelberg", bekräftigt Lilo noch mit Nachdruck.

Die Journalistin vergewissert sich: „Er war auf einer Schauspielschule in Heidelberg? Er war dort nicht am Theater engagiert?"

„Genau."

Das erklärt den Studierendenausweis der Staatlich anerkannten Hochschule für Musik und Theater Heidelberg im Nachlass. Attestiert wurde ihm per Stempel die Einschreibung im Wintersemester 1968/69 sowie Sommersemester 1969.

Noch immer hängt das aufklärende Gespräch mit ihrer Freundin, seiner Ehefrau, wie ein Damoklesschwert über ihr. Es geht ihr nicht gut damit, dass inzwischen andere Menschen – Jugendfreund Karl, Schwester Lilo und der Filiastro – über Raphaels Geheimnis Bescheid wissen, die Ehefrau, ihre Freundin, aber noch nicht.

Wie versprochen hält sie den Filiastro im Bilde und informiert ihn über ihre neuen Erkenntnisse. Mit ihrer Freundin macht sie aus, bald wieder nach Köln zu kommen. Diese erzählt ihr, Raphaels Adoptivschwester habe sich bei ihr gemeldet und sie wollten sich in den nächsten Tagen treffen, um gemeinsam das Grab zu besuchen. Aufregend sei das alles.

Nun kommt der Moment schneller, als sie dachte. Nun muss es sein. Bevor Schwester und Ehefrau zusammenkommen, muss die für die Ehefrau schwierige Wahrheit ans Licht. Dann eben telefonisch. Aus Rücksicht auf die Trauer hätte sie die Nachricht gern noch länger zurückgehalten, hätte einen passenderen Zeitpunkt abgewartet. Aber wann ist der richtige Moment für eine desillusionierende Wahrheit? Wie sagt man der Freundin, dass ihr geliebter Mann allen ein erdichtetes Leben vorgegaukelt hat? Es gibt wohl keine Worte, die diesen Vertrauensverlust erträglicher machen.

Sie geht in die Offensive: „Raphael wurde nicht adoptiert. Das hat mir das Standesamt in Duisburg bestätigt, sowie auch seine Schwester. Die Burgers sind seine leiblichen Eltern. Es gibt keine jüdische Mutter. Die Geschichte um Esther Goldstein und Otto Frank stimmt nicht."

Die Reaktion fällt unerwartet aus.

„Nein! Tatsächlich? Das stimmt alles gar nicht?"

Die Freundin lacht. Es klingt ein bisschen zu schrill. Es könnte der Schock sein, der sie noch eine Weile in einem aufgeräumten Ton reden lässt. Was denn die Schwester dazu gesagt habe? Dann habe sie ja jetzt neue Verwandtschaft! So langsam scheint die Nachricht einzusickern.

Sie wird nun still. Kurz angebunden. Sie brauche Zeit, müsse jetzt erstmal mit dieser Nachricht klarkommen. Abrupt beendet sie das Telefonat.

Die Journalistin fühlt, wie die schwere Leichtigkeit der Leere auf ihrer Seele lastet.

Über Lilo kommt sie an Herbert, einen Cousin, der in seinen jungen Jahren viel Zeit mit seinem jüngsten Vetter Norbert verbrachte. Er wohnt gar nicht weit entfernt, so dass sie sich persönlich treffen können. Es läuft ihr ein strahlender 80-jähriger entgegen an diesem sonnigen Winternachmittag am Starnberger See. Ein krasser Gegensatz zu Raphaels Erscheinung. Dessen immer leicht gebückte Haltung ließ ihn älter wirken, als er war.

Herbert übernimmt schnell die Gesprächsführung. Seiner offenen Art merkt die Journalistin sofort an, dass er viele Jahre im Ausland gelebt hat. In Australien. Das hatte er ihr schon am Telefon erzählt. Nach dem frühen Tod seiner Eltern – er war neun Jahre alt; seine Mutter war die Schwester von Franziska Burger, Raphaels Mutter – habe er in Hadamar bei den Großeltern gelebt und war regelmäßig zu Besuch in Duisburg bei den „reichen Verwandten". Die Familie Burger schien für die damaligen Verhältnisse ein „offenes Haus" zu pflegen. Das hört sich nicht nach einem engstirnigen Elternhaus an, eher lässt sich in dem elterlichen Verhalten eine grundsätzliche Aufgeschlossenheit erkennen. Herbert erinnert sich an eine ausgesprochene Gastfreundlichkeit. Oft habe er die ganzen Ferien in Duisburg verbracht, war mit dem Vater und Bruder von Raphael im Hafen, wo sich die Firma befand. Für ihn sei das Abenteuerland gewesen. Ihm fallen allerhand sympathische Details zu den Burgers ein, aber er lässt auch das Unangenehme nicht unerwähnt: „Da herrschte teilweise ein autoritäres Regiment, ich rede jetzt von meinem Onkel. Der Rohrstock lag immer griffbereit. Der tickte dann mal kurz auf dem Rücken, wenn man nicht gerade saß. Es war nicht gerade eine entspannte Atmosphäre."

Genau so schildert Raphael es in seinen Memoiren.

„Die drei Kinder hätten unterschiedlicher nicht sein können. Jeder ein Individuum für sich. Norbert war immer der Liebling der Mutter. Weil er als schwieriger galt als die beiden anderen, die leichter zu handhaben waren. Wenn ich ihn so als Kind vor mir sehe, war er immer ein bisschen missmutig. Dennoch hatte ich zu ihm die innigste Verbindung; er war für mich wie ein jüngerer Bruder."

Die Journalistin möchte mehr wissen über die gemeinsame Zeit in Hadamar, zitiert die dumpfen Kirchenglocken, die Maria Mathi in ihrem Roman beschreibt: „Ha-da-mar!" Ach ja, diesen Roman kenne er auch, pflichtet er ihr sofort bei. Wie Raphael beschreibt er die Stadt am Rande des Westerwaldes als einen Ort des Grauens. Nicht nur wegen der dort angesiedelten Tötungsanstalt der Nazis, sondern auch aus eigenem Erleben. Der Großvater knorrig, die Großmutter eine Geschichtenspinnerin vor Gottes Gnaden, zutiefst religiös, beide Menschen erschienen ihm angsteinflößend und unheimlich. Das Talent zum Geschichtenerzählen habe Norbert von der Großmutter. Sie sei mystisch gewesen, voller haarsträubender Geschichten, die sie erzählte. Da habe es den Kindern immer gegruselt. Über seine eigenen Jahre in Hadamar möchte er lieber schweigen.

„Mit 16 habe ich dort das Handtuch geschmissen, bin ausgerissen. Das war nicht gut, was da im Haus der Großmutter lief. Ich bin zu meiner anderen Großmutter nach Fulda, habe die Schule beendet, studiert und bin dann für zehn Jahre nach Australien gegangen."

Er möchte nicht weiter in die Tiefe gehen. Verständlich.

Sie konstatiert für sich: Mit 16 riss Herbert aus dem großelterlichen Haushalt aus. Raphael entwarf für sich die Lebenserzählung, mit 16 nach Zürich ausgerissen zu sein. Ob in diesem Fall Herberts Schicksal ein Vorbild für seine Erzählung lieferte? Ob er denn von geflüchteten Insassen der Tötungsanstalt in der Schreinerei seines Großvaters wisse? Raphael beschrieb den alten Schreiner quasi als Oskar Schindler von Hadamar ...

Herbert nimmt einen Schluck, stellt das Glas sorgfältig auf den Tisch und schüttelt den Kopf.

„Es gab wohl Hausangestellte aus der, wie sie später hieß, Landesheil- und Pflegeanstalt, aber erst nach 1945."

Da seien bei seinem Vetter wohl die Zeiten durcheinandergeraten. Er weiß einiges über den berühmten Nachbarn der Großeltern zu berichten: Moritz Engert, ein bekannter Silhouettenkünstler und Grafiker.

„Er hatte sein Atelier in der ehemaligen Synagoge. Da lebte er mit seinen zwei Afghanen-Hunden."

Angeblich war die ausgedachte Esther-Mutter Scherenschneiderin oder – anderes Wort – Silhouettenschneiderin. Sie wittert Koinzidenzen, weiß nur nicht genau, welche. Herbert kann ihr nicht weiterhelfen.

„Ich erinnere mich nicht, dass mein Cousin damals ein besonderes Interesse daran hatte. Auch nicht an der Geschichte der Juden in Hadamar oder an der Synagoge."

Wie sollte er auch: Die Offenbarung der jüdischen Herkunft ereilte ihn nach seinem eigenen Erzählen erst sehr viel später. Aber in seinem Zimmer in Köln lagen einige Scherenschnitte in seinem Schrank. Seinem Narrativ nach hatte er diese von seiner jüdischen Mutter geschenkt bekommen. Vielleicht aber auch vom Nachbarn in Hadamar.

Sie erzählen viel an diesem Nachmittag am See. Herbert fragt ausführlich über ihre Recherchen zu Norberts Leben. Er ist ein Mensch, der sich Gedanken über Menschen und die Beweggründe ihrer Handlungen macht. Norberts Hang zur Übertreibung, die Tendenz, es mit der Wahrheit nicht so genau zu nehmen, habe er schon immer wahrgenommen.

„Ich denke, dieses Sich-in-den-Mittelpunkt-Stellen, diese Sehnsucht nach Aufmerksamkeit und Zuneigung, das rührt alles aus seiner Kindheit. Da ist irgendetwas für ihn falsch gelaufen. Die Kindheit prägt, das sind die formativen Jahre."

Dass Raphael-Norbert behauptete, er sei adoptiert, wusste Herbert schon lange.

„Ich habe schon mitbekommen, dass er einen anderen Namen trug. Aber wie er zu dieser Geschichte gekommen ist, ist für mich nach wie vor ein großes Rätsel, ein Mysterium. Er hatte so einen leichten Schaden. Sowas kann man sich doch gar nicht aus den Fingern saugen. Da muss irgendwas passiert sein. Das ihn auf diese Spur brachte."

Er erzählt von seiner eigenen Kindheit, von Bombardements im Luftschutzkeller.

„Das sind ganz andere Zeiten gewesen. Unsere Generation, wir sind alle so ein bisschen zerrissen."

Der Filiastro ruft an, er habe inzwischen Raphaels Manuskript gelesen.

„Ich finde es traurig, dass Raphael aus einer inneren Unzufriedenheit heraus meinte, sein Leben mit Unwahrheiten anreichern zu müssen. Das mag vielleicht berufliche Vorteile gehabt haben. Aber es war überwiegend sein privates Umfeld, dem er diesen Bären von seiner jüdischen Herkunft aufgebunden hat."

Auch sie fragt sich, warum er in seinen letzten Jahren diese Seifenblase „Ich bin der Halbbruder von Anne Frank“ nicht einfach hat austrudeln lassen, bis diese zu einem dünnen Faden gerann, den niemand mehr wahr- oder wichtig nahm?

„Seine eigene Geschichte war doch auch in Ordnung“, meint der Filiastro. „Er ist in einer Familie aufgewachsen, in der er sich unverstanden gefühlt hat. Er stand in Konkurrenz mit einem älteren Bruder, der angeblich alles besser hinbekommt. Aber dann hat er sein Leben in die Hand genommen, hat eine Schauspielausbildung in Heidelberg begonnen, hat sich zu einem erfolgreichen Schauspieldozenten entwickelt, im Laufe seines Lebens so viel an Wissen angeschafft.“

Aber durch diese ausgedachte Lebensgeschichte habe er seine tatsächlichen Leistungen im Vergleich selbst klein gemacht. Genügte Norbert seinen eigenen Ansprüchen nicht? Ansprüche, die nur er selbst an sich stellte, niemand anderes? Ansprüche von Norbert, die Raphael erfüllen sollte?

Es war die Zeit nach 1968, ich hatte die Schauspielschule beendet und war nach Heidelberg engagiert worden. Ich bekam in Heidelberg viele neue Stücke auf der Bühne der Stadt zu sehen, traf junge, hochtalentierte Schauspieler und Schauspielerinnen, die sich wie ich neu in dieser Stadt niederließen. Selten gelangte ich störungsfrei zu den Proben in das Theater. Auf dem Theaterplatz, in der Hauptstraße, auf Nebenstraßen saßen die Studierenden der Universität und protestierten gegen oder für was auch immer. Während einer Vorstellung flogen mir einmal Tomaten und ein Ei an den Kopf. Ich war entrüstet, wie man mit der Kultur und den Kulturschaffenden umging, und brauchte lange, um zu erkennen, dass es nicht um mich und mein Schauspiel ging, sondern um die Institution.

Damals habe ich nicht viel begriffen. Ich stand immer daneben und verfolgte Diskussionen, die ich nicht nachvollziehen konnte. Es war für mich sehr schwer, eine angemessene Meinung zu finden. Immer deutlicher musste ich erkennen, dass ich viel zu ungebildet war – nach meiner völlig desolaten Schulkarriere war das auch nicht verwunderlich. Auch bei der Theaterliteratur kam ich häufig an meine gedanklichen Grenzen. Ich musste darauf achten, dass ich nicht auffällig wurde mit meinem nicht vorhandenem Wissen und meiner Unzulänglichkeit, mit der Literatur angemessen umzugehen.

In meiner Vermessenheit schrieb ich mich als Gasthörer für Literatur an der Heidelberger Universität ein und war stolz, wenigstens schon mal an dem Ort zu sein, der vorgab, ein wissender zu sein. Aber immer wieder stieß ich von neuem an meine Grenzen. So entschloss ich mich schließlich, das Abitur nachzumachen. Mit diesem Entschluss gab ich das Schauspiel auf, um ein Abendgymnasium zu besuchen, nachdem mein deutscher Vater mir eine Ausbildung in seinem Betrieb als Schweißer bestätigt hatte. Meine eigentliche Ausbildung als Schauspieler hätte nicht gereicht, um das Abendgymnasium besuchen zu dürfen. Vier Jahre sollte der Unterricht dauern, doch gelang es mir, mehrere Semester zu überspringen. Im achten Semester war das Abitur fällig, das ich im Gegensatz zu allen bisherigen schulischen Erfahrungen mit Bravour bestand. Das war 1972, also nach zweieinhalb Jahren.

Ich wollte Theaterwissenschaft, Musikwissenschaft und Pädagogik studieren und immatrikulierte mich an der Kölner Universität. Zusätzlich studierte ich an der Heidelberger Universität Sprechwissenschaft, um die Prüfung als Sprecherzieher abzulegen. Gleichzeitig machte ich noch eine Opern-Ausbildung und versuchte mich als Konzertsänger, verdiente mir bei vielen Festivitäten, Beerdigungen oder ähnlichen Anlässen das nötige Geld, um mich zu ernähren. Die Fülle dieser Studien brachte mich bis an den Rand der Belastbarkeit – aber ich war stolz, es allen zeigen zu können. Die zahlreichen Abschlüsse an diversen Universitäten brachten mich auch in die Verlegenheit, mich irgendwann eindeutig beruflich festzulegen zu müssen. So kombinierte ich viele Tätigkeiten, die sich teilweise zeitlich ausschlossen. Ich machte mein zweites

Staatsexamen für Lehramt in einer Institution für Lehrerausbildungen, die mich ständig regelte, einschränkte und in mir einen großen Unwillen provozierte. Da kamen die alten Traumata wieder zum Vorschein. Ich verband die Musik- und Literaturwissenschaft mit einer beruflich-pädagogischen Idee und wurde ausgebildeter Lehrer für Deutsch und Musik. Das zwang mich allerdings zu Zugeständnissen in der Festlegung unterrichtlicher Strukturen und Regelungen. Ich erfreute mich an der Regelmäßigkeit monatlicher Honorierungen, die mir eine finanzielle Sicherheit gab und die ich zuvor so nicht gekannt hatte.

Ich erfand für mich ein System der „Vielgleisigkeit". Vieles Unvereinbare lief parallel. Bald schrieb ich an meiner Dissertation über Schiller: ‚Eine hermeneutische Untersuchung dramatischer Texte Friedrich Schillers unter besonderer Berücksichtigung ihrer psychologisch motivierten Prägung – Ein Beitrag zur Planung von Inszenierung und Realisation auf der Bühnenebene'.

Die Ausbildung an der renommierten Schauspielakademie in Zürich gehört nach dem Gespräch mit Lilo ins Reich der Mythen. Zur Sicherheit hat sie dort nachgefragt und folgende Antwort erhalten: „Weder in den alten Karteikarten aus der Zeit des ‚Bühnenstudio Zürich' (1937–1972), noch in den Karteikarten der Nachfolgeinstitution „Schauspiel-Akademie Zürich" (1973–1999) ist jemand mit diesem Namen respektive diesem Geburtsdatum vorhanden."

Dabei schrieb Raphael über Felix Rellstab, der von 1960 bis 1991 Direktor der Schauspielakademie Zürich (später Zürcher Hochschule der Künste) war, so intim und verbindlich, dieser sei für ihn „ein väterlicher Lehrer gewesen, der mir später die ersten Schritte ins Theater ebnete". Vielleicht war er dem großen Theatermann andernorts begegnet? Raphael beschrieb angebliche persönliche Verbindungen so anschaulich und glaubhaft, dass es schwerfällt zu akzeptieren: Es ist nur seine Phantasie.

Rellstabs Abhandlungen zum Theaterspiel, insbesondere seine Übungen zur Sprechtechnik sowie sein „Stanislawski-Buch" über das Schauspiel-System des Konstantin S. Stanislawski sind Standardlektüre im Schauspielmetier. Raphael besaß diese Lehrbücher. Sie mögen ihn beeindruckt haben. Er wusste sicherlich auch um die enge Verbindung der Schauspielakademie zum geschichtsträchtigen Zürcher Schauspielhaus, das vielen Exil-Schauspielern aus Deutschland (Therese Giehse, Erika Mann) während der Nazi-Herrschaft eine Heimat bot. In dieses Umfeld vermochte er sich hineinzuträumen. Sie glaubt zu verstehen, wie er getickt hat. Er sog

Begebenheiten auf, seien sie realer oder fiktiver Natur, und formte daraus eine neue Episode seines eigenen Lebens.

Die Nachfolge-Institution der Heidelberger Hochschule, heute „Staatliche Hochschule für Musik und Darstellende Kunst Mannheim", bestätigt ihre Anfrage: „Herr Burger hat am 23.09.68 die Aufnahmeprüfung [Anm.: zur Schauspielausbildung] bestanden. Studienbeginn war der 1.10.68. Am 25.03.69 wurde eine Immatrikulationsbescheinigung ausgestellt und das voraussichtliche Studienende mit Sommersemester 1971 angegeben. In unserem Archiv befinden sich keine weiteren Unterlagen zu Herrn Burger."

Er hat die Ausbildung vermutlich recht bald, im Frühjahr oder Sommer 1969, abgebrochen.

In seinen Hinterlassenschaften tauchte ein zweiter Schülerausweis der „Schule des Theaters Marianne Jentgens und Heinz Opfinger" in Köln aus dem Jahr 1969 auf. Karl hatte erwähnt, dass er seinen Freund seinerzeit zum Vorsprechen dorthin begleitet hatte. Von der Schauspielschule „Der Keller", die aus der Jentgens-Opfinger-Schule hervorgegangen ist, kommt diese Antwort: „In all unseren Unterlagen ist leider nichts an Informationen zu finden. Ich betone aber, dass unsere Unterlagen leider auf Grund mehrfacher Umzüge und mehrfachem Leitungswechsel nicht vollständig sind und alles, was länger als 20 Jahre her ist, nur schlecht bis gar nicht dokumentiert wurde."

Gegen eine abgeschlossene Ausbildung in Köln spricht, dass er bereits seit 1969 sein Abitur in Duisburg nachholte. Er hatte also nie die Schauspielausbildung komplett absolviert. In Zürich sicher nicht, in Heidelberg schnupperte er allenfalls ein bis zwei Semester ins Metier, in Köln strandet die Recherche einmal mehr im Ungefähren. Raphael gewährt in seinen Memoiren einen tiefen, sehr ehrlichen Einblick in seinen damaligen Hader mit seiner nicht ausreichenden Bildung, seiner Unkenntnis der Theaterliteratur: „Immer deutlicher musste ich erkennen, dass ich viel zu ungebildet war“.

Dies entfachte in ihm einen Ehrgeiz, der ihm zuvor fremd gewesen war. Die Hochschulreife erlangte er im Eiltempo.

Sie hat sich in den vergangenen Tagen die wenigen Unterlagen aus seinem Nachlass immer wieder vorgenommen, hat Fotos und Scans durchgescrollt. Sie hat die zahlreichen von ihm selbst und seiner Ehefrau benannten Institute seines Wirkens schriftlich gebeten, die Angaben zu verifizieren. Eine zeitintensive Aufgabe. So sehr die Saat des Zweifels auch in ihr keimt, das Ergebnis ihrer Bemühungen erschüttert sie doch: Seine Angaben halten der Überprüfung nicht stand. An der Filmakademie Wien beziehungsweise dem Max-Reinhardt-Seminar in Wien, an der Hochschule für Schauspielkunst Ernst Busch, am Mozarteum in Salzburg ist sein Name unbekannt. Von der Robert Schumann Hochschule für Musik in Düsseldorf dann endlich eine Bestätigung: Er war dort von 1998 bis 2004 als Lehrbeauftragter im Fach Sprecherziehung tätig. Es sind also doch nicht alles nur Luftschlösser.

Raphael lehrte an einer ganzen Reihe privater Schauspielausbildungsstätten, an denen gute Arbeit mit begabten jungen Menschen geleistet wird. Nur genießen sie in der Branche nicht den Top-Ruf der staatlichen Institute. Einer ihrer späteren Gesprächspartner wird sie „nicht gerade die Lipizzaner unter den Schauspielschulen“ nennen. Kein Grund zur Scham. Weder für die Studierenden noch für die Lehrbeauftragten. Und dennoch schlug Raphael genau in die imagehörige Kerbe, die er so verachtete, indem er meinte, nur mit der Reputation herausragend beleumdeter Institute eine beachtenswerte Karriere vorlegen zu können. Oder wollte er die versnobte Branche mit ihren eigenen Waffen schlagen?

Er nutzte dabei auch die Verwechslungsmöglichkeit der Institutsnamen. So schreibt er über seine Arbeit an der Filmakademie Wien, wo er in leitender Funktion einen neuen Studiengang implementiert habe. In diesem Umfeld erwähnt er recht vertraut Michael Haneke, den Oscar-prämierten österreichischen Regisseur und Leiter der Filmakademie. Er vermittelt wieder den Eindruck, er habe im Dunstkreis von Koryphäen gewirkt. Tatsächlich arbeitete er für die private filmacademy in Wien, die außer einer Namensähnlichkeit nichts mit dem renommierten Institut zu tun hat. Als sie dem Filiastro davon erzählt, lacht er. Genauso habe Raphael funktioniert. Ein paar Andeutungen, ein paar bekannte Namen, und schon konstituierte sich eine Geschichte im Kopf der anderen, ohne dass er sie überhaupt aussprechen musste.

Eine Promotion ist jedenfalls Fakt. In seinem Lebenslauf, den er seinem Buch voranstellt, erweckt er den Eindruck zweier Doktortitel. Ein Brief der Universität Salzburg vom 2. Juni 1993 bescheinigt, dass Norbert Hans Burger für die eingereichte Dissertation die Note „sehr gut" erhalten hat. Der Weg dorthin war allerdings kompliziert. Ein Briefwechsel zwischen einem von Raphael beauftragten Anwalt und der Universität Salzburg legt die Vermutung nahe, dass die Voraussetzungen für eine Doktorarbeit zunächst angezweifelt worden waren, der Anwalt jedoch im Sinne seines Auftraggebers gute Arbeit geleistet hat.

Bis zur Einführung der Bologna-Reform (in Österreich

1999) entsprach das Doktoratsstudium in Österreich qualitativ einem Diplomstudium in Deutschland. Mit der ihm eigenen Chuzpe machte Raphael sich 1993 diesen Umstand zu Nutze, sparte sich eine zeitintensive Forschungsarbeit in Deutschland und wich nach Österreich aus, womit er die ersehnten zwei Buchstaben „Dr." ganz legitim vor seinen Namen stellen durfte. Aus dem Doktor in Salzburg machte er behände einen Doktor in Wien:

Leider war keiner zugegen, als ich in Wien zum Dr. phil. promoviert wurde, zumal es ein üppiges Fest in angemessener Form mit allen Doktoranden gab.

Phasenweise reklamierte er einen zweiten Doktortitel für sich. Außer seiner eigenen Bekundung hat sie keine Hinweise oder Belege gefunden. Er selbst benannte das Thema seiner zweiten Doktorarbeit mal „Die Korrelation zwischen Gelenken und der Stimme", mal „Die Kompetenzsicherung und -erweiterung der gesprochenen Sprache auf der Bühnenebene". Auf seiner Visitenkarte stellte er sich als „Prof. Dr. Dr. Raphael-Maria Goldstein" vor. Der Honorarprofessortitel stand ihm seit seiner Anstellung an der Ruhrakademie zu. Raphael schreibt, er habe 1973 bis 1979 Sprechwissenschaften in Köln studiert, gleichzeitig Germanistik, Musikpädagogik und Psychologie an der Universität Duisburg. Von einem Opern-Aufbaustudium in Köln ist die Rede. Hochschulzeugnisse findet die Journalistin nicht, wohl aber eine Bescheinigung für seine Rentenversicherung über die genannten Jahre von der Gesamthochschule Duisburg. Es fehlen Angaben von Studienfächern. Da es um die Berechnung seiner Rente ging, wird es in seinem Interesse gelegen haben, der Rentenversicherungskasse möglichst vollständige Unterlagen zur Verfügung zu stellen.

Zu einem späteren Zeitpunkt ihrer Recherchen wird sie noch erfahren, dass er an einer Arbeitsstelle das erste und zweite Staatsexamen für das Lehramt in den Fächern Musik und Deutsch für die Sekundarstufe 1 (Haupt- und Realschule) vorlegen konnte.

Manches stimmt, manches nicht, aber nachgeholtes Abitur, Lehramtsstudium und Doktortitel, das ist doch was. Die Schwester Lilo erinnert sich, wie stolz die Eltern auf den Doktortitel waren. Nun schien der erfolglose Jüngste auch in die Spur gekommen zu sein. Aber war das Aufbauschen seines beruflichen Weges, diese Überhöhung der eigenen Person, das Ringen um die elterliche Anerkennung inzwischen so in seine DNA übergegangen, dass er später nicht mehr damit aufhören konnte? Hatte es sich gezeigt, dass diese kreative Anpassungen an die Realität ihm das Leben einfacher machten, ohne dabei negative Konsequenzen nach sich zu ziehen?

Es folgte für mich ein längeres Intermezzo als Theaterreferent und Dramaturg in Duisburg. 1983 sprach ich bei einem Besuch in Duisburg mit dem Kulturdezernenten und erfuhr, dass er auf der Suche nach einem Theaterreferenten und leitenden Dramaturgen für das Opern- und Schauspielhaus war. Er bot mir recht spontan diese Position an. Ich nahm sie an. Die Stadt Duisburg liegt mitten im Ruhrgebiet und ist durch eine spezifische Bevölkerung geprägt, die nicht die Kultur, insbesondere nicht die Hochkultur als Schwerpunkt ihrer Freizeitbeschäftigung sieht. Doch wenn man genauer hinschaut, erblickt man doch ungewöhnliche Überraschungen.

Eine Überraschung war die Buchhandlung „Atlantis“ im Zentrum der Innenstadt, die durch ein eigenwilliges Konzept auffiel. Kurt Selbiger hieß ihr Betreiber – ein Jude und Feingeist, der in Eigeninitiative und unter hohem Risiko seine Buchhandlung und seine Galerie in Duisburg entwickelte und erheblichen Anteil an der Entwicklung der modernen Kunst in der Duisburger Kulturszene hatte. Neben einer traditionellen Buchhandlung gab es – auf unterschiedlichen Etagen – eine Galerie, ein Café, ein Antiquariat. Die Galerie bot regelmäßig Lesungen, Theaterproduktionen und Ausstellungen an. Angebote, die sonst stadtweit nicht zu sehen waren.

Ich selbst kam mit diesem Veranstaltungsort in Berührung, da ich parallel zu meiner Tätigkeit als

Theaterreferent ein eigenes kleines Theater-Ensemble gegründet hatte, das sich insbesondere mit ungewöhnlichen literarischen Vorlagen beschäftigte und diese szenisch auf sehr kleinem Raum umsetzte. So konnten wir diese Galerie für unsere Produktionen nutzen, was auch sehr rege angenommen wurde. Ich erinnere mich an die ersten Anfänge, die wir dort vorstellten: Beispiele des Theaters des Absurden, Sprechstücke von Peter Handke, König Ubu von Alfred Jarry. Diverse Rezitationsprogramme wurden dort vorgestellt, auch mein Ringelnatz-Programm mit Gisela Uhlen. Wir fuhren durch unzählige Städte wie zum Beispiel Köln, Frankfurt, Düsseldorf, Bremen und gastierten im so genannten Senftöpfchen in Köln, im Kommödchen in Düsseldorf und im Packhaus im Schnoor, Bremen.

Mein Kulturdezernent kam auf die Idee, mein Ensemble für ein so genanntes Kneipen-Theater zu engagieren, das sich im Rahmen der jährlichen Duisburger Akzente durch die Stadtteilkneipen bewegte und so thematisch zum Leitthema der Akzente beitrug. Eine aufwendige und anstrengende Theatertätigkeit, die die Frage offenlegte, ob denn jeder öffentliche Raum, so auch die Stadtteilkneipe, für eine Theaterarbeit genutzt werden sollte.

Wir haben dann dieses Ansinnen nach den ersten Versuchen aufgegeben. Das Ringelnatz-Programm hingegen wurde sehr positiv aufgenommen, auch wenn die Räume keine ausgewiesenen Theaterräume waren. Da kam es mehr auf die Einstellung und Vorerfahrungen des Publikums an, um ein derartig feinsinniges Programm vermitteln zu können.

Bis in die 1990er Jahre hinein gab es die Buchhandlung und Galerie Atlantis in der Duisburger Innenstadt. Inzwischen ist der Inhaber Kurt Selbiger verstorben. An dieser Stelle kommt sie nicht weiter. Doch ihr fällt auf, die Adresse des in Duisburg immer noch legendären Kulturortes lautet Mercatorstraße. Mercatorstraat! Raphael hatte seine angebliche Mutter Esther in Amsterdam in der Mercatorstraat angesiedelt. Die gibt es tatsächlich in Amsterdam, ganz in der Nähe des Erasmusparks.

Sie durchschreitet die imaginäre Tür zu Raphaels Kopf, wie es der Protagonist in dem Film „Being John Malkovich" macht. Aus dieser Perspektive stellt sie sich vor, wie er blitzschnell Erinnerungen und Episoden zu einer neuen Erzählung verschmilzt. Sie sieht ihn, wie er bei einem seiner vielen Besuche durch Amsterdam stromert und plötzlich diesen ihm aus Duisburg bekannten Straßennamen entdeckt. Das mag ihm bei der Entwicklung seiner Esther-Goldstein-Figur wieder ins Gedächtnis gedrungen sein. Er brauchte schließlich einen glaubhaften Wohnort für seine Mutterfigur.

Im Nachlass hat sie einen zerknitterten „Waschzettel" über das Forum-Theater gefunden, das von Raphael gegründete freie Theaterensemble, von dem er schreibt. Zunächst handelte es sich um eine Theatergruppe der Volkshochschule; 1978 entschloss er sich, die Gruppe von der VHS zu lösen und zu professionalisieren. Es entstand das Forum-Theater, das sich als Theaterkollektiv definierte, das experimentell und mobil arbeitete und sich als Alternative zum institutionellen Theater verstand. Bis Mitte der 1980er Jahre war das Ensemble, das sich aus ausgebildeten Schauspielern und ambitionierten Laien zusammensetzte, vorwiegend im Raum Duisburg, aber auch an anderen Spielorten aktiv. Sie googelt die Namen der damals Beteiligten und wird fündig: Christian Fries arbeitet heute als Schauspieler und Regisseur, ist Autor und Musiker. Der Vergleich der Fotos – damals und heute – lässt sie hoffen, einen ehemaligen Theaterkollegen gefunden zu haben. Und er antwortet, er habe Norbert 1976 als Schauspiel-Dozenten an der Duisburger Volkshochschule kennengelernt. Damals habe Norbert noch hauptberuflich als Lehrer an der Hauptschule gearbeitet.

„Fünf bis sechs Jahre, bis 1985 ungefähr war Norbert Leiter unseres Kollektivs. Das waren im Laufe der Jahre bestimmt 15 Produktionen. Wir waren so ein Kern von sechs Leuten. Es kamen immer wieder mal neue Leute dazu, entweder aus Norberts VHS-Kursen oder er hatte sie in anderen Zusammenhängen kennengelernt. Wie er diese Truppe und die Vorstellungstermine organisiert hat, war bewundernswert. Hundert Mark pro Vorstellung war normal, und das war in der Zeit viel Geld. Geholfen hat ihm die Verbindung zur Stadt."

Vater Burger habe ein ausgeklügeltes Bühnen-Modulsystem gebaut, das selbst in den GTI – der gehörte Norbert – und die Ente – die besaß Christian – gut hineingepasst habe und mit dem am Auftrittsort mit wenigen Handgriffen Bühnen unterschiedlicher Größe gebaut werden konnten. Der Vater, der so gar nichts für die Schauspiel-Affinität seines Sohnes übriggehabt haben soll, macht sich so viel Arbeit, um dessen Theatergruppe zu unterstützen? Christian kann sich daran erinnern, dass die Eltern oft im Publikum saßen.

„Das waren gesetztere ältere Herrschaften. Ich hatte den Eindruck, sie konnten nicht viel damit anfangen."

Man sei vorwiegend innerhalb Duisburgs, aber einmal auch bis Heidelberg für Auftritte gefahren. Und Norbert war immer für eine Überraschung gut.

„Plötzlich hieß es, er mache einen Ringelnatz-Abend mit Gisela Uhlen! Das war wieder einer seiner Coups. Wie hat er das wieder hingekriegt? Offensichtlich hatte er ihr eingeredet, wie wichtig und toll das Forum-Theater sei. Er konnte Leute um den Finger wickeln".

Während Christian weiter erzählt, wird ihr klar, dass dieser zehn Jahre jüngere Mann über eine Biografie verfügt, die Raphael-Norbert vielleicht in seine eigene Lebensgeschichte hineinbastelte. Denn er verkörpert genau die bildungsbürgerliche Herkunft, die der junge Norbert für sich erträumt hat. Ein Elternhaus, in dem nicht die Alltagsthemen einer aufstrebenden mittelständischen Bürgerfamilie im Vordergrund standen, sondern humanistische Bildung und Engagement in Staat und Gemeinwesen verhandelt wurden. Seine eigene, keinesfalls bildungsferne Herkunft könnte ihm im direkten Vergleich mickrig vorgekommen sein.

„Es war so um 1984, da war ich in einer echten Krise. Ich hatte Germanistik und Philosophie angefangen zu studieren, parallel dazu ein Klavierstudium. Aber das Einzige, was ich mir als Beruf wirklich vorstellen konnte, war Schauspieler zu werden. Da kommt Norbert wieder ins Spiel. Er meinte, warum willst du das denn noch studieren? Er schlug vor, ich sollte einfach die Prüfung bei der Paritätischen Prüfungskommission machen."

Bis 1994 gab es die Option, die sogenannte Bühnenreifeprüfung vor dieser Expertenkommission abzulegen, auch ohne vorher ein Schauspielstudium absolviert zu haben. Voraussetzung ist der Nachweis von Unterricht bei namhaften Dozenten.

„Wir haben jedenfalls ein bisschen geprobt, Szenen ausgewählt. Das ist jetzt auch wieder typisch Norbert: Man musste angeben, bei wem man Unterricht genommen hat, wieviel Stunden usw. Da stand dann: Rollenarbeit, Lehrer Norbert Burger, Stimmbildung, Lehrer Norbert Burger, ... überall stand Norbert Burger. Die Kommission hat das nicht akzeptiert. Sie meinten, ich solle auf eine staatliche Schauspielschule gehen, ich würde das bestimmt schaffen, aber wer denn eigentlich dieser Norbert Burger sei ...!" Christian zuckt mit den Schultern. „Sie kannten ihn natürlich überhaupt nicht."

So lebendig, wie Christian diese Episode erinnert, sieht sie die Situation vor sich. Wie Raphael-Norbert, der seinem Schützling als Mentor zur Seite stehen möchte, sich auf seine Weise bemüht, dem jüngeren Mann dabei zu helfen, seinen Berufswunsch umzusetzen.

Christian bestand die Aufnahmeprüfung an der HdK in Berlin ohne Raphaels Hilfe. Im Rückblick sieht er, dass Raphaels Spielweise ihn durchaus geprägt, aber auch eingeengt habe.

„Sein Stil war statuarisch, wenn er etwas vorspielte, stand er da, hielt die Hände vorn zusammengenommen wie ein Sänger und sprach den Text."

Sprachliche Nuancen seien ihm wichtig gewesen, aber er habe wenig Sinn für Impulsivität im Spiel gehabt.

„An der HdK bekam ich dann aber mit, Spiel kann auch ganz anders sein. Das war lebensrettend, da habe ich erst kapiert, was Spielimpulse sind, unmittelbarer Kontakt, der nicht vorherbestimmt ist. Da steckten so enge Strukturen in mir, von denen musste ich mich befreien."

Von seiner Stelle als Referent für Öffentlichkeitsarbeit am Theater der Stadt Duisburg ließ sich Raphael 1990 bis 1992 beurlauben, um freiberuflich zu arbeiten, und schied zum

31. Oktober 1992 endgültig aus dem öffentlichen Dienst aus. In seinem Zeugnis heißt es, er habe „die Öffentlichkeits- und Pressearbeit in erster Linie des Sprechtheaterbereichs betreut ... Ein wesentlicher Teil seiner Aufgabe war die Betreuung der Kontaktlehrer an den Duisburger Schulen ... sowie die Organisation von Wechselausstellungen ... im Theater-Foyer."

Auch hier vergrößerte er offensichtlich im Nachhinein seine Position und sein Aufgabengebiet. Aber er übte die Funktion mehr als elf Jahre lang aus. Für Raphael eine bemerkenswerte berufliche Konstante, auch wenn ihn die Aufgabe nach eigenen Angaben nicht erfüllte.

Christian erinnert sich in diesem Zusammenhang, dass der Job als städtischer Angestellter ihn nie befriedigt habe. Seines Wissens habe Norbert in dieser Zeit seinen Magister gemacht.

„Definitiv hat es eine Magisterarbeit gegeben. Ich habe sie Korrektur gelesen."

Handelte es sich dabei um seine spätere Dissertation? Fakt ist, dass Raphaels Verhältnis zu seinem Vorgesetzten Konrad Schilling ein durchaus temperamentvolles war. Schilling war von 1976 bis 1992 Kulturdezernent der Stadt Duisburg und prägte in seiner Funktion das Kulturleben der Ruhrgebietsstadt nachhaltig, machte es bundesweit bekannt. Er war der Erfinder des heute noch jährlich stattfindenden Festivals „Duisburger Akzente".

Die Zeit in Duisburg war für mich ein endloser Zwist und Kampf mit dem Kulturdezernenten, der völlig andere Vorstellungen von meiner Tätigkeit hatte. Er meinte, mir Vorschriften machen zu können – schließlich sei er mein Vorgesetzter und Chef. Jahre der Annäherung vergingen, doch wirkliche Harmonie wollte nicht eintreten. Das große „Akzente-Festival" gab mir jährlich die Möglichkeit, für die Auswahl der Stücke durch die Lande zu reisen. Diese Abwesenheit schaffte mir vorübergehend Luft zum Atmen. Doch wenn ich abends zum Beispiel aus München gegen 24.00 Uhr in meine Wohnung zurückkehrte, rief der Kulturdezernent schon am nächsten Morgen gegen 6.30 Uhr privat an, wo ich denn mit meinem Bericht bliebe. Ich erinnere mich an eine wortgewaltige Auseinandersetzung. Wieder einmal war er mit meiner Arbeit ob meiner Eigenmächtigkeit unzufrieden und hatte mich früh morgens in sein Büro bestellt.

Meine leichte Verspätung hatte zur Folge, dass er völlig aus der Fassung geriet und mir einen Aktenordner, der neben ihm lag, an den Kopf warf. Ich war sehr erschrocken und warf den Aktenordner aus einem Impuls heraus wieder zurück. Er versuchte, mich einzuschüchtern, was ich mir nicht gefallen lassen wollte. Ich überlegte kurzzeitig, ihn wegen Körperverletzung zu verklagen. Doch bald besannen wir uns und stellten die Unmöglichkeit einer solchen Aktion fest. Das wäre ja ein Fall für die heimische Presse gewesen, was er unbedingt vermeiden wollte, um seine Aggressionen nicht zum Thema zu machen. Lieber vertrug er sich mit wieder mir. Ich lud ihn zu meinem Geburtstag ein, er beschenkte mich mit einem kleinen, wohl selbstgemalten Bild und die Sache war – bis zum nächsten Mal – erledigt.

Eine wichtige Person in meiner Zeit als Theaterreferent in Duisburg war der Maler Volkram Anton Scharf, ein kleiner, sehr umtriebiger Mann mit hoher Eloquenz und Initiative, ein Vertreter der leisen, aber besonders scharfen Töne. Ich habe im Laufe meines Lebens viele durchaus namhafte Maler und Literaturschaffende kennengelernt, doch selten einen Mann, der auf einem so hohen Niveau fast im Verborgenen zeichnete, schrieb, Kultur betrieb, sich einsetzte, widersprach – ohne Attitüde und Eitelkeit. Am Ende seines 1906 begonnenen Lebens ging er leise, ohne zu klagen. Bisweilen hatte er mich noch von seinem Bett aus gezeichnet, seine Bewegungsmöglichkeit war schon sehr eingeschränkt, auch sich selbst hat er in ihm noch möglichen Ausschnitten seiner Zeichnungen erhalten. In Erinnerung bleibt mir sein Gedicht:

Am eigenen Sarg
Ihr, die Ihr wahrhaft meine Freunde seid
Geht heim und bedenkt
Wann Ihr mir folgen werdet.
Ihr anderen aber haltet euch bereit
Zu tragen, womit Ihr mich beschweret.
Wenn's aber dennoch nicht kann anders sein,
nehmt meine Asche, streut sie in den Wind.

Ich war von Anfang an der Weite Kind.
Was wiegt, ob Du Dich dünkest
GROSS, ob Du bist klein.

Nachweislich war Raphael für das weit über die Grenzen Duisburgs hinaus bekannte Kulturfestival Akzente zuständig. Aus seinen damit verbundenen Erlebnissen im Jahr 1987 spinnt er einen Spionage-Thriller:

Ich schätzte den Kontakt mit bedeutenden Künstlern in dieser Zeit sehr. So gab es in Duisburg einen regelmäßigen Künstleraustausch mit der damaligen Sowjetunion. Spannende bildende Künstler bereicherten mit ihren Werken damals das Leben in der Stadt – und als Theaterreferent hatte ich die Möglichkeit, viele von ihnen kennenzulernen. Und es gab die Duisburger Akzente, ein wichtiges Kulturfestival, für das alle Kulturinstitute der Stadt Beiträge leisten sollten. Meine Aufgabe war, jeweils die Ausstellungen im Theaterfoyer zu organisieren.

Für die geplante Ausstellung zur Kunst und Kultur der DDR im Rahmen der „Akzente 1987" wollte ich Bilder, Fotos, Briefe und Kompositionen des Komponisten Hanns Eisler suchen. Dazu reiste ich nach Berlin, quartierte mich in einem West-Berliner Hotel ein, um am nächsten Tag mit meinem Auto nach Ost-Berlin zu fahren. Die Verabredung im Hanns-Eisler-Archiv war telefonisch geregelt. Im Archiv wurde mir ein permanenter Abgesandter an die Seite gegeben, der für mein leibliches Wohl und für alle organisatorischen Fragen verantwortlich sein sollte.

Man brachte mich zu einer Frau, die wohl das Institut leitete. Sie saß in einem kleinen Zimmer mit einem in die Jahre geratenen Schreibtisch, war sehr kurzsichtig, denn sie hielt jedes Schriftstück nur wenige Zentimeter vor ihren Augen. Sie befand sich vor einer Schrankwand mit unzähligen Schubladen, alle halb offenstehend. Ich versuchte, das Ordnungssystem zu erfassen, das mir völlig undurchschaubar schien.

Als es mir endlich erklärt war, unterbrachen wir das Gespräch für das Mittagessen in der Kantine zwei Stockwerke tiefer. Etwa 100 Personen standen in einer langen Warteschlange für das Essen an – mein „Abgesandter" stand tapfer neben mir und berichtete von einer Erbsensuppe, die sich in regelmäßigem Turnus wiederhole. Die Personen in meiner direkten Nähe ließen sich lobend über diese Suppe aus.

Nach etwa einer Stunde ging es mit einem Paternoster wieder zurück auf die Hanns-Eisler-Etage in das Zimmer mit den tausend Schubladen. Es fanden sich viele interessante Schriftstücke und Original-Partituren, die mich häufig dazu verführten, nicht die geplante Ausstellung im Sinn zu behalten, sondern meinem eigenen Interesse zu folgen. Schließlich hatte ich Original-Unterlagen von Hanns Eisler in Händen.

Es verwunderte mich, wie ungeordnet – zufällig – die Unterlagen gestapelt waren. Ab und an kam jemand von außen herein, sprach aber mit mir kein Wort. Auch die Dame in diesem Büro blieb stumm, offensichtlich war sie mit Zeitungsartikeln beschäftigt, die – ausgeschnitten – auf große weiße Blätter geklebt werden sollten.

Mein „Betreuer“ erschien am späten Nachmittag und verabredete sich mit mir für den nächsten Morgen. An meinem Auto wurde ich von zwei Polizisten erwartet, die mich um meine KFZ-Unterlagen baten. Lange standen sie bei mir und meinem Auto und erklärten dann, ich möge mich doch morgen früh wieder an gleicher Stelle einfinden, man könnte mir einen Kontakt zu Curt Bois vermitteln, der in Berlin sei und mich treffen wolle. Das hat mich sehr verblüfft, denn ich schätzte Curt Bois als Schauspieler überaus! Und was hatten die beiden Polizisten damit zu tun?

Etwas beunruhigt verbrachte ich meine Nacht in West-Berlin und parkte mein Auto am nächsten Vormittag wieder an der gleichen Stelle. Bald zeigten sich die Polizisten und tatsächlich entdeckte ich den berühmten Schauspieler Curt Bois. Neben den beiden wirkte er noch viel kleiner, als er in Wirklichkeit war. Wie aus heiterem Himmel erschien auch mein spezieller Betreuer, diesmal mit Aktentasche und einer Einladung zur Premiere des „Prinzen von Homburg“ im Theater im Palast (TIP), einer Inszenierung von Vera Oelschlegel, mit der ich später kurz telefonieren konnte. Sie lud mich am Premierenabend zu einer kleinen Feier ins TIP ein und deutete ein wichtiges Gespräch an.

Das Theater im Palast (TIP) war ein überschaubares Theater unter ihrer Leitung. Curt Bois stand am Eingang und begrüßte mich herzlich. Er steckte in einem schwarzen, offensichtlich zu großen Anzug und lächelte freundlich über sein sehr schmales Gesicht. Ich selbst war in meiner normalen Kleidung, da ich ja nicht mit dieser spontanen Einladung hatte rechnen können. Curt Bois eröffnete mir, dass wir nebeneinander in der zweiten Reihe sitzen würden – ich fühlte mich sehr geehrt, neben einem der bekanntesten Brecht-Schauspieler zu sitzen.

Er erzählte mir von seiner Flucht vor den Nazis 1933 und deutete mir an, mir noch mehr aus dieser Zeit berichten zu wollen. Wir sollten nach diesem Abend weiter Kontakt halten. Ich erzählte meine Geschichte mit Otto Frank und war sehr verwundert, dass er nicht erstaunt war, sondern sich gut informiert zeigte. Er fand meine Geschichte ungewöhnlich. Ich bemerkte, dass eine Reihe hinter uns mein „Betreuer" seinen Platz eingenommen hatte und sich scheinbar desinteressiert verhielt. Die Inszenierung erschien mir eher traditionell, jedoch war die Reaktion des Publikums euphorisch.

Alle Zuschauer schienen geladene Gäste zu sein, man traf sich wohl auch geschlossen wieder auf der Premierenfeier. Mich begleitete Curt Bois und lobte während der ganzen Wegstrecke zur Feier die Inszenierung in höchsten Tönen. Dann stellte er mich der Intendantin des Hauses, Vera Oelschlegel, vor. Sie berichtete, mein sehr interessanter Duisburger Kulturdezernent habe sie gerade heute angerufen, um meinen Besuch in der Hauptstadt der DDR anzukündigen. Gegen Ende der Premierenfeier lud mich Curt Bois auf ein Glas Wein in seine Wohnung ein, wir könnten dann über Otto Frank und seine Familie ausgiebig sprechen. Sehr neugierig stimmte ich zu und schon erschien mein Betreuer und bot an, uns dorthin zu fahren. Taxis wie im Westen waren Mangelware. In einem größeren Lada wurden wir quer durch die Stadt chauffiert. Ich musste die Grenze nach West-Berlin vor 24.00 Uhr überschritten haben, aber mein Betreuer beruhigte mich, er habe vorgesorgt, wir könnten kommen, wann wir wollten, wir hätten keine zeitliche Einschränkung.

So fuhr ich also mit unserem Chauffeur und mit Herrn Bois durch die Nacht. Obwohl der 1901 geborene Curt Bois schon in die Jahre gekommen war – ich rechnete aus, er dürfte ungefähr 85 Jahre alt sein – war er extrem lebendig und unterhaltsam. Er schien ein guter Gastgeber zu sein, denn der Wein und sonstige (West-) Getränke waren griffbereit und gekühlt. Ich erinnere mich an einen mit Büchern vollgestopften Raum, viele Bücher lagen auf dem Fußboden, ein sehr großer Tisch, Sessel, in denen ich gern zu dieser Nachtzeit eingeschlafen wäre. Jedoch schien keiner sonst in dieser Etage zu wohnen.

Der Betreuer verabschiedete sich bald und versprach, in zwei Stunden wieder vor Ort zu sein, um mich zur Grenze zu geleiten und damit den Übertritt zu garantieren. Dann waren wir allein, der berühmte Curt Bois und ich, Raphael-Maria Goldstein. Ohne Umschweife kam Curt Bois wieder auf das Thema Otto Frank und seine Familie zu sprechen und war sehr interessiert, wie ich zu der Frage stehe, wer die Familie verraten habe. Dazu konnte ich nichts sagen, es sei dazu nichts veröffentlicht worden.

Plötzlich hörte ich Stimmen und Schritte: Drei unbekannte Personen betraten den Raum, begrüßten uns und setzten sich zu uns in die noch freien Sessel. Sie seien Nachbarn, hätten uns kommen hören und hätten mir ein Angebot zu machen. Auch mein Betreuer tauchte nun wieder auf. Ich solle als Theaterreferent regelmäßig von meiner Tätigkeit berichten, würde dafür zusätzlich zu meinem Gehalt in Duisburg weitere 2000 West-Mark monatlich erhalten. Das sei doch nicht besonders schwer zu erfüllen.

Ich sagte, ich wolle es mir überlegen, und drängte zum Aufbruch. Mein Betreuer wollte mich bis an den Grenzübergang fahren und mich am nächsten Morgen um 9.00 Uhr an gleicher Stelle wieder abholen. Ich könne mein in Ost-Berlin verbliebenes Auto ohne Bedenken stehen lassen.

Um 9.00 Uhr war ich wieder an der Grenze und sah ihn schon auf der gegenüberliegenden Seite heftig winken und auf mich zukommen. Er grüßte an der Passkontrolle freundlich die Grenzer und kam mir auf der Westseite entgegen. Ohne Probleme konnte er die Seiten wechseln. Wieder fuhr er mich in das Hanns-Eisler-Archiv. Dort beendete ich zügig die noch ausstehenden Arbeiten.

Je länger ich über das Angebot vom Abend zuvor nachdachte, desto so mehr kam ich zu dem Entschluss, diesen Vorgang dem BND zu melden. Mir war vom Hörensagen eine Dienststelle bekannt und so meldete mich dort zu einem Gespräch an. Ich erinnere mich nicht mehr genau, wer mit mir sprach, aber verwundert hat mich die Begrüßung eines Mitarbeiters: Der Vorgang sei ihnen gut bekannt, aber ich könne ihn auch noch aus meiner Sicht beschreiben. Ich berichtete von meiner seltsamen Begegnung. Fast wörtlich konnte der Mitarbeiter des

BND meine in Ost-Berlin getätigten Aussagen wiederholen und gab mir zu verstehen, es sei gut gewesen, den BND einzubeziehen. Wieder wurde mir ein Angebot unterbreitet: Ich solle mich tatsächlich auf den Vorschlag aus Ost-Berlin einlassen und ihnen jeweils eine Kopie meiner Berichte zur Verfügung stellen.

Liebe Anne,

Curt Bois war mir die Auskunft über Otto schuldig geblieben, es schien mir so, als verfüge er über mehr Auskünfte und Informationen, als allgemein bekannt waren. Ich rief ihn noch einmal an, um mit ihm ein weiteres Treffen bei einem späteren Berlinbesuch auszumachen. Er reagierte erfreut und bot mir an, meine Übernachtung in Ost-Berlin regeln zu wollen. Mir war es jedoch angenehmer, in West-Berlin zu übernachten – so hätte ich die Möglichkeit, das Treffen zu verkürzen oder gänzlich abzubrechen.

Also fuhr ich wieder zum geplanten Übergang nach Ost-Berlin und wurde – wie zuvor besprochen – von ihm abgeholt. Die Begrüßung war herzlich. Diesmal war ich der Chauffeur. Er schlug vor, in die Nähe vom Palast der Republik zu fahren, in ein Café, das er gut kenne. Im Café wurden für uns zwei Plätze vorgehalten. Ich fragte ihn, woher er Otto Frank kenne. Er hatte Otto Frank mit seiner neuen Frau Elfriede in Israel getroffen, in einem Hotel in Jerusalem, viele Jahre zuvor. Otto Frank sei zu einer Freundin unterwegs gewesen, Hannah Pick-Goslar, die 1947 nach Palästina ausgewandert sei und in Jerusalem wohne.

Offensichtlich war es ein sehr angeregtes Gespräch. Otto Frank habe ihm auch von seinen Töchtern erzählt, speziell von Deinem Interesse an Schauspieler-Biografien und dass Dir der Name Curt Bois bestimmt ein Begriff gewesen sei. Dann fragte er mich, was meine Arbeit mache – man würde hier gespannt darauf warten. Und genau in diesem Augenblick erschien mein Betreuer, erklärte unumwunden, er sei Mitarbeiter der Staatssicherheit und mir zugeteilt. Er bleibe mein direkter Ansprechpartner für die nächste Zeit. Es würde mir sicher nicht schwerfallen, etwas von meiner Arbeit zu berichten. Nach ungefähr zwei Stunden bat mich Curt Bois, das Gespräch beenden zu können, und brach mit besagtem Betreuer auf, nicht ohne vorher eine konspirativ anmutende kurze Unterredung im Hintergrund des Cafés zu haben. Zunächst berichtete ich einige Vorgänge aus meiner Arbeitswelt, die mir nicht bedeutsam erschienen. Tatsächlich wurden mir auf mein Konto 2000 Mark überwiesen. Ich nahm das Geld an, benachrichtigte den BND.

Danach wollte ich mich jedoch nicht weiter benutzen lassen und keine weiteren Beschreibungen meiner Tätigkeit liefern und mich damit ins Unrecht setzen. Heute bin ich sehr froh, dass ich damals dem BND von meinem Ost-Berliner Ausflug berichtet habe, das hätte mir sehr schaden können. Curt Bois und auch meinen Betreuer habe ich danach nie wiedergesehen. Ein Gespräch mit dem BND ergab später, dass man mich wohl in Ost-Berlin ausgesucht hatte, in der Hoffnung, ich würde sukzessiv auf einer mir möglichen Karriereleiter aufsteigen und als Nachrichten-Informant tätig bleiben.

Wie überaus kleinteilig und präzise er die Szenerie beschreibt: „Sie saß in einem kleinen Zimmer ..., war wohl sehr kurzsichtig, denn sie hielt jedes Schriftstück nur wenige Zentimeter vor ihre Augen. Sie befand sich vor einer Schrankwand mit unzähligen Schubladen, alle halb offenstehend." Oder: „Auch die Dame in diesem Büro blieb stumm, offensichtlich war sie mit Zeitungsartikeln beschäftigt, die – ausgeschnitten – auf große weiße Blätter geklebt werden sollten."

Der Psychologe, mit dem sie zu einem späteren Zeitpunkt spricht, wird sie aufklären: Wenn die Schilderung besonders detailliert und szenisch ausfalle, wirke sie zwar vordergründig sehr glaubhaft, aber entspreche häufig eben nicht der Wahrheit. Auffällig auch die wiederkehrende Zahlung von 2000 D-Mark, die Raphael von der Stasi erhalten haben soll. Die gleiche Summe in Franken, über die ihm auch Otto Frank einen Scheck ausgestellt habe. Eine seinerzeit übliche Geldmenge für Schweigegeld?

Bezeugende sind unterdessen gestorben, also nimmt sie Kontakt zu der einstigen TIP-Intendantin Vera Oelschlegel auf. Sie hatte Raphael nach dessen Angaben höchstpersönlich zur Premiere von Kleists „Prinz Friedrich von Homburg" geladen. An diese Erstaufführung 1987 hat sie tatsächlich lebhafte Erinnerung, dennoch: „Es wird Sie enttäuschen, aber ich kann mich nicht an dieses Treffen erinnern." Es bleibt nebulös.

Zweifelsohne waren die Zeiten im Duisburger Kulturreferat umtriebig, aber für Raphael auf Dauer unbefriedigend. Er übernahm parallel zu seinem Stadttheater-Job die Aufgaben eines Sprechdozenten an der Schauspielschule in Ulm (wo er

Ruth Schweikert kennenlernte), ließ sich schließlich auf zwei Jahre beurlauben, suchte allerorts neue Betätigungen an Schauspielschulen, ließ sich auf Zahnarztkongressen als Stimm-Experte engagieren, arbeitete an seiner Doktorarbeit, die zunächst eine Magisterarbeit war. Es war eine große Unruhe, die ihn beruflich wie privat umgab. Er träumte vom Leben der Bohème und suchte sich Tätigkeiten auch außerhalb von Deutschland, in der Schweiz, in Frankreich und in Italien.

In Imperia gab es eine kleine deutschsprachige Schauspielschule mit nur wenigen Schülerinnen und Schülern aus der Schweiz und aus Deutschland. Es war eine eher experimentelle Schule, die insbesondere die Requisite ins Zentrum spielerischer Handlungen rückte. Sie war ausgerichtet an der Schule des polnischen Theatermachers Jerzy Grotowski mit seinem Laboratorium und auch des britischen Autors und Regisseurs George Tabori. Es ging recht wild und unkontrolliert zu. Grotowski lebte mit seiner Truppe in Pontedera, Italien, und kreierte das so genannte ‚arme Theater'. In diesem Sinne verstand sich auch die Schule in Imperia.

Ich erinnere mich an eine Menge Requisiten vom Schrottplatz, die auf diese Weise neuen Bestimmungen zugeführt wurden: Eisenträger, schwerste Eisenplatten und Blechtonnen, die regelmäßig durch einen kleinen Theaterraum transportiert wurden. Das Stück hieß „König Ubu" nach Alfred Jarry in freier Improvisationstechnik. Der Kampf um die Requisiten oder besser verfügbaren Materialien war eine lautstark entbrannte Schlacht. Vierzehn Tage versuchte ich, die Schauspielerinnen und Schauspieler zu bändigen und in eine gemeinsame Richtung zu drängen, doch dieses Ansinnen war eine Utopie und schlug um in eine Saalschlacht. Auch die Zuschauer bekämpften sich schließlich gegenseitig. Völlig ermattet ließen sie sich alle danach zu einem Abendessen nieder und versöhnten sich wieder.

Inzwischen nimmt ihre Recherche ein Eigenleben an. Ihre Gesprächspartner nennen ihr andere Namen von Informanten; im Kreise einiger Schauspielschulen macht die Geschichte des Raphael-Maria Goldstein bereits die Runde. So kommt sie zu Claudia, Schauspielerin und inzwischen ebenfalls Dozentin für Sprecherziehung. Sie lernte Norbert Burger 1989 auf einer Schauspielschule in Düsseldorf kennen; er war ihr Sprechdozent. Claudia erzählt von diesen aufregenden Zeiten. Ihre Klasse hatte sich quasi eigenständig von der Institution in Düsseldorf getrennt, um eine eigene Schule zu gründen.

„Raphael ist als Dozent mit uns gegangen. Er fand das so anregend und hat gesagt, ich unterstütze euch. Er war ganz eng bei uns.“ Gegen das Establishment, für das Neue, Unkonventionelle, das hat ihm gefallen. Nur zu gern schloss sich der 40-Jährige den jungen Schauspieler:innen an.

Es ergab sich, dass die Schauspieler:innen, unter ihnen Claudia, von Raphael in eine kleine Schauspielschule nach Dolcedo (nahe Imperia) in Ligurien eingeladen wurden. Er selbst besaß dort im Ortsteil Isolalunga gemeinsam mit seinem Cousin Herbert ein Rustico. Die beiden abenteuerlustigen Männer hatten es Jahre zuvor spontan erworben und versuchten, möglichst viel Zeit dort zu verbringen. Da passte es Raphael, auch an dieser kleinen, malerisch an einem Felsen gelegenen Schule für deutsche und Schweizer Schauspielinteressierte zu unterrichten. Er machte das zusätzlich zu seinem Kulturreferenten-Job in Duisburg und seiner Dozententätigkeit in Düsseldorf.

Claudias Klasse war zuvor in Nancy in Frankreich

gewesen, bei einem von Lew Bogdan organisierten Workshop. Der in Fachkreisen überaus bekannte und renommierte Schauspieler, Regisseur und Intendant ist Gründer des Institut Européen de l'Acteur in Nancy.

„An dem Workshop nahmen Schauspieler:innen und Regisseur:innen aus mehreren Ländern teil, zum Teil auch bekannte Theatergrößen", erzählt Claudia. Als sie danach in Dolcedo ankamen, „haben wir natürlich begeistert von unseren Eindrücken erzählt. Man spürte bei Raphael eine gewisse Eifersucht darauf, was wir dort erlebt hatten. Bei mir entstand schon der Eindruck, er müsste da etwas toppen. Das hatte ich bei ihm vorher auch schon erlebt. Als müsste er immer etwas beweisen."

Sie erinnert sich an den Aufenthalt in Ligurien damals und an die dortige Projektarbeit als „sehr schwierig für mich". Raphael wird ein paar Jahre später selbst als Dozent während eines Sommerprogramms an diesem französischen Institut arbeiten.

Die Arbeit in Dolcedo mit dem Regisseur Burger-Goldstein – man probte gemeinsam ein Stück – fand auch einen seltsamen Abschluss. Als sie am Schluss ihres Aufenthalts die Premiere mit einem Stück hatten, habe er sich komplett abgesondert und melancholisch in einem anderen Raum gesungen. Als würde er sie gar nicht mehr wahrnehmen. Er sei sehr separat gewesen, wie in einem eigenen Kosmos.

„Wir standen da und fragten uns, ‚Haben wir was falsch gemacht?' Das wirkte auf mich befremdlich. Einige von uns und ich speziell hatten arge Schwierigkeiten mit diesem Menschen. Ich wusste bei ihm nie so richtig, was ich da tue. Seine Aussagen erschienen mir oftmals nicht griffig genug, so dass ich nur erahnen konnte, was er wollte. Mir fehlten klarere Worte, eindeutigere Aufgabenstellungen. Es wurde in einer Sprache gesprochen, die mir esoterisch oder philosophisch vorkam. Es fiel mir schwer zu verstehen, was er meint."

Claudia überlegt intensiv, während sie spricht. Die Journalistin merkt ihr an, dass sie ihre Kritik abfedern, nicht so streng mit ihm ins Gericht gehen möchte.

„Aus dem heutigen Blickwinkel könnte man vielleicht sagen, dass er eher abstrakt anmutende Ideen hatte, die derzeitig mit dem performativen Gedanken viel besser gepasst hätten als damals. Vielleicht war er auch ein Vordenker."

Vordenker vielleicht, Vorbild eher nicht, obwohl sie selbst heute als Dozentin für Sprechen und Phonetik arbeitet.

„Ich konnte seine Inhalte nicht auf die Praxis übertragen. Er wurde für mich nicht konkret genug. Das hat auch etwas mit der Vermittlung der sprecherischen Parameter zu tun, wie z. B. Stimmspannung, Sprechdenken, Sprechbögen halten, Artikulation etc. Die hat er nicht benannt oder sie mir inhaltlich beigebracht."

Ihr sei es schwergefallen, ein System bei ihm zu erkennen oder an seine Inhalte anknüpfen, um eigenständig weiterarbeiten zu können.

Liebe Anne,

während der vielen Jahre war ich immer bemüht, genau das auszudrücken, was ich tatsächlich sagen wollte. Ich habe immer diejenigen bewundert, die in der Lage waren, sich nicht so verdreht zu äußern und auf den Punkt zu kommen. Ich wollte immer mehr in die Sätze hineinpacken, als der Zuhörer oder Gesprächspartner herausfiltern konnte. Das machte viele Nachfragen nötig und Gespräche beschwerlich.

Manchmal frage ich mich, wem habe ich genutzt, wem habe ich geholfen, wen habe ich grundsätzlich in seinen Fragen weiterbringen können? Ab und an rufen mich ehemalige Studenten und Studentinnen an und haben noch Fragen. Jedoch verlor sich durch die vielen Umzüge, durch viele Städte getrieben meine feste und dauerhafte Adresse – denn kaum war ich irgendwo gemeldet, war ich auch schon in einer anderen Stadt ansässig. Natürlich ließ ich immer wieder offene und unbeantwortete Fragen, möglicherweise auch Unverständnis zurück.

Ich erinnere mich an eine Studentin, die mir in Wien auf dem Flur der Filmakademie entgegenkam und mir erzählte, dass sie endlich etwas von meinen Äußerungen verstanden habe – und das nach einem halben Jahr. Ich hatte wohl im Unterricht gesagt, hatte es schon lange wieder vergessen, dass ihre Szene etwas magersüchtig erscheine, ohne zu wissen, dass sie mit dieser Krankheit regelmäßig zu tun hatte. Ich hatte wohl nicht beachtet, wie sehr ich diese Studentin damit verletzt hatte, sie hingegen war ein halbes Jahr mit meiner nebenbei getätigten und unachtsam formulierten Aussage beschäftigt.

Fast ein halbes Jahr ist inzwischen vergangen, seit er gestorben ist. Langsam werden die Tage wieder länger und heller. Die Freundin hat sie nach Köln eingeladen. Ein Termin ist schnell gefunden; wenig später erreicht sie die WhatsApp-Nachricht: Jugendfreund Karl und Schwester Lilo würden am Samstag auch kommen. Sie freut sich, nicht nur, weil sie sich neue Informationen erhofft. Nach den sehr intensiven und persönlichen Telefonaten und Video-Gesprächen drängt es sie danach, diese Menschen vis à vis zu erleben. Nicht nur die Stimmen zu hören, sondern all das zu spüren, was ein Gespräch auch ausmacht. Es ist die Energie, die von einem Menschen ausgeht, die so viel mehr ist als Stimme und Mimik. Einem in vielerlei Sinne unmaskierten Treffen mit Raphaels Vergangenheit steht nichts im Wege.

Die Schwester hatte nach dem Telefonat mit der Journalistin vor einigen Wochen ihre „neue“ Schwägerin kontaktiert. Die Frauen sind gemeinsam zum Grab gegangen, haben erste Bande geknüpft. Wie sie von der Ehefrau erfahren hat, haben sie spontan Sympathie füreinander empfunden. „Sie sieht ihm so ähnlich“, hat ihr die Ehefrau am Telefon verraten und die Freude, posthum ein Stück von Raphaels Vergangenheit geschenkt bekommen zu haben, ist ihr anzuhören. Allein die Existenz der Einen spendet der Anderen Trost. Eine Wechselwirkung, die beide wohltuend kräftigt. Sie können sich die vielen Lücken in Raphaels unterschiedlichen Lebenserzählungen gegenseitig füllen.

Auch Lilo und Karl sind sich seit 40 Jahren nicht mehr begegnet. Bei ihrem gemeinsamen Treffen in Köln lauschen

Ehefrau und Journalistin fasziniert den Erzählungen der beiden Gäste, die so viel Erinnerungen auszutauschen haben. Vieles kennen sie aus Raphaels Berichten, wobei seine Darstellungsweise, so vertraut die Freundin ihr leise an, sich von dem heiterbeseelten Ton der beiden ganz gewaltig unterschied.

Schnell landet das Thema bei seinen verschiedenen Ehen. Auf der Hochzeit mit der Freundin, daran erinnert sich die Journalistin gut, hatte Raphael zum Besten gegeben, diese Ehe sei nun seine vierte und, wie er hoffe, seine letzte. Lilo und Karl haben seine erste Hochzeit noch in bester Erinnerung. Ein opulentes Fest sei es gewesen, das die Familie Burger damals anlässlich der Vermählung ihres 23-jährigen Sohnes Norbert mit der erst sechzehnjährigen V. in Xanten ausgerichtet habe.

„Das war unglaublich, diese Hochzeit! Die Trauung im Dom von Xanten! Man feierte natürlich im ersten Hotel am Platze, bei Van Bebber. Alle im Ornat, wie auf einer royalen Hochzeit." Karl erinnert sich an Norbert im Cut. „Das war so skurril, weil die Familie der Braut aus einer ganz anderen, eher proletarischen Klasse kam. Sehr sympathische Leute, aber das passte überhaupt nicht zu dieser Inszenierung."

Cousin Herbert hatte auch schon davon erzählt und gemeint, Norbert habe sich gegenüber seiner ersten Frau wie Professor Higgins aus „My Fair Lady" verhalten, der seiner Schutzbefohlenen sprachliches Niveau beibringen wollte.

Ob Raphael mit dieser Ehe seinen Eltern eins auswischen wollte? Indem er einer vermutlich von ihnen nicht als standesgemäß angesehenen jungen Frau das Ja-Wort gab? Karl hält das für möglich.

„Es war für die Eltern sehr, sehr schwierig, das Ganze zu akzeptieren. Aber dann haben sie eben eine große Nummer daraus gemacht. Die anderen beiden Geschwister hatten gut situiert geheiratet, da wollten sie sich beim Jüngsten wohl nicht lumpen lassen."

Viele der Erzählungen sind durchdrungen von Bemerkungen wie „Typisch Norbert!" oder „Bei Norbert war nie etwas ‚normal', immer gab es ein Drama!"

Bevor sie sich verabschieden, muss die Journalistin Lilo unbedingt noch eine Frage stellen. Sie führt sie in Raphaels Zimmer, zeigt auf den geschnitzten Holzschuh auf seinem Schreibtisch und die Kristallvase auf dem filigranen Tisch. Ob sie diese Dinge kenne?

„Natürlich! Mein Mann Rolf hat den anderen Schuh auf seinem Schreibtisch stehen. Die hat ein Onkel von uns geschnitzt. Und die Vase stand in unserem Elternhaus."

Und das Kinderbesteck? Die Ehefrau hat es aus dem Schrank genommen und präsentiert das augenscheinlich sehr alte, angelaufene Silberbesteck.

„Solch ein Besteck hatten wir alle als Kinder. Ich kann es nicht beschwören, aber das wird wohl auch aus unserer Familie stammen."

Die von Raphael so gehuldigten Erinnerungsstücke an Esther Goldstein stammen allesamt aus dem Haushalt Burger.

Spät am Abend, die Gäste sind gegangen, taucht der Filiastro auf.

„Für Raphael gab es ganz wenige Menschen, die auf eine blinde Art über jeden Zweifel erhaben waren, zum Beispiel meine Mutter, die es immer richtig machte in seinen Augen. Und wenn sie es nachweislich mal nicht tat, dann für ihn aber aus den richtigen Gründen. Das war dann trotzdem gerechtfertigt. Ich würde nicht wagen, die Liebe zwischen meiner Mutter und ihm in Frage zu stellen. Ich finde aber, zur Liebe gehört auch, sich mal ins Gewissen zu reden. Oder mal zu opponieren, an sensiblen Punkten zu widersprechen. Ich kann mir kein Urteil darüber erlauben, ob er das gemacht hat. Aber mir erschien das immer ein bisschen ‚over the top'."

„Im Prinzip ist das doch ein sehr schöner, menschenfreundlicher Zug", wendet die Journalistin ein.

Sie muss an die Schilderungen des heranwachsenden und jungen Erwachsenen Norbert denken, die andere mit ihr teilten und über die er selbstkritisch schrieb. Dass er immer so missmutig gewesen sei, fast querulantisch. „Da hat er doch im Laufe seines Lebens einen Reifeprozess durchlaufen."

Der Blick des Filiastro scheint etwas anderes auszusagen.

Noch einmal möchte sie Raphaels Zimmer, insbesondere sein Bücherregal, sehen, einen Blick auf den Bücherfundus werfen, aus dem er seine Phantasie gespeist haben mag. Die Bücher von Max Frisch waren ihr schon bei dem ersten Besuch aufgefallen. Nun schlägt sie „Stiller" auf, den bekanntesten Roman des Schweizers, die Geschichte eines Mannes, der aus seinem eigenen Leben verschwindet. Sie liest den weltberühmten ersten Satz „Ich bin nicht Stiller!" und meint, Raphaels Stimme zu hören: „Ich bin nicht Burger!"

Der Klappentext beginnt: „Stiller ... von der Unstimmigkeit seiner Existenz erschreckt, war er vor sich selbst aus allem geflohen." So wie Raphael floh vor seiner, wie er es vermutlich gesehen hat, belanglosen Duisburger Herkunft, seinen als trivial empfundenen beruflichen Tätigkeiten, seinen ihm nicht adäquat vorkommenden Beziehungen. In Anlehnung an den von ihm bewunderten Frisch und seine Romanfiguren – allesamt Männer mit einem Identitätsproblem – nahm er sich die Freiheit, seine Identität selbst zu erfinden, statt sich der durch

Geburt, Sozialisierung und Ausbildung aufgezwungenen zu unterwerfen. Er wollte die Welt zu seinen eigenen Bedingungen gestalten.

Es ist verblüffend, wie passgenau Zitate dieser Figur Anatol Stiller, die sich weigert, Anatol Stiller zu sein, auch auf Raphael zutreffen: „Ich bin einfach nicht bereit, ein nichtiger Mensch zu sein", „Stiller war ein Mann mit Chancen, ohne sich seine Chancen zu glauben", er „ist Mutters Liebling, ein zartes Kind" und – nun hebt sie den Zeigefinger – „Ich bin ein unglücklicher, nichtiger, unwesentlicher Mensch, der kein Leben hinter sich hat, überhaupt keins!"

Max Frisch porträtiert seinen Stiller präzise: „Seine Persönlichkeit ist vage, daher der Hang zum Radikalismus. Seine Intelligenz ist durchschnittlich, aber nicht geschult. Er verlässt sich lieber auf Einfälle und vernachlässigt die Intelligenz. (…) Er leidet an klassischer Minderwertigkeitsangst aus übertriebener Anforderung an sich selbst und sein Grundgefühl, etwas schuldig zu bleiben, hält er für Tiefe. Er hat Charme. Wenn es mit Charme nicht zu machen ist, zieht er sich zurück in seine Schwermut."

Der Filiastro blickt sie ungläubig an: „Das steht da im Buch? Das ist Raphael!"

Sie stellt sich vor, wie Raphael oder der junge Norbert in einem Sessel saß und sich in solchen Sätzen wiederfand. Wie er sich in den Werken Max Frischs erkannte. Er schnappte bei anderen etwas auf, er spürte in Büchern nach, es imponierte ihm eine Lebensart, ein Schicksal, ein Auftreten. Um seine Geschichten detaillierter zu entwerfen, nahm er Versatzstücke aus seinem eigenen Leben und reicherte sie mit dem Erworbenen an. Vor allem suchte und fand er immer wieder Erklärungen für seine Persönlichkeit, die, so bestätigen es seine

Schwester wie früheren Mitstreiter, immer schon sehr phantasiebegabt und schillernd zu sein schien. Ein Talent, das er von seiner Großmutter in Hadamar geerbt haben könnte.

In der Schauspielschule erarbeitete ich mir den Andri aus Andorra von Max Frisch. Ich möchte Dir, liebe Anne, an dieser Figur deutlich machen, wie sehr der Zweifel, nicht zu wissen, wer man ist, das eigene Bewusstsein betrübt, verändert, schädigt. Andri versucht ständig, dazu zu gehören, sich anzupassen, es gut zu machen. Er sucht nach seiner Identität, wird aber durch Vorurteile immer wieder aus dem Gleichgewicht geworfen.

Ich sehe mich aus heutiger Sicht in meiner Kindheit und Jugend ähnlich wie Andri im Stück Andorra von Max Frisch als verlorenes Kind. Max Frisch deutete eindrücklich darauf hin, dass mit Andorra nicht der Kleinstaat in den Pyrenäen gemeint sei. Ihm sei nichts Besseres eingefallen. Die Auseinandersetzung mit dem Stück hat mich damals sehr bewegt und gefesselt. Hätte ich jemals Andorra inszenieren können, hätte ich vielleicht intuitiv eine Dir ähnliche Person für die Rolle der Barblin gesucht.

„Andorra" – Max Frischs Drama vom Juden, der gar kein Jude ist, der vom Vater und der Gesellschaft zum Juden gemacht wird. Ein Identitätsstück mit tödlichem Ausgang. Der Lehrer gibt Andri als Judenkind aus, das er gerettet habe vor dem Nachbarvolk – den „Schwarzen" –, das Juden verfolgt und tötet. In Wirklichkeit ist Andri aber sein leiblicher, christlicher Sohn aus einer außerehelichen Beziehung mit einer „Schwarzen".

Das ist Raphaels Legende, nur vice versa! Norbert, der in einem erzkatholischen Haushalt aufwächst, mit allen Insignien und Zwängen dieses Glaubens, behauptet, erst spät von seiner Adoption erfahren zu haben, seinem Nicht-Katholik-Sein und seiner jüdischen Identität. So wie Andri erst spät erfährt, dass er weder Jude noch „angenommen" ist, sondern als gebürtiger Christ beim leiblichen Vater aufwächst, enthüllt sich Raphael gemäß seines eigenen Narrativs erst im Alter von knapp 30 Jahren die eigentliche, die jüdische Herkunft.

Hat diese Lektüre bzw. das Arbeiten an der Andri-Rolle im Alter von 20 Jahren bei Raphael den Wunsch entfacht, ein Jude zu sein? Er wird sich als Persönlichkeit mit Hang zur Schauspielerei gut eingespürt haben in die Tragik, sich am unrechten Ort, in der falschen Haut, in einer fremden Kultur zu fühlen. Entsprang dieser sicherlich sehr intensiv durchlebten Situation – es war, so erzählt er, die erste Bühnenrolle, die er erarbeitete – die Idee einer Begründung für seine jugendliche Schwermut, seinen sichtbaren Missmut, der ihm als Kind und junger Mann immer wieder bescheinigt worden war?

An einer Stelle im Stück „Andorra" ruft Andri: „Wieviel

Wahrheiten habt ihr?“

Stiller, Andri, Gantenbein – Max Frischs zentrale These in seinen Werken ist: Jeder fertigt sich eine Geschichte an, die er für sein Leben hält. Jedes Ich ist eine Erfindung. Interessant auch, wie der vielfach ausgezeichnete Schweizer Schriftsteller (1911–1991) von seinem Biografen Volker Weidermann beschrieben wird: „Er ist ein Leben lang ein Suchender gewesen, ein Abschiednehmer, Weiterzieher, einer, der immer wieder davonläuft, der an der Unzulänglichkeit des Lebens leidet, an der Unzulänglichkeit selbst, der Frauen, der Liebe, der Bücher, ein Sehnsüchtiger. Aber in den frühen Jahren ist er vollkommen haltlos. Er weiß nicht, was das Leben von ihm will, ob er Glück findet, wo all die Vorstellungen, die er sich vom Leben gemacht hat, zu verwirklichen sein würden, der große Traum vom Leben – wie kann er Wirklichkeit werden?“

Liebe Anne,

im Nachhinein denke ich, ich war von einer ständigen Unruhe und einem ständigen Hang zum Umziehen getrieben. Wenn ich mich irgendwo halbwegs wohl fühlte, verspürte ich bald wieder den Drang, meinen Standort zu wechseln. Das zog sich durch mein ganzes Leben durch. Nirgendwo konnte ich bleiben, mich niederlassen, ankommen. Immer hatte ich die Neigung, alles an meiner Wohnsituation zu ändern. Zusammengenommen habe ich insgesamt über 50 verschiedene Wohnungen bezogen, bewohnt, verworfen, und insgesamt waren es fünf europäische Länder, in denen ich zu bleiben versuchte. Die Aussicht, wieder das Land zu verlassen, brachte vielleicht auch eine Sicherheit durch Wandel.

Die Schwierigkeit bestand für mich immer darin, eine angemessene Aufgabe und Arbeit zu finden. Daraus resultierte, dass ich regelmäßig auch meinen Arbeitsschwerpunkt unter dem Aspekt meiner aktuellen Wohnsituation variierte. Von außen betrachtet mag ich sehr unstet und wenig verbindlich gewirkt haben. Ich wurde zunehmend müder und war nicht immer mit gleicher Kraft in der Lage, Umbauten, Renovierungen, Akquisitionen, Kontakte zu halten und zu pflegen, Finanzierungen zu leisten, wissenschaftlich zu arbeiten und gleichzeitig noch kraftvoll und motivierend auf meine Umwelt zu wirken. Auch mir selbst erschien manchmal mein Tempo als zu schnell, zu hektisch und nicht zureichend geplant.

Damals, nach dem völlig chaotischen Seminar in Imperia, bekam ich das Angebot, eine Ruine zu kaufen, die einem Franzosen gehörte, der nicht mehr auffindbar war. Dennoch konnte ich für 12.000 Mark die Ruine erwerben, die allerdings komplett restauriert werden musste. Sie war wie ein Turm aus fünf Stockwerken konzipiert, ein Raum über dem nächsten. Ich machte mich ans Werk und brauchte etwa ein Jahr, um dieses Rustico entsprechend zu sanieren. Das gelang mir zur hellen Freude der Anwohner, die mich ständig bedauerten, was ich mir mit dem Kauf dieses Hauses angetan hätte. Zum Schluss musste ich mich noch als Mitarbeiter der freiwilligen Feuerwehr verdingen, um in den Besitz eines Telefons zu kommen, das mir als normalem Bürger versagt geblieben wäre.

So kam ich zu meinem ersten Haus in Italien und versuchte, mich jenseits der Beschaffung von Baumaterialien in die Alltäglichkeiten eines italienischen Lebens einzufügen. Auch lernte ich, die italienische Sprache zu verstehen und zunehmend besser anzuwenden. Das brachte mir im Ort höchste Anerkennung ein. Mit Haus in der Nachbarschaft wurde ich regelmäßiger Mitarbeiter der besagten Schauspielschule und Betreuer nachfolgender Theater-Projekte.

Regelmäßige Treffen mit bildenden Künstlern aus der Nachbarschaft, vornehmlich Malern, die sich ebenfalls nach Italien verirrt hatten, waren die Regel. Und so lernte ich liebenswerte und lebensunfähige Menschen kennen. Einmal in der Woche traf sich diese Personengruppe zu einem Abendessen, das von einem jetzt in Spanien wohnenden Kroaten und seiner Ehefrau angeboten wurde. Er war übrigens der erste, der in Italien einen Bio-Laden eröffnete und damit in den totalen Konkurs abstürzte. Leider waren die Verhältnisse nicht auf existenzielle Sicherheiten und Perspektiven eingerichtet, und so gehörten liebenswerte Verbindungen und Bekanntschaften schnell wieder der Vergangenheit an. Es waren die Zeiten existenzieller Experimente und Selbstüberschätzungen, die meistens in die persönliche Katastrophe führten. Nur noch wenige Personen dieser Zeit sind mir in Freundschaft erhalten geblieben.

Später verkaufte ich das Rustico, um an der Küste in der Nähe von San Remo ein Weingut zu erwerben, obwohl ich noch nicht wusste, wie Wein überhaupt produziert wurde. Dies werde sich mit der Zeit ergeben, glaubte ich damals, mit den Fragen würden sich auch entsprechende Antworten einstellen. Ich beauftrage einen Bauingenieur mit dem Bau eines kleinen Hauses und musste feststellen, dass dort keine Baugenehmigung erteilt werden konnte, denn es war ausschließlich Naturschutzgebiet.

Nach langen Diskussionen mit der genehmigenden Baubehörde wurde mir eine Baugenehmigung als Erweiterung einer Hütte erteilt, die auf dem Gelände schon gestanden hatte. So konnte ich tatsächlich ein Haus von ca. 75 qm Grundfläche errichten. Ein Wasseranschluss wurde gelegt, doch mit dem Strom ergaben sich erneut Probleme. Acht Strom-Pfeiler sollten aus dem Tal herauf errichtet werden. Dafür mussten Bauern bestochen werden, die ihr Land für die Errichtung der Pfeiler zur Verfügung stellen sollten. Schließlich musste noch das nachbarschaftliche Weingut dafür gewonnen werden, meine 13.000 qm zusätzlich zu bewirtschaften.

Nachdem all das geschafft war – Haus gebaut, diverse Weinsorten angebaut, Stromtrassen gebaut, Steuern entrichtet –, stand ich vor der fast unlösbaren Aufgabe, Wildschweine vom Weinberg fernzuhalten. Dazu erfand ich ein System, das mit klassischer Musik beim Betreten des Weinberges die Wildschweine nachhaltig vertrieb. Da das Haus keine Eintragung ins Grundbuch erfuhr, war es nicht mehr verkäuflich. Dennoch und nach langer Verhandlung gab es tatsächlich eine Käuferin, die den Weinberg mit Haus übernehmen wollte, eine Handschuhfabrikantin aus der Schweiz. Sie brauchte Platz und Auslauf für ihren riesigen Hund – und ich konnte ihr auch die Hilfe des Nachbarn bei der Weinherstellung vermitteln.

In Amsterdam hatte ich in meiner kurzen Zeitspanne mit Esther Goldstein versucht, ein Haus zu kaufen, ein Grachtenhaus mit dringlichen Notwendigkeiten der Restauration. Leider war der Untergrund nicht fest genug und die Immobilie neigte sich immer weiter nach vorne. Folglich zersprangen die Fensterscheiben, die Fenster selber ließen sich nur noch bedingt schließen und öffnen, die gesamte Statik des Hauses musste neu berechnet werden. Damit war die gute Absicht, Esther Goldstein in einer neuen Wohnung unterzubringen, nicht mehr realisierbar.

Da ich stets eine Zweitwohnung besessen hatte, stand ich erneut vor der Frage, wohin ich ausweichen könnte, wenn meine Erstwohnung – zu dem Zeitpunkt in Berlin – nicht mehr ausreichen würde. Ich entschloss mich, als nächsten Standort Valencia in Spanien zu wählen, eine sehr schöne Stadt am Mittelmeer, die allerdings an vielen Stellen zu zerfallen drohte. Direkt neben dem Dom in der Innenstadt wurde mir eine kleine Wohnung angeboten, die ich dann auch nach wenigen Umbauten für weitere drei Jahre bewohnte.

Ich hatte wohl das Gefühl verinnerlicht, ich müsse noch etwas Großes leisten, und verband das immer mit dem Kauf eines Hauses, je älter und größer, umso besser.

Ich verließ Spanien, um wieder in Italien, in Ligurien, ein großes Haus aus dem Mittelalter zu kaufen, teilweise baufällig und dringend renovierungsbedürftig. Neue Fenster und Türen wurden eingebaut, Dächer neu gerichtet – alles ohne die notwendige Genehmigung des Ortes, was mir am Ende eine hohe Strafe für meine Eigenmächtigkeit einbrachte. Finanziell ausgeblutet war ich nicht mehr in der Lage, dieses Bußgeld mit dem Erlös meiner Arbeit zu begleichen. So schnell wie möglich gab ich das Haus mit großem Verlust ab und schwor mir, niemals wieder ein Haus zu kaufen, sondern von nun an nur mehr zur Miete zu wohnen. Dieser Vorsatz hielt immerhin für etwa drei Jahre. Es blieb dieses Gefühl, immer wieder neu beginnen zu wollen.

Von dem Hauskauf im ligurischen Dörfchen Onzo hatte ihr die Freundin erzählt. Es war für sie damals eine traumatische Angelegenheit: „Erinnere mich nicht daran! Da haben wir so viel Geld versenkt!" Auch ihr Sohn kann sich an diesen Immobilien-Deal sehr gut erinnern.

„Ein Desaster! Und wieder typisch für Raphael, der oft intuitiv und impulsiv handelte. Er hatte einen Impuls, dieses Haus zu kaufen, aber dann dachte er nicht weiter. Er fand das Haus in Italien malerisch, aber dann hat er nicht hingeschaut, ob der Bau marode, die Lage ungünstig oder die Finanzierung halsbrecherisch war. Er verlor sich in seiner eigenen Schwärmerei und musste dann gegen Widrigkeiten kämpfen, die ein anderer von vornherein auf sich zukommen sehen und erst gar nicht eine solche Ruine gekauft hätte."

Er erkennt darin ein Muster, das er auch in Raphaels Lebens-Legende wiederfindet: „Wenn es um den Erwerb einer Immobilie oder das Ausschmücken eines Lebensweges geht, könnte man sich ein bisschen mehr Mühe geben. Man könnte das Ganze von Grund auf besser bedenken, sich vielleicht mal informieren, bevor man eine Ruine kauft oder eine nicht zu Ende gedachte Herkunftsgeschichte ins Leben setzt."

Fakt ist, dass ihm ein besonderes Wohnumfeld wichtig war. Wohnung oder Haus mussten etwas hermachen. Selbst bei Mietwohnungen scheute er keine Investitionen. Seine Frau hatte früher schon erzählt: „Er musste immer alles erst schicker machen, ließ selbst in einer gemieteten Wohnung Parkett verlegen."

In Berlin, wo alles gleichzeitig möglich und unmöglich schien, wohnte ich in einem Seitenhaus der Schönhauser Allee und musste zunächst das Haupthaus passieren, um zu den hinteren Wohnmöglichkeiten zu gelangen. Später habe ich erfahren, dass in meiner Nachbarschaft Angela Merkel gewohnt haben soll.

Besonders hatte mich der jüdische Friedhof gleich in meiner Nähe fasziniert, der nach wie vor unversehrt dalag. Gar manchmal bin ich nur kurz dorthin gelaufen und habe mich von dem sonst zu vernehmenden Lärm der Straße erholt, indem ich mir einige Grabinschriften genauer anschaute. Und immer wieder fuhr ich zu den Hackeschen Höfen und besuchte die Neue Synagoge in der Oranienstraße. So fand ich neue Themen, die entweder zu Drehbüchern oder Theaterstücken entwickelt werden sollten.

Ich plante einen Film mit dem Titel „Verbrannte Stimme". Gemeint war hier eine Verarbeitung der Stimme von Maria Callas und ihre psychologische Biografie, die sehr häufig – wohl an der Mailänder Scala – Vorstellungen abbrach. Nach gut der Hälfte der Vorstellung war sie stimmlich und auch emotional nicht mehr imstande, die Medea zu Ende zu bringen. Zu sehr war der Gesang nach ihrer Vorstellung auf des Messers Schneide hin zur Hysterie verortet, den sie dauerhaft nicht durchhalten konnte. Daher auch die regelmäßigen Unterbrechungen, vor denen die Direktion große Angst hatte. Hoffentlich singt sie heute zumindest zwei

Drittel des Programms zu Ende, damit wir nicht das Publikum mit der Erstattung der vollständigen Kosten der Theaterkarte entschädigen müssen, dachte man immer.

Es sollte ein Filmkonzert werden zu zwei Klavieren mit einer Premiere in der Semperoper Dresden. Entsprechende Vorabbesprechungen wurden geführt. Auch andere große Theater im deutschsprachigen Raum sagten ihre Mitwirkung zu. In der Hauptrolle „Jason" fragte ich den soeben aus dem Gefängnis entlassenen Schauspieler Günter Kaufmann an, der jetzt in Berlin wohnte und zur Verfügung stand. Wir trafen uns im Café Einstein in der Kurfürstenstraße und besprachen mehrmals die Zusammenarbeit. Kaufmann hatte sich für den Tod seiner Ehefrau schuldig erklärt, wiewohl diese nachweislich von einer anderen Person ermordet worden war. Dafür sollte er fünfzehn Jahre im Gefängnis einsitzen. Doch wurde er nach dem Schuldeingeständnis dieser Person freigesprochen und aus der Haft entlassen. Er wäre als Jason eine großartige Besetzung gewesen, doch leider starb er auf offener Straße an Herzversagen. Es blieb mir nur, ihn als großen Fassbinder-Schauspieler, Mensch, Kämpfer und Seelenverwandten zu ehren, indem ich nach München reiste, wo er auf dem Nordfriedhof begraben wurde.

Eine weitere Besetzung wurde mir unmöglich: Für die Rolle der Dricé in der Medea fragte ich Miriam Goldschmidt an. Leider verstarb auch sie während der Vorbesprechungen zu dieser Rolle.

Ich war ihr bei einer Vorstellung von „Glückliche Tage" von Samuel Beckett in einer Inszenierung von Peter Brook begegnet. Sie spielte so begeisternd und vielschichtig, dass ich sie einfach anfragen musste. Sie sagte zu, nachdem ich ihr einige Besuche in ihrer Berliner Wohnung in Kreuzberg abstatten konnte, die in einer nahegelegenen Gaststätte meist damit endeten, dass sie fast nicht mehr reden konnte. Ab und an bekam sie Besuch von ihrer Tochter, die ein sorgendes Auge auf sie hielt. Ihr Sohn bereitete ihr große Sorgen, war er doch drogenabhängig und nicht immer in guter Gesellschaft. Ab dem Moment, wo er sich das Leben genommen hatte, waren weitere Konzeptionsgespräche und Besetzungsfragen nicht mehr möglich. Auch die Finanzierung der Inszenierung von „Médée – verbrannte Stimme“ war nicht gesichert, und aus diesem Grunde entschloss ich mich, dieses großartige Projekt gänzlich fallen zu lassen – eines der vielen, die trotz großer Mühe und guten Mitstreitern nicht zu realisieren waren.

Noch ein Projekt, das durch Krankheit und Tod an der Realisierung verhindert wurde, war eine Zusammenarbeit mit dem ehemaligen Arbeits- und Sozialminister Norbert Blüm in Bonn. Ich hatte ihn angefragt, ob er mit mir einen Kinderfilm realisieren wolle. Norbert Blüm war Autor des Kinderbuches „Franka und Nonno: Auf den Spuren des Bären Ludewig“, welches ich mit großem Vergnügen gesehen und gelesen hatte. Ich wollte ihn bitten, mir eine Kindergeschichte zu schreiben, die ich dann für ein Drehbuch bearbeiten wollte.

Er lud mich zu sich nach Bonn ein, um dieses Projekt genauer zu besprechen. Ich reiste also nach Bonn, betrat ein stattliches Haus aus der Jahrhundertwende mit einer langgezogenen Treppe, die vollgestellt war mit hohen Stapeln Büchern. Ich berichtete von meiner persönlichen Geschichte und bat ihn um eine Geschichte, die sich mit dem plötzlichen Verschwinden jüdischer Kinder beschäftigte. Wir skizzierten eine Idee, die auch den Tod der Kinder während der NS-Zeit zum Inhalt hatte.

Wir konzipierten die Geschichte schon so weit, dass Norbert Blüm mich in die Gemeinde seiner Kindheit in der Nähe von Alzey einlud, wo er später von vielen Menschen erwartungsfroh empfangen wurde. Es gab dort einen Ort mit vielen Kellern, die wir dann als mögliche Drehorte in Augenschein nahmen. Mehrmals fuhr ich nach Bonn, um die Geschichte weiterzutreiben, sie sollte schließlich in Amsterdam in einem Uhrengeschäft enden. Der gesuchte Junge wäre am Ende dieser Geschichte nicht aufzufinden gewesen, so hätte alles ein tragisches Ende gehabt, für das sich Blüm mit großem Engagement einsetzte.

Zu besetzten war ein Großvater, zirka 60 Jahre alt. Eine gute Bekannte nannte mir die Adresse von Manfred Krug in Berlin. Ich meldete mich bei ihm an und fuhr in die Nähe des Kurfürstendamms, wo er seit Jahren wohnte. Ich stieg viele Treppen in die Höhe und an oberster Stelle stand mit großer Stimme und viel Zigarrenqualm: Manfred Krug, der große Schauspieler, den ich für meinen Kinderfilm zu engagieren versuchte.

Er saß neben seiner Frau und hörte sich meine Geschichte an. Beim Name Norbert Blüm geriet er in einen großen Lachanfall und zitierte ihn mit „meine Rente ist sicher, meine Rente ist sicher“, um mir dann zu erklären, dass er selbst keine Rente zu erwarten habe.

Ich versuchte, ihn dazu zu bewegen, meinem Angebot zuzustimmen. Dann machte er den Vorschlag, seine jüngste Tochter für die Besetzung eines Kindes zu wählen, da diese Position noch zu klären sei. Seine Tochter sei ein Naturtalent, da könne ich mich auf sein Urteil verlassen. Auch seine Frau stimmte in diese Beschreibung ein. Wir vertagten entsprechende Entscheidungen zur Besetzung auf einen späteren Zeitpunkt. Kurz danach besuchte ich ein Jazz-Konzert mit Manfred Krug und seiner Tochter Fanny. Da brachte ich mich nochmals in Erinnerung und erhielt kurz darauf ein Schreiben, worin er seine schwere Erkrankung erwähnte. Leider ist er kurz darauf verstorben.

Es war schon auffällig, dass damals die Menschen, die ich besonders im Blick hatte, kurz nach den Konzeptbesprechungen und Verhandlungen nicht mehr lebten. Das bewegte mich schließlich so sehr, dass ich mich entschloss, erst einmal keine weiteren Projekte mehr zu planen, sondern mich verstärkt wieder dem Schauspielunterricht zu widmen.

An einem der ersten warmen Frühlingstage trifft sie sich in Zürich mit Ruth Schweikert. Als Treffpunkt hat die Schriftstellerin das zauberhafte Café und Teehaus Miyuko vorgeschlagen. Es ist ein Kleinod, das so gar nicht in das mondäne Bahnhofstraßenviertel Zürichs passen will. In dem denkmalgeschützten Riegelhaus ist auch das Junge Literaturlabor untergebracht, ein öffentlicher Schreibort für Kinder, Jugendliche und junge Erwachsene, in dem Ruth als Schreib-Coach tätig ist. Für Ruth ist es hier ein Heimspiel; sie wird freundlich begrüßt von dem jungen Mann hinter der Theke. Sie bestellen Kaffee und Petit Fours und nehmen alles mit in den benachbarten Raum, wo sich die Lesebühne befindet. Hier haben sie Ruhe.

Schon am Telefon hatte sie Ruth Schweikert über die falsche Identitätsgeschichte von Raphael aufgeklärt. Ruth war nicht nur seine ehemalige Schauspielschülerin in Ulm Ende der 1980er Jahre, auch verband sie eine Zeitlang eine intensive Liebesbeziehung, die sie offensichtlich in ihrer Erzählung verarbeitete. Kennengelernt hatten sie sich 1987, im zweiten Jahr ihrer Schauspielschulausbildung. Raphael hieß damals noch Norbert Burger und war ihr Sprechtechnik-Lehrer.

Wie angenehm, dass Ruth Schweikert, die bekannte Schriftstellerin, so offen mit ihr spricht. Es scheint ihr ein echtes Anliegen zu sein, über den verstorbenen Freund zu reden und ihren Teil dazu beizutragen, Licht ins Dunkel zu bringen. Seine jüdische Herkunftsgeschichte hatte sie über die vielen Jahre hinweg selbst sehr beschäftigt und umso mehr ist sie voller Fragen.

„Ich habe diese Geschichte um Raphael schon so oft erzählt, dass sich da vielleicht etwas verstetigt hat, das so gar nicht war." Die Tücke der Erinnerung. Aber das Geschehen, wie sie erstmals mit Raphael privat ins Gespräch kam, ist ihr bestens in Erinnerung.

„Es gab ein Fest an der Schauspielschule, ganz bald nachdem wir uns dort kennengelernt hatten. Ich war dort mit meinem zweijährigen Sohn Raphael. Als ich ihn Norbert vorstellte, rief dieser ganz begeistert aus: ‚Raphael! Raphael ist der schönste Name der Welt!' Mir schien das irgendwie eine übertriebene Reaktion."

Mit dieser Überschwänglichkeit habe sie zunächst gar nichts anfangen können. Nach diesem Fest jedenfalls dauerte es nicht lange, bis sich zwischen den beiden eine Liebesbeziehung entwickelte.

„Ich war ganz verliebt in ihn. Er lebte in Duisburg und war nur ein, zwei Nächte in der Woche für den Unterricht in Ulm. Aber diese Abende haben wir immer zusammen verbracht."

Ob Raphael der Vater ihres zweiten Sohnes sei? Die Kurzgeschichte, in dem aus der Liebesbeziehung der Protagonistin und Hubert Schlosser ein Sohn hervorging – ‚Damit hatte diese Liebe ihren Zweck erfüllt, und sie endete taubstumm' –, hatte diesen Verdacht nahegelegt.

Das könne man denken, tatsächlich. Aber nein, der Vater ihres ersten Sohnes sei auch der Vater ihres zweiten. Dieser eine Morgen, von dem Ruth nun erzählt – sie meint, es müsse Januar oder Februar 1988 gewesen sein –, habe sich tief eingebrannt in ihr Gedächtnis.

„Raphael und ich lagen noch im Bett, da kam ein Anruf. Wie immer. Seine Mutter rief ihn jeden Morgen aus Duisburg an. Ich fand es schon etwas seltsam für einen Mann Ende

Dreißig, so oft mit der Mutter zu telefonieren. Jedenfalls sagte er an diesem Morgen ‚Meine Mutter ist gestorben'."

Sie sei erschrocken gewesen, schließlich habe sie ihn allmorgendlich mit dieser Frau reden hören und nichts habe darauf hingedeutet, dass sie bald sterben könnte. Aber dann habe er sie aufgeklärt, dass die regelmäßige Anruferin seine Adoptivmutter sei. Die leibliche, nun verstorbene Mutter habe in Amsterdam gelebt, sei Jüdin gewesen und ihr Name sei Esther gewesen. Er habe ihr dann von den Umständen seiner Adoption erzählt, dass er erst später erfahren habe, nicht das leibliche Kind der Burgers zu sein, seinen schweren Unfall geschildert und wie er seine Mutter gefunden und später Otto Frank zwei Mal besucht habe. Sie sei damals bewegt gewesen, diese unfassbare Lebensgeschichte habe sie lange, eigentlich bis heute beschäftigt. Verständlicherweise. Auch sie habe Recherchen betrieben, habe ihm ihre Hilfe angeboten. Er habe sie nicht angenommen.

Ruth lässt den Moment, als Raphael ihr erstmals von seiner jüdischen Herkunft erzählte, ganz intensiv wiederaufleben. Wie diese Geschichte damals aus Raphael schier herausbrach. Als ob da etwas war, was sich unaufhaltsam einen Weg nach draußen in die Welt bahnen müsse. So viele Einzelstücke einer möglichen Biografie hätten wohl schon in ihm geschlummert und sich wie von selbst zu einem neuen großen Narrativ zusammengeschlossen. Wobei die Version von 1987/88 später noch Korrekturen und Ergänzungen erfahren habe. Ruth ist sich sicher, dass er damals davon gesprochen habe, Esther sei Opernsängerin gewesen. Das habe er auch als Grund für die Adoption angegeben. Sie sei so viel unterwegs gewesen, dass sie ihn habe freigeben müssen. Nach Deutschland, an die Burgers.

Die Journalistin horcht auf. Anfang 1988? Esther Goldstein starb nach Raphaels letzten Angaben 1982. Auch hatte er ihr da als Berufsbezeichnung die Scherenschneiderin zugewiesen. Ganz offenkundig war Ruth Zeugin einer früheren Version.

„Diese Esther hatte noch zwei Töchter, Esther und Ruth, seine Halbschwestern. Und ich habe ja auch zwei Halbschwestern, wir tauschten uns darüber aus."

Diese Frauen, die Raphaels Halbschwestern gewesen wären, scheinen im Laufe der Jahre wieder abhandengekommen zu sein. Hat er sie damals spontan erfunden, um zu der Geliebten weitere Nähe zu schaffen? Erschienen sie ihm später doch zu hastig modelliert, als dass er sie für wert befand, sie weiter reifen zu lassen? Hat er sie deshalb lieber „dem Schnitt" zum Opfer fallen lassen?

Wenig später, so erinnert Ruth Schweikert, habe Norbert seinen Vornamen in Raphael-Maria geändert. Das muss auch 1988 gewesen sein. Weil das sein Geburtsname sei. Da erst habe Ruth die seinerzeit so ausnehmend enthusiastische Reaktion auf den Namen ihres kleinen Sohnes verstanden. Der Journalistin fällt in diesem Augenblick ein, dass Lilo ihr erzählt hatte, ihr Bruder habe zu Ulmer Zeiten den neuen Vornamen Raphael-Maria angenommen. Seine Begründung: In Ulm gebe es einen Opernsänger Norbert Burger. Mit dem wolle er nicht ständig verwechselt werden. Den Sänger gab es.

Sie kommen nun noch einmal auf die Situation zu sprechen, als Ruth mit ihrem kleinen Sohn Raphael auf einem Fest ihrem Dozenten Norbert Burger gegenüberstand. Jetzt sitzt die schmale Schriftstellerin da, umfasst die Kaffeetasse, hat die Beine eng übereinandergeschlagen, sie ist hochkonzentriert: „Das könnte so ein konstitutiver Moment gewesen sein." Sie nickt, eher sich selbst zugewandt. „Es war diese Begegnung mit diesem einnehmenden Kleinkind. Und den Namen ‚Raphael', den konnte er als jüdischen Namen lesen. Es ist nicht auszuschließen, dass das tatsächlich ein Momentum war, wo sich wieder ein neues Puzzleteil für ihn gezeigt hat."

Sie schaut aus dem Fenster und scheint den Gedanken beim Reden allmählich zu verfertigen. „Mir kam das im Nachhinein. Das muss ja so gewesen sein, dass er sich seine Geschichte stückweise zusammengesetzt hat."

Die Journalistin pflichtet ihr bei. All ihre Recherchen deuten darauf hin, dass diese erste Begegnung der beiden, 1987 in Ulm, die Geburtsstunde seiner Legende gewesen sein könnte. Zumindest ordnet sie die Namenswahl „Raphael" diesem Moment zu. Bis zum Schluss ihrer Recherchen wird sie keine andere Erklärung finden, wie er auf den Namen Raphael gekommen ist. Den Zweitnamen „Maria" mag er von seiner Duisburger Mutter übernommen haben, sie hieß Franziska Maria.

Könnte es also sein, dass die Genesis des Raphael genau an diesem Fest an der Schauspielschule Ulm stattfand, inspiriert von Ruths kleinem Sohn? Interessanterweise wurde Raphael später dann der Patenonkel ihres zweiten Sohnes David.

„Bei der Taufe tat er so, als hätte er der christlichen Kirche ein Schnippchen geschlagen, als hätte er sich als jüdischer Mensch zum christlichen Patenonkel geschummelt."

Ruth schüttelt den Kopf bei dem Gedanken an dieses Schauspiel. Verzeihend, eher belustigt. Auch sie sucht ganz nach Erklärungen und macht vor ihrer eigenen Rolle dabei nicht Halt.

„Ich habe da eine gewisse Linie für mich konstruiert. Mein allererster Freund war Jude, mein Mann hat einen jüdischen

Vater, und für mich stand Raphael auch in dieser Reihe."

Es scheint, als ob ihre Affinität zu jüdischen Männern ein Band zwischen den beiden Liebenden knüpfte.

„Ich habe ihm seine jüdische Herkunft sofort geglaubt."

Das extrem Lebendige, als hätte er mehrere Parallelexistenzen gleichzeitig geführt, dieses Entwischen, das Sich-nie-ganz-darauf-Einlassen, das Nicht-Festlegen, war wohl genau das, was sie an ihm geliebt hat, was sie beeindruckt hat. Ihr ließ seine zwar unglaubliche, für sie aber dennoch absolut glaubwürdige Lebensgeschichte über Jahre keine Ruhe.

„Ich habe nicht wenige Recherchen betrieben. Etwa bei diesem Eichmann-Prozess, wo er gesagt hat, das ist meine Mutter. Und ich sagte ihm ‚Ich habe mir das angeschaut, das kann einfach nicht sein. Die erzählt ganz andere Geschichten, die lebt in Israel, sie spricht hebräisch.' Da war er ganz empfindlich, fast schon gekränkt: ‚Ja, ich habe jetzt aufgehört, die Leute überzeugen zu wollen'; quasi: Wer nicht mit mir ist, ist gegen mich."

Diese unwirsche und biblische Haltung habe sich in den letzten Jahren verstärkt, das habe sie bei ihm deutlich wahrgenommen. Die Journalistin erinnert sich, wie er ihr gegenüber beiläufig erwähnte, dass diese Frau aus dem Eichmann-Prozess nun doch nicht seine Mutter sei. Er vermittelte ein Gefühl von fast resignativer Unausweichlichkeit, ‚so ist es nun mal, man kann es nicht ändern'. Ruth nickt, als die Journalistin sie auf die physische Ähnlichkeit der Esther Goldstein in dem Prozess mit Raphael hinweist.

„Das könnte man so sehen. So dachte ich es zum Teil auch mit Otto Frank. Aber das erzählt viel mehr darüber, wieviel Ähnlichkeiten wir auch sehen wollen."

Sie habe das über all die Jahre miterlebt, „dieses Verfestigen der Legende und dann wieder das Verflüssigen. Erst Norbert Burger, dann Raphael-Maria Burger, dann Raphael-Maria Goldstein."

Auch sie macht sich Gedanken, wie es in ihm zur Erzählung vom Halbbruder kam.

„Dieses Sich-fremd-Fühlen hat auch damit zu tun, dass er in seiner Familie keine Anerkennung gefunden hat. Ich weiß gar nicht warum, aber er schien ein Schulversager gewesen zu sein. Und zugleich hatte er etwas extrem Agiles und Brillantes."

Sie habe ihn für seine Zielstrebigkeit bewundert: „Dass er es geschafft hat, eine Dissertation zu schreiben, wo er meines Wissens noch nicht einmal Abitur hatte."

Seinen Abschluss der Hochschulreife auf dem Abendgymnasium hatte er ihr verschwiegen.

Die mit seiner Anne-Frank-Halbbruder-Geschichte so sehr ersehnte Aufmerksamkeit habe er gefunden, als er Kontakt mit dem Anne Frank Fonds aufgenommen hatte. Damals habe Ruth ihn nach einem Treffen mit dem Stiftungsratsmitglied des Fonds, Yves Kugelmann, in Basel getroffen.

„Da hat Raphael mit einer großen Tiefe über diese jüdische Identität erzählt und auch immer diese Frage nach der Anerkennung seiner eigenen Identität aufgeworfen. Ich hatte den Eindruck, er glaubt daran, dass es möglich wäre, eine Bestätigung zu bekommen."

Am Anfang fühlte er sich auch willkommen geheißen, aber dann habe er sich mit Kugelmann überworfen.

Ruth beobachtete, wie Raphael sich immer tiefer in diese Geschichte verstrickte.

„Er hatte dann auch zu der Schauspielerin Miriam Goldschmidt in Berlin ganz intensiven Kontakt und Austausch, die selber ein Adoptivkind war."

Raphael selbst schildert seine Treffen mit der Schauspielerin recht ausführlich. Die Journalistin wird später den Sohn der 2017 verstorbenen Goldschmidt, Elias Bihler, befragen. Nicht er, sondern seine Schwester hatte sich das Leben genommen. Er kannte den Namen Raphael-Maria Goldstein nicht, „aber ich halte es für wahrscheinlich, dass meine Mutter die Rolle der Dircé in der Oper Medea sehr interessiert hätte."

Miriam Goldschmidt war ein Adoptivkind, das durch Adoption in ein jüdisches Elternhaus kam. Ein tatsächlich nicht uninteressanter Link zwischen ihr und Raphael. Der allerdings mal wieder ins Nichts führt.

Seine Lebensfreundin Ruth beobachtete die Dynamik, die Raphaels neue Herkunftsgeschichte für ihn und auch für andere immer größer werden ließ. Im Rückblick könnte man sie als fatal bezeichnen.

„Er wollte dann dieses Buch schreiben. Soweit ich weiß, hatte er mit verschiedenen Biografen Kontakt. Ich war auch mal im Gespräch und dann hat er entschieden, ich löse mich von all dem und mache das allein. Es war die einzige Möglichkeit, weil jede Nachforschung zu Fragen geführt hätte."

Sie hält inne, bevor sie sagt: „Er war der wohl rätselhafteste Mensch, den ich je kennengelernt habe. Insofern rätselhaft, weil es diese extremen Gegensätze bei ihm gab. Einerseits so eine Radikalität ‚Das ist jetzt mein Leben! Ich wohne jetzt da in Italien, da ist jetzt mein Weinberg. Da bleibe ich dann'. Und dann wohnte er doch an fünf Orten, man wusste nie, ob und welche Beziehungen er hatte, man ahnte nur. Er war nicht greifbar."

Seine letzte Ehefrau habe sie nie kennengelernt. Sie wurde

das Gefühl nie los, er wollte kein Aufeinandertreffen.

„Er hat mir nie richtig gesagt, dass es diese Frau gibt. Implizit war es schon klar. Er kannte ja auch meinen Mann. Er sagte nicht, ich bin jetzt verheiratet und ich wohne jetzt da und meine Frau heißt so. Er war apart."

Sie deutet sein Verschweigen als eine Art Scham. Die Scham zuzugeben, dass er nun angekommen war, in einem Leben, das er für sich gar nicht so geplant hatte. Das ihn aber dann vielleicht doch erfüllt hat. Es passte nur nicht zu seinem Image als unsteter Intellektueller. Sie habe schon diese Position als älteste Freundin gehabt, die ihn lange begleitet hatte. Und vielleicht habe sie deshalb auch ein Maß an Aufrichtigkeit von ihm genossen, das kaum jemand für sich in Anspruch nehmen konnte. Schließlich habe er zu ihr den Kontakt nie gekappt, im Gegenteil.

Die Journalistin muss plötzlich an Raphaels Vorbild Max Frisch denken. Sie lächelt, weil ihr in den Sinn kommt: „Ruth war Raphaels Ingeborg Bachmann." Interessanterweise wird die Autorin Ruth Schweikert in der Literaturkritik aufgrund der Radikalität ihrer Texte tatsächlich mit der österreichischen Kollegin verglichen und als „die neue Ingeborg Bachmann" bezeichnet.

Wie eine analoge Fotografie sich in der Dunkelkammer peu à peu entwickelt, so setzt sich nach und nach ein Bild zusammen. Aus Schemen und Schatten entsteht die Szenerie, wie Raphael Ende der Achtziger auf diese damals sehr junge Schauspielstudentin traf, die er in seinem Buch als verschlossen und schweigsam beschreibt. Ihre grazile Gestalt und ihre intellektuelle Tiefe müssen ihn ungemein fasziniert haben. Wahrscheinlich hatte er zu diesem Zeitpunkt schon die Vision entworfen, ein Adoptivkind zu sein. Sicher hatte er sich mit dem Holocaust auseinandergesetzt, vielleicht aufgrund der Erzählungen in Hadamar, vielleicht durch Max Frischs „Andorra“. Und dann kommt Ruth mit ihrem kleinen Sohn Raphael und plötzlich ist er da, Raphael, dem wenig später ein Maria zuwächst und eine jüdische Herkunft, wie er sie kaum spannender und trauriger auf die ‚Welt‘-Bühne hätte bringen können.

Sie möchte noch wissen, ob Ruth Schweikert mit Raphael jemals über ihre Kurzgeschichte gesprochen habe, in der sie starke Anlehen an seine Legende und ihre Liebesbeziehung genommen habe. „Nein.“ Sie hätten nie darüber gesprochen. Und ob er die Geschichte gelesen habe, wisse sie auch nicht. Er habe sie nie darauf angesprochen, und sie habe ihn nie gefragt. Zum Abschluss sagt sie: „Raphael organisierte sein Leben komplex. Da blieb vieles ungeklärt. Aber ich empfand ihn immer als warmherzigen, offenen und empathischen Menschen.“

Einige Monate später telefonieren sie noch einmal. Die Journalistin berichtet von den vielen Gesprächen, die sie über Raphael geführt hat. Ruth hört mit großem Interesse zu. Als sie Ruth, wiederum etliche Wochen später, die Zitate zur Freigabe schickt, meldet sich an ihrer Stelle ihr Sohn Raphael. Seine Mutter sei schwer erkrankt. Er habe ihr den Text vorgelesen, er sei ja irgendwie auch ein Teil dieser Geschichte. Fürwahr. Sie habe den Zitaten aus dem Gespräch für eine Veröffentlichung zugestimmt.

Noch in diesem Sommer stirbt Ruth Schweikert an ihrer Krebserkrankung.

Liebe Anne,

ich schreibe Dir, um Dir von dem Anne Frank Fonds zu berichten, der von unserem Vater in Basel gegründet wurde. Dein Tagebuch ist bis heute in unzähligen Sprachen und sehr vielen Ländern veröffentlicht worden, nach Dir sind viele Schulen weltweit benannt worden, von Dir gibt es Filme und Theaterstücke, nur – es gibt keinen offiziell anerkannten Bruder von Anne Frank. Wenn ich recherchiere und unter Deinem Namen nachforsche, wird gern Deine Schwester Margot erwähnt, aber es gibt keinen Bruder, er wird nicht erwähnt, er bleibt ein Störenfried, der schweigen soll. Ich habe mich entschlossen, mich dennoch zu melden, um Dir zu sagen: Mich gibt es und ich werde nicht schweigen, auch wenn es so gewünscht wird.

Bevor ich mich seinerzeit mit Jacqueline van Maarsen getroffen hatte, rief mich ein Stiftungsrat, ein Herr Yves Kugelmann, Schweizer Jude und Herausgeber einer Schweizer jüdischen Zeitschrift, in Köln an, um zu erfragen, wie das denn alles zusammenkäme. Er wollte sich mit mir treffen, und so beschlossen wir, uns im Steigenberger Hotel in Frankfurt zu sehen und zu sprechen. Ich erzählte ihm meine Geschichte und dass ich mich lange zurückgehalten hatte, nun aber meine Vergangenheit weiter aufspüren wolle. Ich betonte, dass ich nicht in den Verdacht zu fallen wünschte, ich wolle mich an der Berühmtheit meiner Halbschwester Anne und ihrer Familie gütlich tun oder diese gar ausnützen. Die Gespräche waren freundlich und sachlich und ließen mich hoffen, nach so vielen Jahren doch noch zu einem positiven Ergebnis zu gelangen.

Mehrmals traf ich mich mit Yves Kugelmann und versuchte ihm zu verdeutlichen, dass meine Mutter Esther keinen Grund gehabt hätte, mir seinerzeit die Unwahrheit zu sagen. Ich berichtete Herrn Kugelmann ausführlich von meiner Begegnung mit Otto Frank und seiner Frau. Diverse Treffen in Köln brachten ihn letztendlich dazu, mich nach Amsterdam einzuladen, um das neue Stück „Anne" – geschrieben von Leon de Winter – zu sehen, welches in einem neu konzipierten, modernen Theater in Amsterdam aufgeführt wurde. Dort versorgte mich Yves Kugelmann mit Kaffee und Kuchen, Programmen. Es machte fast den Eindruck, als wollte er mich beruhigen oder beschwichtigen.

Am 1. Dezember 2014 erhielt ich vom Anne Frank Fonds eine E-Mail mit folgenden Worten:

Lieber Herr Goldstein,

für Ihren Besuch in Basel sowie das offene Gespräch möchten wir uns herzlichst bedanken. Sie haben uns viele intime Einblicke in Ihres und das Leben der Familie gewährt. Für diese Offenheit sind wir sehr dankbar und es erfüllt uns mit großem Respekt, wie Sie diese komplexe, sicherlich mitunter belastende und gleichsam unumkehrbare Biographie akzeptiert und verinnerlicht haben. (...)

ANNE FRANK FONDS

Im Namen des Stiftungsrats

John D. Goldsmith, Vize Präsident

Von Akzeptieren und Verinnerlichen war ich jedoch weit entfernt. Diese Begegnungen mit dem Fonds haben mich sehr verletzt. Bis heute bin ich geradezu eine Persona non grata, trotz aller Kontakte, die ich zu halten versuchte. Gern könnte ich im Anne Frank Fonds mitwirken, denn die Stiftungsinhalte entsprechen durchaus meinen Ideen und Zielen. Auch wäre ich gerne Mitglied der Familie, denn zu lange habe ich außerhalb dieser gelebt und gearbeitet.

Liebe Grüße

Raphael

Lieber Raphael,

Du hattest die Möglichkeit, viel von mir und meiner Familie zu erfahren. Dafür kann ich nicht dankbar genug sein. Und in meinem Namen arbeiten die Stiftungsräte ehrenamtlich und ohne Honorar. Es mag vielleicht einiges geben, was zu bemängeln wäre: Was sich unser Vater sich bei der Gründung der Stiftung dachte, war der Erhalt sowie der Zugang zu meinem Tagebuch und zu seiner Veröffentlichung.

Als Du ihm in Birsfelden kurz vor seinem Tod begegnetest, übergab er Dir einen Scheck über 2000 Franken. Ich kann mir diese Zuwendung nur so erklären, dass er Dir damit die Richtigkeit Deiner Vermutung, er sei Dein Vater, bestätigte. Hätte er den Mut besessen, seine Vaterschaft zuzugestehen, wäre für Dich vieles leichter gewesen. Du bist 1949 unehelich geboren. Zu dieser Zeit wollte und konnte man so etwas aus gesellschaftlichen Gründen nicht zugeben.

Was nicht sein durfte, das wurde nicht zugegeben. Damit war dieser Unfall aus der Welt, man schwieg darüber und je länger man darüber schwieg, umso mehr wurde er vergessen.

Vielleicht wird die Zeit reif, dass sich der Sachverhalt zu Deinen Gunsten ändert. Genauso, wie wir 20 Jahre an Lebenszeit und Erfahrungen auseinander lagen und überwinden mussten, so könnte die Zeit reif sein zusammenzufinden. Wenn Otto heute bestimmen könnte, würden vielleicht andere Verhältnisse herrschen. War es nicht Otto, der in jeder Situation die Wogen geglättet hat? Davon könnten wir auch jetzt noch profitieren.

Anne

Liebe Anne,

ich verspüre wenig Lust, in einen Streit zu geraten, der uns allseits nicht weiterbringt. Umso mehr bin ich bestrebt, eine gute und sinnvolle Regelung zu finden. Natürlich kannst Du nicht auf den Fonds einwirken, doch ich vermute, dass gar manche Kräfte am Werk sind, die nicht Deinem Interesse entsprechen.

Liebe Grüße

Raphael

Lieber Raphael,

inzwischen sind Jahrzehnte ins Land gegangen, so dass unser Vater Otto Frank nicht nochmals gefragt werden kann. Vielleicht würde er heute der Wahrheit entsprechend antworten. Der Fonds hat sich zur Aufgabe gemacht, mich, Otto und die ganz Familie zu schützen und Ungemach zu verhindern. Denk nur an die vielen Prozesse über die Echtheit des Tagebuches, die Otto führen musste - und das nach seiner entbehrungsvollen Zeit während des Krieges und danach. Umso mehr wünsche ich Frieden und Einigkeit um mich.

Dennoch sollten Möglichkeiten - auch nach vielen Jahrzehnten - des Vaterschafts-Nachweises genutzt werden. Wer sollte etwas dagegen haben, einen Weg zu finden, Deine Identität zu bestätigen? Aus meiner Sicht würde ich Dir empfehlen, in Form eines Tagebuchs Deine wichtigsten Gedanken aufzuschreiben. Dann mögen all diejenigen aufstehen und protestieren, die dagegen etwas einzuwenden haben. Ungerechtigkeiten kann ich nicht ertragen. Ich mache Dir hiermit Mut zur Offenheit und zur Selbstbehauptung. Sonst könntest Du die Zeit für Dich verpassen.

Deine Anne

Es dauert eine Weile, bis sie mit dem Schweizer Journalisten und Publizisten Yves Kugelmann, Mitglied des Stiftungsrates des Anne Frank Fonds in Basel, für einen Telefontermin zusammenkommt. Gerade sind die Medien voll mit Berichten über ein neues Buch, das die Theorie entwickelt, Anne Frank und ihre Familie seien durch einen Juden verraten worden. Kugelmann ist als Journalist und Publizist mit Expertise noch gefragter als ohnehin. Er ruft zurück. Natürlich könne er sich an Herrn Goldstein erinnern!

Sie weiß inzwischen: Alle können sich an Herrn Goldstein erinnern. Kugelmann erzählt von seiner Begegnung mit ihm: „Buddy Elias bat mich, ihn zu treffen. Er war einfach müde von diesen Geschichten, die er immer wieder in wandelnder Form erlebt hatte, und wollte damit nichts mehr zu tun haben."

Es gebe etliche Geschichten, in denen Menschen behaupteten, in einer wie auch immer gearteten Verbindung zu Anne Frank zu stehen. Der Fonds sehe es als seine Pflicht, die Türen in solchen Fällen nicht zu verschließen und den Geschichten vorurteilsfrei zu begegnen. So habe auch Raphael Gehör gefunden. Er habe sich vier oder fünf Mal mit Goldstein in Frankfurt und Basel getroffen.

„Herr Goldstein machte den Eindruck eines Mannes mit einer tragischen Geschichte, ohne Zweifel. Wir haben sehr nette Gespräche geführt und es war klar, dass er effektiv ein Problem hatte. Die Frage war nur, welches."

Die Journalistin fragt ausdrücklich noch einmal nach, ob er ihm denn geglaubt habe? Kugelmann lässt eine kurze Weile verstreichen, bevor er antwortet: „Ich habe ihm jedenfalls nicht nicht geglaubt."

Er habe vielmehr offen zugehört und mit einer umfassenden Recherche begonnen. Der Fonds habe Goldstein immer wieder gebeten, Dokumente vorzulegen, die bewiesen, dass er zum Beispiel der Sohn Esther Goldsteins sei.

„Wir haben ihm viele Fragen gestellt, aber das Ganze wirkte nicht sehr überzeugend. Unsere Nachfragen in den weltweiten Archiven, etwa in Yad Vashem, um diese Mutter ausfindig zu machen, blieben erfolglos. Die dort dokumentierte Esther Goldstein, die in den Eichmann-Prozessen ausgesagt hatte, konnte es aus vielen Gründen – ihr Alter, ihre Sprache, ihre Biografie und ihre Aussagen im Eichmann-Prozess – nicht sein."

Man habe vergebens in den Nachlässen von Otto Frank nach Anhaltspunkten gesucht, die Raphaels Geschichte hätten stützen können.

„Dann war da ja die Postkarte von der Jacqueline van Maarsen. Danach war die Sache bzw. die Recherche eigentlich vom Tisch." Und er fügt hinzu: „Nicht aber die Tragik des Falls und die Art, wie er von Dritten ohne Plausibilisierung missbraucht wurde für geplante oder publizierte Bücher, Artikel und anderes."

Ein Satz, der ihr lange zu denken gibt.

Raphael, so ist es in seinem eigenen Text zu lesen, fühlte sich als „eine Persona non grata", als „Störenfried". Wieder eine Kränkung, die ihm widerfuhr. Seiner Ansicht nach habe der Fonds in Person von Yves Kugelmann alles versucht, seine Geschichte unglaubwürdig zu machen. Eine Schuldzuschreibung, die dem Image des Ewig-Verkannten nur allzu gut in die

Hände spielte. Er hatte wohl darauf gehofft, einen Sitz im Stiftungsrat des Anne Frank Fonds in Basel zu erhalten, denn Otto Frank wünschte sich, dass immer ein Verwandter von ihm im Stiftungsrat sein werde. Darauf bezog sich Raphael und hielt sich dafür legitimiert.

Allein das Interesse von Yves Kugelmann an der Person Goldstein und seine Mühe, Nachforschungen anzustellen, müssen in Raphael zumindest eine Zeitlang das ersehnte Gefühl des Gesehen-Werdens ausgelöst haben.

Während vieler Jahre hatte ich nicht darüber gesprochen noch geschrieben, dass ich eine weltbekannte Halbschwester habe, ich wollte immer meinen eigenen Weg beschreiten. Ich merke aber, dass diese Tatsache mir all die Jahre sehr zugesetzt hat. Im Nachhinein sage ich mir heute: Ich hätte mehr kämpfen müssen, anstatt mich nur auf meine eigene Stärke verlassen zu wollen. Die gezeigte Stärke hat mich tatsächlich müde und mürbe gemacht. Andere mir wohlgesonnene Menschen gaben mir deutlich zu verstehen, ich hätte doch ein Recht, Akzeptanz zu fordern.

Was brachte mich schließlich dazu, doch noch die Öffentlichkeit zu suchen?

Die Idee der Verschriftlichung meines Lebens entstand während der Genesungsphase nach meiner lebensgefährdenden Operation der Nebenniere. Ich war am sogenannten Conn-Syndrom erkrankt. Die Operation der Nebenniere war unvermeidbar, da Medikamente nicht mehr halfen. Ich begab mich also in die Nähe Düsseldorfs in ein Krankenhaus in die Obhut eines auf diesem Gebiet bekannten Operateurs und plante eine Verweildauer von nur wenigen Tagen.

Nach allseitiger Aussage verlief die Operation ohne Komplikationen. In der darauffolgenden Nacht erwachte ich mit extremer Atemnot, weil eine Blutung in den Bauchraum bis in die Lungen einsickerte. Die Lungen waren verklebt und drohten, ihren Dienst völlig zu versagen. Ich stand kurz vor dem Erstickungstod. Sofort wurde ich auf die Intensivstation verlegt, wo ich maschinell beatmet wurde. Nach genau 13 Tagen Kampf ums Überleben wurde ich dann auf die normale Station verlegt. Erst dort kam mir zum Bewusstsein, dass ich dem Tod abermals von der Schippe gesprungen sei. Die Bilder während der Erstickungsnot kamen mir immer wieder in den Sinn. Auch der Zustand nach meinem Koma viele Jahre zuvor war wieder präsent – auch dieses Mal hatte ich den Eindruck, in einem Spielsalon gewesen zu sein, mit aufflackernden Lichtern und den dazu gehörenden Geräuschen.

Ich entschloss mich, die Stationen meines Lebens aufzuschreiben, denn ich wollte mir durch die Verschriftlichung auch die „vergessenen" Momente wieder in Erinnerung rufen. Auch wollte ich nicht mehr über meine Herkunft schweigen, als gehöre sie nicht zu meinem Leben. Dem Tode wieder so nahe gewesen zu sein, machte mich mutiger, eindeutiger und bestimmter. Die Angst, mich nicht mehr wehren zu können, verschwand und machte Platz für neue Sicht- und Handlungsweisen.

So viele Fragen meinen leiblichen Eltern gegenüber lassen sich nicht mehr beantworten und werden auch in naher Zukunft nicht mehr beantwortet. Ich habe mich mit vielen offenen Fragen zufriedengegeben und beantworte diese aus meiner Sicht und aus meinem Wissensstand. Es gibt Dinge, die ihre eigene Logik und Folgerichtigkeit haben. Mit der erlebten Logik einer Intensivabteilung und eines herannahenden Todes werden anstehende Fragen neu und anders beantwortet.

Seine Ehefrau, ihre Freundin, hatte ihr 2013 von einer OP erzählt. Sie hatte sich große Sorgen um ihren Mann gemacht. Raphaels Zustand war sehr ernst. 2014, so belegen es Briefe in seinem Nachlass, korrespondierte er mit den Anne Frank-Gefährtinnen Hannah Pick und Inge Deutschkron. Der Kontakt zu Jacqueline van Maarsen lief über den Schweizer Regisseur Martin Rengel.

Für sie überraschend meldet sich Martin Rengel von sich aus bei ihr. Ruth Schweikert habe ihm von ihr erzählt und er sei sehr neugierig, was ihre Recherchen betreffe. 2014 habe er für einen Film über Anne Frank auf einer Reise nach Krakau und Auschwitz mit Hannah Pick telefoniert. Sie habe ihm von jemandem berichtet, dessen Mutter ihm erzählt habe, er sei der Sohn von Otto Frank. Martin Rengel war es, der Raphael mit in das Zuhause von Jacqueline van Maarsen und ihrem Mann Ruud Sanders in Amsterdam nahm.

„Sie sagte sofort ‚Otto hat die Frauen geliebt und die Frauen haben Otto geliebt', sie hielt das für absolut möglich, dass Raphael sein Sohn sei. Sie hat ihm geglaubt, das habe ich auch auf Film."

Zwar erkannte auch sie keine physische Ähnlichkeit zwischen Annes Vater und Raphael, aber die zurückgenommene, bescheidene Art Raphaels habe sie sehr an Otto Frank erinnert. Und: „Seine Augen", die habe sie immer wieder als Grund angegeben, warum sie diesem sympathischen Herrn Goldstein Vertrauen schenkte. Martin hat ihr Bekenntnis mit dem Handy gefilmt; es sollte ein Nebenstrang seines Films werden. Einer, der allerdings das Zeug für eine weltweite

Sensationsmeldung gehabt hätte. Schon seit etlichen Jahren arbeitet er an einem Filmprojekt zu Anne Frank.

„Wie ich in Frankfurt aus dem Bahnhof herauskam und ihn vor diesem Hotel warten sah, wusste ich, dass er recht haben könnte. So wie er dastand, in seiner Körperlichkeit, hatte ich das Gefühl ‚das sehe ich'", sagt Martin Rengel.

In jungen Jahren soll Raphael noch etwas Lebendig-Witziges in seinem Auftreten gehabt haben, aber später saß und stand er oft mit hängenden Schultern, wie zusammengefaltet da, die Hände schlaff ineinandergelegt. Bis in den Grund erschöpft. Sein Blick verdunkelt von einer tiefen Traurigkeit. Bei aller Freundlichkeit, die er müde lächelnd aussandte, dennoch nicht mehr richtig teilnehmend am Gespräch.

„Natürlich gab es immer Sachen, worüber ich gestolpert bin. Dass er mir nicht gesagt hat, wo Esther Goldstein begraben ist. Dass er die Adoptionsurkunde nicht vorzeigen konnte. Dass er sich im Hotel unter ‚Norbert Burger' eingetragen hatte. Ich hatte da immer meine Fragezeichen."

Konkret hatten die beiden Männer vereinbart und schriftlich niedergelegt, dass Raphael ein Theaterstück schreiben sollte.

„Ich habe ihm gesagt, schreiben Sie ein Stück, machen Sie eine Fiktion. Die Szene, wie er in Basel-Birsfelden bei Otto ist, wie Otto auf dem Sofa sitzt, Fritzi daneben und er gegenüber. Und Otto schaut ihn an und er erwartet, dass er ihn in den Arm nimmt. ‚Mein Sohn!' So wie bei Wilkomirski in Tel Aviv. Und Fritzi ruft: ‚Otto, nicht!' Eine unglaublich gute Theaterszene! Ich wollte das inszenieren. Ich bin auch Theaterregisseur."

Seine Stimme senkt sich, als er vom letzten gemeinsamen

Telefonat mit Raphael im Mai 2021 erzählt. Raphael verriet ihm, dass er den Lockdown genutzt habe, um seine Memoiren zu schreiben. Wenig später schickte er ihm das Manuskript. Im Juni hatte sich sein Gesundheitszustand dramatisch verschlechtert, die Diagnose gewährte ihm keine Zeit mehr, Anfang August starb Raphael. Bis zu ihrem Telefonat vor einigen Wochen war Martin Rengel von der Glaubwürdigkeit des Raphael-Maria Goldstein vielleicht nicht gänzlich überzeugt, aber nun zu hören, dass die Verwandtschaft mit der Familie Frank, gar die Adoption eine komplette Erfindung ist, überraschte ihn doch.

„Es ist eine Folie, mit der es Raphael möglich war, seine Not zu beschreiben, sein Leiden an sich selber, an seinem Umfeld. Deswegen ist man da auch nicht böse. Es ist die Einsamkeit, die Hilflosigkeit und dann projiziert man die unsagbare Not, für die man keine Worte findet, für die es keine Ereignisse gibt, auf die Biografien anderer. Bei Raphael war es die Sehnsucht nach einer starken Vaterfigur. Vielleicht wollte er nicht Sprechlehrer, sondern Schauspieler oder Regisseur sein. Das steckt ja alles hinter solch einer Lebenslüge."

Martin Rengel erwähnt Binjamin Wilkomirski. 1995 veröffentlichte Binjamin Wilkomirski im zum Frankfurter Suhrkamp-Verlag gehörendem „Jüdischen Verlag" seine Autobiografie „Bruchstücke. Aus einer Kindheit 1939–1948". Aus der Perspektive eines Kindes beschreibt er in der Ich-Form seine Erlebnisse in einem KZ, in das er, das jüdische Kind aus Riga, verschleppt worden war. Nach der Befreiung aus dem polnischen Vernichtungslager wurde er zunächst nach Krakau und schließlich in die Schweiz in ein Kinderheim gebracht. Dort adoptierte ihn das Schweizer Ehepaar Dösseker, gab ihm den neuen Namen Bruno und beraubte ihn seiner Identität.

Alle amtlichen Papiere wurden gefälscht. Erst durch jahrzehntelange Nachforschungen und durch eine Therapie konnte Bruno alias Binjamin seine Vergangenheit rekonstruieren.

Soweit die Geschichte, die 1995 Aufsehen erregte. Noch nie seien die Zustände in einem KZ aus Kindersicht beschrieben, das Grauen im KZ selten eindringlicher vermittelt worden. Der Autor reiste mit seinem Werk durch die Lande, bis in die USA und nach Israel, und war allerorts ein gern gesehener und oft berufener Zeitzeuge. Er sprach vor Schulklassen und trat bei wissenschaftlichen Kongressen auf. Er avancierte quasi nebenbei auch zu einem international gefragten Experten für die Psychologie der Erinnerung von Überlebenden, die als Kinder deportiert wurden. Ein Dokumentarfilm über ihn entstand.

Drei Jahre später deckte der Schweizer Journalist und Autor Daniel Ganzfried die ganze Erzählung als komplett erfundene Geschichte auf. Er hatte in Schweizer Archiven geforscht und entdeckt, dass Wilkomirski gar nicht in polnischen KZs gewesen sein konnte, weil er als Bruno Dössekker im Umland von Zürich bei seinen Adoptiveltern lebte. Er war als das uneheliche Kind Bruno Grosjean zur Welt gekommen und landete nach einigen Kinderheim-Aufenthalten bei seiner Adoptivfamilie Dössekker. Nichts von seiner jüdischen Herkunft oder seinen KZ-Erlebnissen entsprach der Wahrheit.

Die Parallelen zu Raphaels Fall sind unleugbar. Sowohl Wilkomirski als auch Goldstein beklagen ein „kaltes" Elternhaus, in dem es an materiellem Wohlstand nicht mangelte. Beide werden als schon von Kindheit an verwöhnt und der Lüge zugeneigt beschrieben, als große Geschichtenerzähler und Außenseiter. Beide widmeten sich künstlerischen Berufen: Bruno Dössekker wurde Klarinettist und später Klarinettenlehrer, Raphael begann eine Schauspielausbildung und wurde Schauspieldozent.

Auch Dösseker-Wilkomirski unterzog sich einem DNA-Test, um seine jüdische Herkunft zu beweisen. Beim einen wie beim anderen brachte der Test – natürlich – nicht die erhoffte Bestätigung. Wilkomirski feierte medienwirksam das erste Treffen mit dem Mann, der nachweislich und bekanntermaßen nicht sein biologischer Vater war. Das öffentliche Interesse störte sich augenscheinlich wenig an den desillusionierenden Fakten. Die Geschichte war einfach zu schön, als dass man sich durch nüchterne Tatsachen entzaubern lassen wollte. Rengel zitierte die entscheidende Szene eines Dokumentarfilms, in dem der Nicht-Vater den jüngeren Wilkomirski ungeachtet aller Fakten mit dem Ausruf „Gott hat mir genommen Sohn, Gott hat mir gegeben Sohn!" in die Arme schließt. Er hatte wirklich geglaubt, seinen im Krieg verlorenen Sohn wiederzubekommen.

In den letzten Lebensjahren findet sich noch eine tragische Duplizität in den Vitae der beiden: Beide leiden bzw. litten an einer neurologischen Erkrankung. Der Schweizer lebt inzwischen völlig weltabgeschieden im heimischen Thurgau. Raphael ist im Sommer 2021 an ALS (Amyotrophe Lateralsklerose), einer chronischen Nervenerkrankung, gestorben.

Die Übereinstimmungen in den Lebensläufen mag rein zufällig sein, aber dennoch gründen sie auf der Aneignung einer jüdischen, mit der Shoah verstrickten Identität. Historiker, Wissenschaftler, Journalisten und Filmemacher haben sich zu Wilkomirski aus unterschiedlichen Perspektiven Gedanken gemacht und Schlüsse gezogen. Warum schlüpfen Menschen ausgerechnet in eine jüdische Identität?

Die Behauptung „Ich bin Jude und meine Eltern sind Überlebende des Holocaust" diente Raphael bei Bedarf als Chiffre und sicherte ihm zum Beispiel die Aufmerksamkeit der Elevin Ruth in Ulm und ihre Liebe. Chiffre insofern, als dass er mit seiner Identitätsbehauptung auf eine vieldeutige, schwebende Weise in seinem Gegenüber Bilder schuf, ohne dass er dazu Details nennen oder sich erklären musste. Mitgefühl und Bewunderung waren ihm gewiss, besonders bei Ruth, die anfällig dafür war, wie sie selbst zugibt.

Es gibt etliche solcher „Fake-Juden-Biografien". Man könnte fast von einem Genre erfundener Holocaust-Erlebnisse sprechen. In einem Beitrag des Deutschlandfunks von 2020 heißt es sogar, dass jüdische Identität in manchen Kreisen als „sexy" gelte. Als Flüchtling aus Syrien oder Belarus könne man bei „Medienmachern" und „Bildungsbürgern" eben nicht so viel Eindruck schinden wie als Jude aus einer vom Holocaust betroffenen Familie. Besonders in Deutschland. „Being Jewish sells" ist die banale Antwort darauf, warum es eine jüdische Opfergeschichte sein muss.

In der Presse erschien der sehr tragische Fall der Historikerin und Bloggerin Marie Sophie Hingst, die sich eine Biografie mit jüdischen Holocaust-Opfern als Vorfahren erfunden hatte und sich nach der Aufdeckung 2019 das Leben nahm. Oder der Autor Fabian Wolff, der sich als jüdisch bezeichnete und in deutschen Feuilletons jahrelang Rezensionen und politische Essays veröffentlichte. Er galt als herausragende jüdisch-intellektuelle Stimme, bis er selbst zugab, seine Herkunft phantasiert zu haben. Oder – ein anders gelagerter, aber sehr bizarrer Fall – die Schwedin Barbro Karlén, die davon überzeugt war und ein Buch darüber schrieb, die Reinkarnation von Anne Frank zu sein. Im Zusammenhang mit Wolff äußerte sich die Philosophin und Leiterin des Einstein-Forums in Potsdam, Susan Neiman, bei rbb-online pointiert: „Nichts ist deutscher als der Wunsch, Jude zu sein. Man möchte kein Kind oder Enkel von Nazis sein. Man ist lieber auf der Seite der Opfer.“

Liebe Anne,

je mehr ich über mein Leben nachdenke, umso mehr besteht die Neigung, verzeihender mir selbst gegenüber zu sein. Das Niederschreiben zwingt mich dazu zu entscheiden, ob ich von diesem oder jenem berichten will. Ich folge meiner eigenen Spur und nicht zwingend der Logik einer chronologischen Reihenfolge.

Gern hätte ich Dir mehr von mir und zu meinem Verständnis erzählt. Viele Begebenheiten sind mir erst während der Verschriftlichung meines Lebens zurück in meinen Kopf geraten – auch die Fülle unterschiedlicher Stationen, Tätigkeiten, Ideen, Projekte.

Zu häufig habe ich die Begegnungen mit Menschen nicht mehr genutzt. Ich bin ihnen nicht in die Tiefe gefolgt und habe sie zu wenig ergründet. Im Nachhinein haben sie mein großes Interesse erregt, weil sie mir durch meine Erzählung und durch meinen Nachvollzug erst als erzählwürdig erschienen. Jedoch bin ich an meine Grenzen gestoßen. Das betraf insbesondere gerade meine persönlichen Verbindungen, die ich eher zögerlich ansprach.

Natürlich bin ich meiner Mutter Esther nicht annähernd gerecht geworden. Jedoch wollte ich nicht mehr in die damaligen Dialoge hineininterpretieren. Vieles ist mir noch sehr in Erinnerung geblieben, nur das ist hier auch niedergeschrieben worden – nicht mehr, aber auch nicht weniger. Schade, dass ich zur damaligen Zeit die Dinge nicht rigoroser wahrgenommen habe, aber so waren für mich die Zeiten und Umstände. Ich wäre damals vielen Anfeindungen und Erwartungen nicht gerecht geworden.

Sowohl die Gedanken in meinem Kopf als auch die Reaktionen haben dann über vierzig Jahre mein Leben bestimmt. Ich habe nie bereut, mich über den Wunsch meiner Mutter hinweggesetzt zu haben. Ich habe auch nicht wirklich verstanden, warum ich dieses Treffen mit Otto Frank nicht hätte anstreben sollen. Ich bedaure hingegen meine Verzagtheit, nicht mehr eingefordert zu haben.

Es grüßt Dich Dein Raphael

Hinter der Lüge steckt immer eine andere Geschichte. Das erkannte auch der Hamburger Journalist und Autor Jörg Böckem, den Raphael im Herbst 2018 kontaktierte. Er sollte seine Biografie schreiben. Böckem führte tatsächlich einige lange Gespräche mit Raphael, nahm aber mit Bedauern von dem Projekt Abstand, obwohl er „ihn sehr mochte und er ein sehr interessanter Mensch mit spannender Lebensgeschichte war". Im Zuge der Recherche wurde ihm klar, dass die Geschichte so, wie Raphael-Maria Goldstein sie im Kopf hatte, nicht belegbar war.

Im Gegenteil: So konnte sie sich gar nicht zugetragen haben. Er hatte schon mehrere Biografien geschrieben und wusste, man brauchte konkrete Bilder, klare Situationen, um die Geschichte nachvollziehbar zu schildern. Aber das Bild sei bei keinem Gespräch klarer geworden. Mal habe Raphael sich nicht mehr erinnern können, dann habe er sich widersprochen.

„Es war merkwürdig. Und irgendwann wurde es immer merkwürdiger. Ich habe das Projekt von meiner Seite aus beenden müssen. Herr Goldstein war noch der Meinung, man könnte es ja im Vagen lassen und so schreiben, dass es möglich wäre. Aber ich kann keine Geschichte schreiben, die ich nicht belegen kann und von deren Authentizität ich nicht überzeugt bin. Das ist für mich auch rufschädigend. Ich hätte darin auch gar keinen Sinn gesehen."

Es habe also nicht am Geld gelegen? Sie erinnert sich sehr gut, dass Raphael ihr gegenüber mal beiläufig verlauten ließ, die Zusammenarbeit wäre doch nicht zu Stande gekommen, weil der Kollege zu viel Geld für seine Arbeit verlange, eine mittlere fünfstellige Summe.

Nun lacht Böckem: „Wir haben gar nicht über Geld gesprochen."

Sie erinnert sich, dass Raphael ihr gegenüber recht genervt bemerkt hatte, dass nun auch Böckem Unterlagen von ihm verlange. Er erging sich darüber, wie überdrüssig er der deutschen Eigenart wäre, nur anzuerkennen, was Schwarz auf Weiß zu lesen stehe und mit einem amtlichen Stempel versehen sei. Ob er diese außergewöhnliche Lebensgeschichte zumindest anfangs glaubwürdig fand?

„Natürlich war ich erstmal skeptisch. Das wäre ja schon eine Riesen-Nummer gewesen! So wie er es erzählt hat, hatte ich den Eindruck, er glaubt das, es ist seine Wahrheit. Ich habe es als meine Aufgabe gesehen herauszufinden, wie weit ich seine Wahrheit verifizieren kann."

Ein schwieriges Unterfangen.

„Das ging leider gar nicht. Er hatte auch immer Gründe dafür, warum irgendwelche Dokumente nicht mehr existierten, dass er das nicht nachweisen konnte. Ich habe immer gedacht, vielleicht kommt noch etwas, das seine Erzählung stützt. Das war schon wahnsinnig zäh. Aber dieser Drang, der da spürbar war, eine Identität zu finden, sich von seiner Herkunftsfamilie abzusetzen, jemand ganz anderes zu sein, die fand ich spannend. Es war für ihn ja seine Realität. Das zu hinterfragen, wann und warum er sich die gebastelt hat – ich hätte das gern verstanden. Aber in diese Richtung konnte man ihn ja gar nicht befragen, weil er in diese Richtung gar nicht gedacht, gefühlt hat."

Woher dieser Drang rühre, sich neu zu erfinden, warum er gerade die jüdische Identität gewählt habe? Fragen, die sie sich auch stellt.

Ob er sich hintergangen gefühlt habe, beantwortet er sehr klar: „Ach was! Hintergehen, betrügen, das setzt eine böse Absicht voraus. Als mir klar war, dass diese Geschichte nicht stimmen kann, habe ich die Zusammenarbeit beendet. Ich fand es schade – zugegebenermaßen auch um die Arbeit und die kostbare Zeit, die ich investiert hatte, ohne dass es je ein Honorar gegeben hätte."

Vielleicht hätte er früher die Reißleine ziehen sollen, habe er sich im Nachhinein gedacht.

„Aber ich hatte grundsätzlich nicht das Gefühl, dass er mir etwas Böses wollte oder dass er mich bewusst betrogen hat. Faktisch hat er mich belogen, das stimmt. Aber es war ja seine Wahrheit."

Ich lernte den Geschichtenfälscher Michael Born kennen. Was Born in der Realität nicht fand, stellte er einfach mit seinen Komparsen und mit ausgeprägtem Sinn für Kreativität in seinen „Dokumentationsfilmen" nach. Er war ein faszinierender Erzähler und eine wortgewaltige Person, hatte eine einnehmende und glaubwürdige Verhaltensart, und man wäre nicht so schnell auf die Idee gekommen, seine Geschichten seien erfunden. So versuchte er, auch mich zu einer Geschichte zu überreden, die deutsche Einheit sei zwischen Kohl und Honecker vorbesprochen gewesen, regelmäßig hätten sich die beiden in Griechenland und insbesondere in Finikounda getroffen, um ihren Plan zu besprechen. Personen sollten nachgestellt und so glaubwürdig kopiert werden, dass die Recherche selbst für den Grimme-Preis ausreichen würde. Gott sei Dank ist es nie zu diesem Film gekommen und Michael Born ist später in Graz relativ jung an einer Lungenentzündung gestorben.

Mehrmals hatten wir spannende Gespräche über die Frage von Fake und faktischer Realität und dass es heute sehr einfach sei, die Realität im Film und im TV vorzutäuschen, zu verändern, zu brechen. Ich selbst fand die Möglichkeit heutiger Technik faszinierend und gefährlich. Man könnte Figuren weiter entwickeln, die lebend und als spielende Personen nicht mehr verfügbar wären. Damit gäbe es keine faktische Realität, sondern nur eine manipulierte Wirklichkeit – ein grausamer Gedanke. Die Realität würde zu dem gemacht, was sie sein soll. Virtuelle Figuren könnten neu oder anders erschaffen werden. Das Theater hätte eine neue Perspektive, wäre als Handlungsraum dann der Wirklichkeit näher als ein Film mit seiner möglichen Virtualität.

Schauspieler müssten sich darauf einstellen, nur noch ihre technischen Daten preiszugeben, ohne ihr Spiel, das heißt ihre physische Präsenz weiter entwickeln zu können. Das wäre der Tod des Spiels und hätte aus meiner Sicht folglich keine Daseinsberechtigung. Wo würde die psychologische Tiefe bleiben? Wo ihre Entwicklung? Ich bin sehr zufrieden, dass ich durch meine Ausbildung, durch meine Regie-Arbeit, durch meine Umgebung nicht in die Verlegenheit gekommen bin, mir allzu viele Gedanken über Wahrheit, Fake und ihre Entwicklungen zu machen.

Ich möchte nicht zwischen Realität und Fiktion richten wollen. Ich stelle fest, dass ich viel Energie eingesetzt habe, um meine eigene Wahrheit herauszufinden.

Michael Born ist als großer TV-Fälscher in die Mediengeschichte eingegangen. Er hatte in den 1990er Jahren etliche Reportagen, vorwiegend für Stern TV, inszeniert und gefälscht. 1996 wurde er dafür zu vier Jahren Haft verurteilt. Neben Konrad Kujau, dem Fälscher der Hitler-Tagebücher, und dem ebenfalls als Fälscher von Reportagen aufgeflogenen Reporter Claas Relotius gilt er als einer der „Fake-News"-Pioniere in Deutschland. Ihm wird ein bemerkenswertes Zitat zugeschrieben: „Wir reden nicht von einer Fälschung, sondern von Kreation. Für eine Fälschung braucht man ein Original. Wenn es das nicht gibt, ist es eine Kreation."

Diesem Ansatz folgend, überlegt die Journalistin, gilt auch Raphaels jüdische Identität nicht als Fälschung, sondern als eine Kreation, eine Gestaltung.

Born sagt in einer Dokumentation über sich: „Ich fühle mich in der Tradition der Geschichtenerzähler. Man beschönigt mal etwas, man fährt Sachen, die unangenehm sind, runter. Das macht im Prinzip jeder."

Er hatte den Ruf des Möglichmachers, Raphael bezeichnet sich als Methodenerfinder. Es überrascht sie nicht, dass die beiden zueinander gefunden hatten.

Es sind genau diese Flunkerer und Fälscher, die es Raphael angetan hatten. In seinem Manuskript spricht er von dem abstrusen Filmprojekt (Kohl und Honecker in Griechenland), für das Born ihn um Mitarbeit angefragt habe. Es gibt nun wieder zwei mögliche Varianten: Entweder dieser Teil der Geschichte entspringt ohnehin nur Raphaels blühender Phantasie. Oder Born hat in ihm zielsicher einen Bruder im Geiste erkannt.

Er wird aus gutem Grund nicht so schnell jemanden in seine Pläne eingeweiht haben. Es sei denn, er konnte positive Resonanz erwarten. Raphael schlug das Angebot, so es eins gegeben hat, klugerweise aus. Das war selbst ihm zu wild.

Der Journalistin waren schon beim ersten Besuch in Köln einige Bücher in seiner Sammlung aufgefallen, die sich um Fälscher-Thematik drehen. Neben allerhand Kunstfälscher-Biografien und Romanen auch das Sachbuch „Tausend Zeilen Lüge“ des Journalisten Juan Moreno über den Fall Claas Relotius, der dem Nachrichtenmagazin „Spiegel“ einige spektakuläre Reportagen untergejubelt hatte, die zu großen Teilen erfunden waren.

Moreno hatte den Skandal damals aufgedeckt und das Buch 2019 veröffentlicht. Es diente als Basis für die gleichnamige Komödie von Bully Herbig, die 2022 im Kino lief. In einer der letzten Szenen spricht der Fälscher (gespielt von Jonas Nay) direkt in die Kamera: „Vielleicht habe ich ein bisschen übertrieben, etwas dazu erfunden. Aber nur so komme ich doch an das ran, was ihr von mir haben wollt, die emotionale Wahrheit. Fakten kann jeder, dafür muss ich ja nicht schreiben können.“

Der Begriff „Emotionale Wahrheit“ wird Relotius als Zitat zugeschrieben. Raphael unterscheidet die psychologische von der faktischen Realität und bezieht sich dabei auf eine Schauspieltechnik.

Liebe Anne,

rückblickend erscheint mir mein bis dahin geführtes Leben eher in der Realität verschoben – eher eine Surrealität, eine psychologisch interpretierfähige Realität, eher eine filmische Realität. Vielleicht sollte ich aufhören, die Realitäten nicht unter dem Aspekt einer faktischen Realität zu betrachten, sondern – wie in einem Schwarz-Weiß-Film – nur in diversen Unterschieden der Grau-Töne wahrzunehmen. Das hingegen würde die Wahrnehmung meines Lebens auf den Kopf stellen. Vielleicht wäre eine derartige Wahrnehmung sehr viel nervenschonender und beruhigender, als ständig zu kämpfen und gegen Windmühlen anzurennen.

Natürlich sind meine DNA-Untersuchungen in Amsterdam der Wirklichkeit gemäß verlaufen, auch die Otto Franks. Doch die Kontaminierungen Otto Franks waren zu offenkundig, als dass daraus eine gerichtsverwertbare Übereinstimmung hätte resultieren können. Ohne diese Kontaminierungen hätte eine faktische Wahrheit festgestellt werden können. Da mir aber nur die Aussage von Esther Goldstein als Basis für dieses Buch bleibt, akzeptiere ich sie als „psychologische Realität“. Möge der geneigte Leser selbst entscheiden, welcher Realität er nun folgen will.

Meine Überlegungen bringen mich zurück zu meinem Wiener Projekt der zeitverschobenen imaginären Zwiegespräche mit Dir. Es war eine Arbeit mit Schauspielstudierenden. Nun aber soll mir ein imaginärer

Briefwechsel mit Dir dabei helfen, Deine Situation wie auch die meiner leiblichen Eltern zu verstehen. Vielleicht könnte ich so meine eigene Lebenssituation einordnen.

Ich schaffe mir also einen besonderen Bogen, der in der Schauspielarbeit als „psychologische Realität“ bezeichnet wird, eine „psychologische Realität“ in Form von Briefen, Handlungsorten und Personen.

Der Unterschied zwischen faktischer und psychologischer Realität besteht allein in der Betrachtungssicht. Während sich die faktische Realität rein auf das Dokument bezieht, findet die psychologische Realität die Wahrheit in der Wahrnehmung. So kann in der Schauspielarbeit ein Tanz zwischen Zeiten, Räumen, Befindlichkeiten entstehen, ein Spiel zwischen Raum und Zeit.

Er habe sich mit seinen Briefen an Anne eine „psychologische Realität" erschaffen. Und er gibt dem Leser eine Aufgabe: „Möge der geneigte Leser selbst entscheiden, welcher Realität er folgen will". Es kommt ihr plötzlich vor, als habe Raphael mit diesen wie hingeworfen wirkenden Bemerkungen eine geheime Spur gelegt. Ähnlich den Leuchtdioden, die auf dem Boden den Weg weisen. Zeigt er da verklausuliert die Möglichkeit auf, seine Lebenserzählung könne seiner Phantasie entsprungen oder, wie er es nennt, der „psychologischen Realität" (in der Fachliteratur als „psychische Realität" bezeichnet) zuzuordnen sein? Wollte er als eine Art Meta-Text durchblicken lassen: „Faktisch entspricht meine Geschichte zwar nicht der Wahrheit, aber in meiner Welt, in meinem Kopf, da ist alles wahr, was ich euch erzähle. Ich lade euch ein, mir zu glauben!" Ingeborg Bachmann sagte einmal: „In jedem Augenblick die Wahrheit sagen, das können nur die Lügner."

Den Begriff „psychische Realität" etablierte Sigmund Freud, der Vater der Psychoanalyse. Seine Definition lautet: „Das zentrale Konzept der psychischen Realität beschreibt in Abgrenzung zur äußeren, faktischen Realität die innere unbewusste Seelentätigkeit des Einzelnen, beruhend auf unbewussten Wünschen und den daraus folgenden Phantasien (Unbewusstes)."

Faktisch ist Norbert Burger als Sohn des Ehepaares Burger in Duisburg geboren. Doch in seiner Seele fühlte er sich als Raphael, der Sohn von Esther Goldstein und Otto Frank, in Amsterdam geboren, Halbbruder der vier Jahre vor seiner Geburt verstorbenen Anne Frank. Was wollte er mit diesem Umschreiben seiner Biografie ausdrücken? Er schien diese Wucht an offensichtlichem Leid wie eine Monstranz vor sich herzutragen, um seinem inneren, tatsächlich verspürten Schmerz eine in seinen Augen gerechtfertigte Dimension zu geben. Oder war es genau anders herum? Verlangte die „Rolle" als nicht anerkannter Halbbruder von Anne Frank ihm ein dermaßen intensives „Er- und Einleben" ab, dass er sie schließlich mit Haut und Haar verkörperte und gar nicht mehr abstreifen konnte?

Auch die Zeit, in der er begann, seine Legende als Halbbruder von Anne Frank zu entwickeln, könnte relevant sein. Es waren die 1980er Jahre in der Bundesrepublik. Nach Jahren, in denen über die Nazi-Verbrechen mehr geschwiegen als informiert wurde, setzte nun eine ganz neue Erinnerungskultur ein. Der Begriff „Holocaust" etablierte sich durch die gleichnamige amerikanische Fernsehserie, die 1979 zur besten Sendezeit lief. Erstmals wurde in Spielfilm-Manier das Schicksal einer jüdischen Familie und der Familie eines SS-Angehörigen miteinander verwoben. Millionen von Deutschen verfolgten damals die vierteilige Serie. Es folgten weitere epochale Filme des Genres: „Die Geschwister Oppermann" (1983), „Väter und Söhne" (1986) und nicht zuletzt „Shoah" (1985) des Franzosen Claude Lanzmann, eine zweiteilige Dokumentation über die systematische Vernichtung der europäischen Juden durch die Nationalsozialisten. Ein kulturelles Umfeld, das den gesellschaftlich und politisch interessierten Raphael, der damals um die 30 war, nicht unbeeinflusst gelassen haben wird.

Das allgemein aufkommende Interesse, die überall wie Pilze aus dem Boden sprießenden medialen Erzeugnisse zum Thema Holocaust – Presseartikel, Bücher, Filme, Serien, TV-Dokumentationen – mögen auch seine Aufmerksamkeit darauf gelenkt haben. Er nannte sich einen Schauspieler, er hatte mit Gleichgesinnten eine Theatergruppe gegründet, Mitte der Achtziger begann er, junge Schauspielstudierende zu unterrichten. Da könnte etwas zusammengekommen sein, das seine ohnehin große Phantasie mehr als beflügelt hat.

In den 1990er Jahren war Raphael in zweiter Ehe verheiratet, hatte seinen beruflichen Lebensmittelpunkt in Wien, arbeitete aber über die Ländergrenzen hinweg. „Er war an so vielen Orten gleichzeitig", hatte Ruth Schweikert mit einer unüberhörbaren Bewunderung gesagt. In ihrer Erinnerung war das Ehepaar Burger – er war mit einer Schauspielerin verheiratet – ständig „on the road". Es schien, so sagt sie, als hätten sie im Auto gelebt. Seminare und Workshops führten das Paar nach Italien, nach Frankreich (etwa an das Institut de l'acteur in der Gascogne) und in die Schweiz. Im Tessin lehrte Raphael in den Jahren 1991/92 immer wieder mal an der bekannten Scuola Teatro Dimitri, die von dem Clown Dimitri gegründet worden war. Es muss eine berauschende Phase gewesen sein. Je intensiver er in die Welt des Schauspiels tauchte, je mehr er sich den konventionellen Aufgaben entzog, umso bemerkenswerter erschien ihm seine eigene Existenz.

An vielen Schauspielschulen lehrte ich als Schauspiellehrer. Die Schauspielunterrichte habe ich bis heute beibehalten. Viele Studenten sind durch meine Unterrichte gegangen, in dieser langen Zeitspanne haben sich jedoch Schwerpunkte und Akzente verschoben. Während ich in meinen Anfangszeiten eher einen rigorosen und unnachgiebigen Unterrichtsstil vertrat, wurde ich zunehmender offener für eigene Strukturen.

Auch die Themenschwerpunkte haben sich geändert. Zu Beginn war ich als Sprecherzieher insbesondere für die herkömmliche und ästhetisch genormte Sprechart zuständig. Später verschob sich die Gewichtung meiner Arbeit zu mehr Offenheit und Freiheit der Unterrichte. Je älter ich wurde, umso mehr hatte ich die Studierenden im Blick, ihre Möglichkeiten, ihre eigenen Normen und Beschränkungen. Ich entwickelte eine Inszenierung in Genua für das Teatro della Tosse, das Hauptthema „Die Pest von 1348" mit jungen Schauspielern aus Wien. Diese Inszenierung hatte alle Freiräume, die für junge Schauspieler nötig waren, um neue improvisatorische Spiel- und Gestaltungswege zu gehen. Die inszenatorischen Freiräume gaben mir neue, bislang nicht erfahrene Ideen in der Theaterarbeit und in der pädagogischen Arbeit mit Schauspielstudierenden.

Ich versuchte, die Ergebnisse dieser und weiterer Erfahrungen als Gesamtkonzept in einem Buch zusammenzufassen, einem Buch aus der Praxis für die Praxis. Überhaupt machte ich die Erfahrung, dass ich in meiner praktischen Arbeit sehr umfängliche Erfahrungen, Konzepte, Anregungen zusammengetragen hatte, die in einer beruhigten Lebenssituation durchaus verdient hätten, veröffentlicht zu werden, um sie anderen Ausbildungs- und Fortbildungsinstituten verfügbar zu machen.

Bis zu diesem Punkt hatte es viele Jahre gebraucht, in denen ich Außergewöhnliches leisten und erarbeiten musste. In meiner Dissertation verknüpfte ich ein starkes Interesse an planbaren Strukturen und Gestaltungsfragen der Schauspieler und Schauspielerinnen mit der Frage nach Wirkungen auf das Publikum. Das hatte mich unwillkürlich zu Fragestellungen der Theaterpädagogik und der Schauspiel-Ausbildung gebracht. Auch meine Abschlussarbeit zum geprüften Sprecherzieher an der Universität Heidelberg untersuchte ein entsprechendes Thema der Theaterpädagogik: „Die Kompetenzsicherung und -erweiterung der gesprochenen Sprache auf der Bühnenebene." So war ich immerzu mit Themen aus der Pädagogik und dem Theater beschäftigt.

Ich erinnere mich an Musikstunden, die ich als Spiel deklarierte, jeder Schüler und jede Schülerin hatten eigene Rollenfunktion in einem historischen Unterricht zum Beispiel aus dem Jahr 1920 – mit allen Stilformen, Sanktionen, auch mit aller Strenge und Disziplin. Sie durften dabei nicht aus der Rolle fallen und lernten so indirekt die Inhalte musikpädagogischer Komplexe spielerisch kennen. Spiel wurde hier zur Motivation. Selbst zunächst völlig Desinteressierte waren so plötzlich ansprechbar.

Immer war ich damit beschäftigt, Unterrichte so zu gestalten, dass keine Langweile auftrat – für beide

Seiten. Auch Prüfungen verliefen in dieser Form zur Erheiterung und Erbauung der Prüfenden. Sie konnten die Gestaltungen und Vorgehensweisen nicht wirklich bewerten, weil derartige Unterrichte in ihren Lehrplänen nicht vorgesehen waren. Selbst in der Lehrerfortbildung wurde meine Methode heftig diskutiert. Weil sie nicht so einfach übertragbar war, wurden von mir Übungsreihen zur Darstellung entwickelt, um Kollegen in den Stand zu setzen, ähnliche Unterrichte auch für andere Fächer zu probieren. Noch heute werde ich auf diese ungewöhnliche Unterrichtsmethode angesprochen und gebeten, diese nochmals für die heutige Zeit zu nutzen.

Die Entwicklung sprechpathologischer Methoden hat mir besonderen Spaß bereitet. Diverse Unterrichte auch zur Behandlung des Stotterns wurden mit dieser Spielmethode zum Erfolg gebracht. Auch Ärztefortbildungen mit ähnlichem Anspruch gab ich. Durch die stete Anfrage unterschiedlicher Gruppen entwickelte ich mich zu einem Methodenerfinder. Das gab mir die Möglichkeit, aus den Zwängen institutionalisierter Arbeit auszubrechen und freiberuflich zu arbeiten. Auch in Fachzeitschriften wurde meine Arbeit besprochen und verbreitet. Folglich bekam ich die Gelegenheit, an diversen Hochschulen meine Arbeit zu präsentieren, so zum Beispiel in der Opernabteilung der Robert Schumann Hochschule Düsseldorf, an der Schauspielabteilung der Theaterhochschule Ernst Busch in Berlin, an der Deutschen Film- und Fernsehakademie in Berlin, am Mozarteum Salzburg, an der Musik-Universität Wien, an den Musikhochschulen Saarbrücken, Stuttgart und an den Universitäten Bochum, Duisburg und der Filmakademie Wien.

Anfang der neunziger Jahre zog es mich weiter nach Wien. Es sollten für mich die stimmigsten Jahre meines Lebens sein. An der Schauspielschule des Volkstheaters Wien erhielt ich eine Anstellung als Schauspiellehrer und Sprecherzieher, arbeitete mit vielen prominenten Schauspielern des Volkstheaters zusammen und lernte die Wiener Eigenwilligkeiten und Besonderheiten ihrer Sprache kennen, auch die Spaltung der Denkstrukturen, das heißt, anders zu denken als zu sprechen, anders zu sprechen als eindeutig zu meinen – das machte gar manchmal ein Gespräch mit Wienern anstrengend und irreführend. Aber ich konnte mich gedanklich erholen vom beruflichen Ausflug in die Kulturstrukturen in Duisburg, einer deutschen Stadt. Die reduzierte Geschwindigkeit des Wiener Lebens kam mir sehr entgegen.

Regelmäßig im Vorfeld der Abendvorstellung trainierte ich auch das in Österreich und insbesondere in Wien anerkannte und berühmte Serapionsensemble im Odeon Theater Wien. Es ist ein international besetztes Ensemble, das eine großartige Form des Körpertheaters beherrscht. Die Inszenierung wurde vom Leiter des Theaters selbst, Erwin Piplits, vorgenommen. Die Trainings umfassten die körperliche Koordination wie auch die notwendige Konzentration auf das jeweils sehr eigenwillige Inszenierungskonzept.

Ich erinnere mich an sehr kräfteraubende Spielformen, die das Ensemble an den Rand der Leistungsfähigkeit brachten. In diesen Extremsituationen wurde verbal ausgeteilt, und der Streit war kaum zu bändigen. Alle waren aufgebracht und die Anspannung wurde noch durch die Wiener Sprache und ihre Klangfärbung auf den Gipfel getrieben. Die Eigenwilligkeit des Wienerischen bestand darin, Streitigkeiten einerseits zu entfachen und gleichzeitig zu beruhigen. Die Beteiligten waren stets zutiefst irritiert und wussten nicht, wie sie reagieren sollten.

Das Piefke-Deutsch hat im Gegensatz zum Wienerischen eine klangliche Härte, eine Bestimmtheit und eine Eindeutigkeit. Ein „Ja“ ist ein „Ja“ und ein „Nein“ ist ein „Nein“. Das Wienerische ist stets dazwischen und eben nicht eindeutig. Anlass zum Streit gab es immer. Man konnte sich aber – je nach Laune – die Antworten selber aussuchen.

Ein Großmeister sprachlicher Verwirrung war Erwin Piplits selbst. Man war immer auf der Hut, nicht in falsche Fahrwasser zu geraten – schließlich wollte man ja auch nicht ständig im Streit leben. Er selbst schimpfte auf die Wiener Eigenheit, man durfte allerdings nicht den Fehler begehen, ihm zuzustimmen. Gerade als hochdeutsch sprechender Ausländer musste man sich hüten, Partei zu ergreifen. Als Trainer des Serapions-Ensembles war ich stets der Gefahr ausgesetzt, ein falsches Wort, eine falsche Partei, eine falsche Klangfarbe zu wählen und so die ganze Wut des Theaterleiters auf mich zu lenken.

Leider konnte ich dauerhaft diese Diplomatie nicht leisten, war aber durch diese Trainings gegen jede weitere Wiener Attacke gefeit und gut gerüstet, versteckte Anfeindungen gut zu parieren. Dabei war es immer mein Bestreben, meine sprachliche Kontrolle und

Taktik nicht überhand nehmen zu lassen. Diese Form der Kommunikation habe ich als erweitertes Spiel angesehen, ein Spiel auf verschiedenen Ebenen. Damit war die Wiener Kommunikation eine große Bereicherung in meinem Leben. Und dafür bin ich dankbar, auch wenn die Jahre in Wien anstrengend und kräfteraubend waren. Mit einem derartig eigenwilligen Ensemble habe ich sonst nirgendwo zusammenarbeiten dürfen.

Erwin Piplits, von dessen Theater sich Raphael in seinem Text sehr beeindruckt zeigte, wundert sich sehr über Raphaels Erwähnung, ihm sei dessen kurze Arbeitsphase eher negativ in Erinnerung: „Norbert leitete Anfang der Neunzigerjahre bei uns einen Workshop. Ich kann darüber nichts sagen, denn ich war nicht dabei. Die Begeisterung des Ensembles war jedenfalls enden wollend."

Er präzisiert seine Einschätzung noch: Raphaels Auftreten sei als autoritär und dem freiheitlichen Gedanken des Theaters nicht entsprechend empfunden worden.

„Wir kommen von der freien Inspiration, sind mehr für das Spontane, wollen nicht so eine überkultivierte Geschichte." Piplits räumt ein: „Er war bei uns einfach im falschen Theater; wir sind ein visuelles, nonverbales Theater, mit internationalen, nicht-deutschsprachigen Ensemblemitgliedern."

Seinen Namen verdankt das Theater dem serapiontischen Prinzip, das E.T.A. Hoffmann entwickelte, um extrem Gegensätzliches zu einer Einheit fusionieren zu können.

In Wien scheint Raphael bis Mitte der Nullerjahre dennoch ein erfülltes Leben gehabt zu haben. Seine angebliche jüdische Identität und Verwandtschaft mit Anne Frank spielten zu dieser Zeit keine oder kaum eine Rolle.

Liebe Anne,

immer empfand ich die Filme über Dich als zu vordergründig, zu plakativ und zu eindimensional. Sie wurden nur auf die Dimension des Spektakulären, der Sensation reduziert. Du hättest genug Anlass geboten, eine Realität hinter der Realität zu erfahren. Du hast häufig andere Formen der Realität durchlebt. Die Filmrealisationen über Dich waren Verfilmungen, die nur ein bestimmtes Publikum erreichen wollten. So bist Du für immer die junge jüdische hübsche Frau geblieben. Die Dramaturgie zielte sehr häufig auf ein Gefühl des Mitleids und der Schuld hin. Und damit waren die Karten klar gemischt – die Rollen waren zugeteilt.

Gern hätte ich einen Film über Dich aus der Sicht Michael Hanekes, des Leiters der Filmakademie in Wien, erlebt. Wahrscheinlich hätte ich gejubelt. Ich habe seine Schwarz-Weiß-Filme mit Bewunderung angeschaut und immer feststellen müssen, dass diese Betrachtungsweise sehr mit meiner Realität zu tun hatte. Er zeigte viele Facetten hinter der Realität, man schaute nicht auf die Gesichter, sondern hinter diese, häufig bis in die Gedanken und Absichten.

Wahrscheinlich hätte ein Film von ihm über Dich den Anspruch der sogenannten psychologischen Realität erfüllt. Jeder Zuschauer hätte sich seine eigene Anne im Kopf erspielt und eben nicht die festgefahrene Anne mit allen Standards der Wahrnehmung. So hätte es auch eines vertieften Blicks auf Otto Frank bedurft, um ihm aus seiner Lebenssituation angemessen gerecht zu werden. Es hätte eine wunderbare Begegnung sein können und jeder hätte die Person hinter der Person erfahren.

In Wien, an der Filmakademie, wurde ich wissenschaftlicher Leiter für szenisch-filmische Umsetzung. Gleichzeitig übernahm ich die stimmlich-sprecherischen Unterrichte für die Studierenden des Fachbereiches Filmschauspiel an der Filmakademie. Dafür pendelte ich wöchentlich von Köln nach Wien.

Es grüßt Dich
Dein Raphael

2005/2006 – er lebte inzwischen in Berlin – setzten bei Raphael schwere gesundheitliche Probleme ein. Nach eigenen Angaben erlitt er mehrere Schlaganfälle, mindestens einen findet sie in einem Arztbericht in seinem Nachlass bestätigt. Nach eigenem Bekunden war er eine Zeitlang des Sprachvermögens beraubt. Ausgerechnet ihn, den Dozenten für Sprechtechnik, ereilte ein solches Schicksal. Sein Freund Karl besuchte ihn in dieser Zeit.

„Er war total abgerissen, verwahrlost geradezu. Seine Sprache war phonetisch eingeschränkt, seine Artikulation wie gelähmt. Es war ein Bild des Grauens."

Auch finanziell sei es ihm sehr schlecht gegangen. Mit Aufnahme eines Dozentenjobs bei der Berliner „theakademie" schien sich seine gesundheitliche Lage zwar danach wieder zu stabilisieren, aber es erfolgte auch die Trennung von seiner zweiten Ehefrau, die fast 20 Jahre an seiner Seite gestanden hatte und, wie sich die ehemaligen Studierenden erinnern, ebenfalls Dozentin an diesem Institut war.

Als ich hörte, der Schauspielpädagoge, Regisseur und Autor Nikša Eterović suche für sein Ausbildungsinstitut in Berlin eine leitende Person für den Stimm- und Sprechbereich, nahm ich zu ihm Kontakt auf.

Ich hatte bereits viel über Stimm- und Sprechkompetenz geschrieben, was ihn sehr interessierte, und er wünschte, den besonderen Ansatz meiner Arbeit als Kompetenzerweiterung in sein Ausbildungskonzept einzubinden. Etwa dreißig bis vierzig Studierende hatten sich zu dieser Schauspielausbildung in einem alten Werksgelände eingefunden, um sowohl Inszenierungskonzepte als auch spezielle Fachprojekte zu entwickeln. Es gab auffällig viele Teilnehmende aus nichtdeutschsprachigen Ländern, die eine übergeordnete, umfassende und übergreifende Sprache entwickelten. An dieser Schaltstelle konnte ich meine besondere Sichtweise der Sprecharbeit einbringen, die insbesondere auf die Imagination der Artikulation fußt.

Diese sehr auf Experimenten basierende Arbeit war für uns alle ein großer Gewinn und eine ständige Auseinandersetzung in der Sache. Schade, dass diese pädagogische Arbeit zeitlich limitiert war. Nach zwei Jahren war dieses Theater-Projekt leider abgeschlossen.

Haben seine Schüler:innen damals Nützliches bei ihm gelernt, was sie in ihrem Beruf anwenden konnten? Wie haben sie ihn menschlich erlebt? Hat er ihnen seine jüdische Identität „preisgegeben"?

Pascal Spielvogel arbeitet inzwischen seit mehr als 15 Jahren als Schauspieler und Sprecher. Die Jahre seiner Ausbildung liegen weit entfernt in seiner Erinnerung. Nichtsdestotrotz lässt er an seiner Sympathie für den ehemaligen Dozenten keinen Zweifel aufkommen. Wie er ihn schildert, da hört sie gleich Raphaels einnehmende, sonore Stimmfärbung: „Er hatte eine solch schöne Stimme und auch eine schöne Art, Dinge zu erzählen. Das war schon einprägsam."

Sie erinnert einen Abend in kleiner Runde in Köln, beim Stamm-Italiener der Burger-Goldsteins: Raphael plauderte in gedämpfter, warmer Stimmlage über das ein oder andere skurrile Geschehen in seiner Wiener Zeit. Er konnte diesen Dialekt perfekt imitieren! Dabei war er nie laut. Er beherzigte das Konzept ‚Wenn du gehört werden willst, rede nicht lauter, sondern werde leiser!' Lautstärke, Menschen, die donnernd oder schrill lachten, waren ihm nicht angenehm. Da zuckte er zusammen und kräuselte die Augenbrauen, wandte sich ab.

„Er hatte so etwas Kauziges, Hutzeliges, wie er daherkam. Er gab sich, glaube ich, auch gebrechlicher, als er eigentlich war. Denn er wirkte absolut fidel und sehr wach im Kopf." Er sei ein nahbarer Lehrer gewesen: „So wie der nette Onkel, der immer da war. Das war schon ein nahes Gefühl, wir hatten einen guten Draht zu ihm."

Die Arbeit mit Raphael sei für ihn ein sehr gutes Fundament gewesen, er habe Methoden angewandt, die er später nie wieder so gefunden habe. Es habe fast experimentell gewirkt.

„Wir hatten ein Buch in der Hand und sollten uns so nah wie möglich an die Wand stellen, richtig dran kleben mit so viel Körperkontakt wie möglich und dann den Text lesen und uns währenddessen langsam an der Wand entlangrollen. Immer den Kontakt suchend und die Stimme frei diesen Text sprechend. Oder wir standen auf einem Bein, den anderen Fuß über das Knie gelegt und gingen in die Kniebeuge und lasen dabei den Text laut vor. Beide Übungen zielten darauf ab, den Körper ins Ungleichgewicht zu bringen, so dass die Stimme sich aufrichtet. Das fand ich unheimlich spannend!"

Pascal verweist auf Raphaels Dissertation, in der dieser sich in beeindruckender Weise mit der Korrelation von Gelenken und Sprache auseinandergesetzt habe. Sie klärt Pascal darüber auf, dass sein ehemaliger Dozent seine Promotion in Literaturwissenschaften und zu einem ganz anderen Thema abgelegt habe. Nun erntet sie ein schallendes Lachen.

„Herrlich! Das ist ja so typisch für ihn! Wir hatten damals schon so ein bisschen das Bauchgefühl, dass er manchmal mehr erzählt, als da ist. In Richtung des Schwaflers. Das war oft schon sehr ausgeschmückt", verrät Pascal. Aber: „Es war auch nicht wichtig, ob die Geschichte wahr ist oder nicht. Schon allein, wie er sie erzählt hat, war einfach schön."

Von der Halbbruder-Legende weiß Pascal nichts. Daran, so meint er, könnte er sich hundertprozentig erinnern, wenn er die jemals gehört hätte. Es scheint so, als ob Raphael phantasierte Herkunft in diesen beruflich erfolgreichen Jahren Mitte der Nullerjahre nicht im Vordergrund stand. Das deckt sich mit den Informationen, die sie in einem Fachartikel über phantasieanfällige Menschen gelesen hat. Demnach holen diese ihre Phantastereien häufig in Zeiten beruflicher Misserfolge wieder hoch, während sie in beruflich guten Phasen im Hintergrund bleiben beziehungsweise gar nicht mehr erwähnt werden.

Katharina Stueber, Schauspielerin, Sprecherin, Autorin und ehemalige Goldstein-Studentin, lächelt kopfschüttelnd in die Kamera beim Videotelefonat.

„Ich habe diese Geschichte mit Anne Frank erst sehr viel später erfahren und mich total gewundert. Davon hat er nie etwas gesagt. Dabei hat er doch sonst immer erzählt, was er so Tolles gemacht hat und wo er alles gelehrt hat. Mit der Story hätte er doch Punkte machen können!"

Bei ihr scheint das Gespräch etwas aufzuwühlen, das viel mit ihren eigenen Erfahrungen in dem Schauspielmetier zu tun hat.

„So etwas erlebt man oft bei Dozent:innen, die den eigenen Werdegang vielleicht nicht abschließen konnten, wie sie sich das gewünscht hatten." Sie gestikuliert viel mit den Händen, während sie Raphael beschreibt: „Er sah für mich aus wie ein klassischer Theatermensch. Er hätte auch Regisseur an der Schaubühne sein können! Auf eine Art so ein bisschen verhuscht. Immer gut gekleidet, mit diesem Schal um den Hals geworfen (sie deutet mit einer ausholenden Geste den Schwung an und verwuschelt sich die Haare) und – (jetzt deklamiert sie laut und tief) HO-HO! ICH BIN JA WE-E-E-R, DA MUSS ICH AUCH SO SPRE-CHEN!"

Sie regelt ihre Stimme wieder auf Normalton: „Sein Thema war dieses Räume-durch-Stimme-schaffen-Ding. Was er mit uns gemacht hat, das hat funktioniert, das hat Sinn ergeben. Und vielleicht war er kein berühmter Schauspieler"– sie zuckt mit den Schultern –, „aber er war ja wohl ein ziemlich guter Schauspieler, der einen Sprecherzieher gespielt hat!"

Jessica Hellmann, die im gleichen Jahrgang an der „theakademie" war und heute als Schauspielerin und Schauspieldozentin arbeitet, ist der Mensch Goldstein im Gedächtnis verankert geblieben.

„Er hatte etwas sehr Trauriges, Schweres. Er schlurfte da so rein, den Kopf immer gesenkt, aber gleichzeitig hat er von uns Studierenden unheimlich viel mitbekommen."

Eine Studienkollegin, erinnert sie sich, habe die besondere Unterstützung von Raphael erhalten.

„Der ging es nicht gut, sie kam aus schwierigen Verhältnissen. Alle Lehrer waren genervt von dieser Person. Nur Raphael meinte, sie sei ein Rohdiamant, der nur geschliffen werden muss. Er hat an sie geglaubt, was für sie sehr wichtig war."

Von der Berliner „theakademie" verabschiedete er sich 2007. Raphael begründet seinen Abgang mit einer zeitlichen Befristung des Lehrauftrags. Die Studierenden erinnern sich auch an eine physische Schwäche. Es war offenbar genau die Phase, in der seine „stimmigen Jahre", wie er sie nannte, zu Ende gingen, beruflich wie privat. 2007 begann er nach eigenen Angaben auch eine Lehrtätigkeit in Düsseldorf. Die neue Beziehung zu seiner dann letzten Ehefrau, ihrer Freundin, brachte ihm privaten Halt. Doch das Leben in mehreren Städten und an unterschiedlichen Stätten gleichzeitig tat ihm nicht gut, lädierte seine Gesundheit weiter. Es folgten gesundheitliche Einbrüche, gepaart mit beruflicher Unzufriedenheit. Vergeblich bemühte er sich um eine Frühverrentung. 2011 kehrte er zurück nach Wien. Ihre Freundin kann sich nicht erinnern, wann er wo genau in Wien gearbeitet hat.

„Es waren so viele Jobs! Er war die Woche über in Wien, am Wochenende in Köln. Selbst wenn wir in den Ferien in unserer Wohnung in Valencia waren, jettete er mit dem Flieger zwischendurch nach Wien!"

Die Atemlosigkeit ihres gemeinsamen Lebens ist ihr heute noch anzumerken.

Verbürgt sind seine Wiener Lehrtätigkeiten an der filmacademy von 2011 bis 2013, parallel dazu war er, bis 2014, auch an der Schauspielakademie Elfriede Ott beschäftigt. Anna Posch und ihre damalige Kommilitonin Christina Kiesler wurden „an der Ott" ausgebildet. Raphael-Maria Goldstein unterrichtete sie in Sprechtechnik. Bei einem Treffen weicht die anfängliche Beklommenheit über den Tod ihres Dozenten bald einem Erinnern an „alte Zeiten".

„Sein Unterricht war nicht mit anderen vergleichbar. Man konnte den Stempel ‚Goldstein' draufpressen." Wenn da irgendein Mechanismus auf der Bühne wirke, da denke Christina noch manchmal ‚Da ist ein Hauch Goldstein dabei'. Anna ergänzt: „Es ging ihm darum, dass wir behaupten sollen. Weniger, dass wir unbedingt etwas spüren müssen, wie beim Method Acting. ‚Gehen Sie raus und behaupten Sie!'"

Er habe gern gespielt mit dem, was in den Köpfen passiert. Er sei immer in einer großen Rationalität geblieben, gerade sprachlich.

„Ich habe ihn oft nicht so ganz verstanden. Weil sich das auch nicht die Hand gibt: Einerseits in die Emotion zu gehen und andererseits einen rationalen Blick auf alles zu bewahren, methodisch zu arbeiten."

Er habe sie immer angeregt, darüber zu reflektieren „Was kann ich behaupten? Und wie sehr kann ich es behaupten, dass das Publikum es noch glaubt?"

Nun muss die Journalistin schlucken. Hat Raphael in seinem realen Leben seine Grenzen ausgelotet, wie weit er mit seiner Behauptung, der Halbbruder von Anne Frank zu sein, gehen konnte – und meinte, sie noch nicht genug ausgereizt zu haben? Hat er auf ein Stoppschild gewartet, das nie kam?

Christina erwähnt ein Beispiel, das er seinen Studierenden gegeben habe: „Er hat mal eine Geschichte von einem Artisten erzählt, der irgendwo hinaufgeklettert sei, wo de facto kein Seil gewesen sei. Als er wieder runtergekommen sei, habe er sich verbeugt. Und die Leute hätten nur verständnislos geguckt. ‚Ja, haben Sie denn nicht gesehen, ich war da oben auf dem Seil', habe der dann gesagt und sei so stark in die Behauptung gegangen, dass er das ganze Publikum glauben machen konnte, dass er tatsächlich da oben auf dem Seil getanzt habe."

Christina sieht darin schon fast „Gaslighting" (Gezielte Verunsicherung), auf jeden Fall aber eine Form der Manipulation.

„Er hat mal erzählt, dass er sein Auto in einer Verbotszone geparkt habe. Die Polizei habe ihn aufgefordert, den Wagen sofort wegzufahren. Dann habe er das Behaupten ausprobiert: ‚Ja, wissen Sie denn eigentlich, wer ich bin?!' Daraufhin hätten sie von ihm abgelassen. Weil sie wohl dachten, dass er vielleicht irgendeine Instanz im Polizeiwesen sein könnte."

Ihre Freundin hatte ihr unzählige ähnliche Geschichten von Raphael erzählt. Kein einziges Strafmandat habe er bezahlt, ohne nicht zumindest zu probieren, ob er nicht noch aus der Nummer wieder herauskäme. Manchmal habe das sogar geklappt. Es war ein Spiel von ihm, es habe seinen

Widerspruchsgeist angestachelt, es sei ihm eine reine Freude gewesen, den Oberen eins auszuwischen. Zumindest es versucht zu haben.

Sie weiht die beiden jungen Frauen nun ein in ihre Erkenntnisse um seine „behauptete" Herkunft aus der Familie Frank. Beide kennen diese Geschichte, die dann wohl – so konstatiert sie – seit 2011 wieder „auf seiner Agenda" stand. Er habe Anna sogar vor ein paar Jahren angefragt, bei einer Lesung seiner „Briefe an Anne" den Part von Anne Frank zu übernehmen.

Christina nimmt die Nachricht von Raphaels alternativer Lebensdarstellung amüsiert auf: „Das ergibt doch sogar ein Stück weit einen Sinn. Als hätte sich ein Mensch zum Vorsatz genommen, ein großes Geheimnis zu kreieren in seinem Leben. Um dann zu schauen, wie die anderen reagierten. Er war ja auch ein bisschen ‚cheeky', hatte so etwas Freches, Spitzbübisches. Ich finde das sehr stimmig. Schauspielerisch ist das ein Geniestreich. So stark etwas zu behaupten, dass man sein Umfeld so täuschen kann."

Was beiden sofort wieder einfällt, ist eine Geschichte über seine Mutter.

„Er hat einmal über seine Mutter erzählt. Da ging es um das Her-Imaginieren von Persönlichkeiten. Da ist er plötzlich ganz bei sich gewesen. Er hat uns oft erzählt, dass seine Mutter, wenn sie den Tisch gedeckt hat, immer auch für den toten Vater ein Glas Wein eingeschenkt habe. Das sei ein Ritual gewesen. Sie habe immer so getan, als sei er noch da."

Christina weist noch auf Raphaels ausgeprägten Drang hin, Bühnensequenzen unaufhörlich zu wiederholen.

„Wie oft soll ich es denn noch wiederholen, dachte ich mir. Aber diese Frage hat er sich nicht gestellt."

Nach etlichen Jahren Berufserfahrung wisse sie nun, es gehe in diesem Beruf am Ende auch darum, wie lange man durchhält. Man müsse die Tiefen durchtauchen, ohne an sich zu zweifeln.

„Das ist eine innere Haltung. Die hat sich bei ihm offensichtlich auf sein ganzes Leben erstreckt. Das Durchhalten. Das Spiel ums Spiel."

Liebe Anne,

ich könnte meine Zeit damit verbringen, mir vorzustellen, wie Du wohl heute aussähest, was Du heute tun könntest, mit wem Du zusammen wärest. Es bleibt eine brisante Erfahrung, ein sich stets veränderndes Bild von jemandem zu haben. Für mich sind Fotografien ständige Übergriffe auf die Persönlichkeit und Überschreitungen der persönlichen Grenzen.

Eine meiner Schülerinnen, Anna Posch, war mir schon beim ersten Zusammentreffen im Unterricht aufgefallen. In meiner Vorstellung sah sie Dir sehr ähnlich. So habe ich sie vor Augen, wenn ich an Dich denke.

Ich stelle mir vor, Du wärest nach einer ausgiebigen Genesungsphase im Alter von ungefähr zwanzig Jahren in Zürich an die Schauspielakademie unter Felix Rellstab gegangen. Du hättest ein buntes Leben an den Theatern in der Schweiz geführt und Dich mit 85 Jahren nach Vira an den Lago Maggiore zurückgezogen. Heute wärest Du 92 Jahre alt.

Du würdest ein großes Haus mit einer unheimlichen Person bewohnen, die Dir dann und wann zur Hand ginge, wenn Deine Möglichkeiten erschöpft seien. Du würdest jetzt regelmäßig Hilfe benötigen. Das Haus, ein typisches Schweizer Haus mit Eingangshalle und vielen Zimmern, die im Parterre zu einem Theaterraum zusammengeschlossen wären. Das wäre ein sehr eigenwilliger, befremdlicher Raum, in dem Du Deine alten Figuren nachspieltest, und der einzige Zuschauer wäre dieser

Haushälter, der sich mit nahezu achtzig Jahren zum Applaus in den Zuschauerraum setzen müsste.

Deine Ängste, immer wieder versteckt zu werden, vorgeführt und sich bewähren zu müssen, hätten Dich jetzt im Alter dazu veranlasst, dieses Haus zu kaufen, Dich ab und zu an den See zu setzen, in die Weite zu blicken und Deinen Gedanken nachzuhängen. Nur mit Deinem Halbbruder hättest Du regelmäßigen Kontakt. Viele Fragen wären nach diesem langen, turbulenten Leben aufgelaufen und drängten nach Antwort. Nach Deinem wortreichen Leben hättest Du Dich in die Stille zurückgezogen, um niemandem weiter Auskunft über Dich und Deinen Beruf als Schauspielerin geben zu müssen. Häufig erhieltest Du Besuch von mir, Deinem Halbbruder, der von Deinem Leben, insbesondere von Deinen Traumata mehr erfahren wollte. Ich wäre der einzige Verbliebene aus Deiner Familie und hätte viele Fragen an Dich, die auch Menschen aller künftigen Generationen interessieren könnten. Doch Du sträubtest Dich und wärest wenig bereit, Antworten zu geben. So säßen wir vor dem Haus und blickten über den See.

In Deiner Jugend warst Du sehr gesprächig, doch nach dem Tod Deiner Schwester, Deiner Mutter und später Deines Vaters bist Du zunehmend verstummt. Du hast Dich auf das besonnen, was Dir am nächsten steht, auf das Theater.

Zum Ende seines Manuskriptes hin entwirft Raphael ein Szenario, das Anne Frank ein langes geheimes Leben schenkt. Er lässt sie ihren Lebensabend am Lago Maggiore im Schweizer Tessin ausklingen mit sich selbst, dem Halbbruder, als einzigen Außenkontakt. Er scheint, als projiziere er die Vision seines eigenen vorgerückten Alters in diese Fiktion um seine phantasierte Halbschwester. Er konzipiert für Anne wie auch für sich die Rolle des gefeierten Bühnenstars, der sich nach einem anstrengenden Leben in der Öffentlichkeit in die Einsamkeit zurückzieht und dort „verstummt". Das Tessin, ein Sehnsuchtsort, der in ihm vielleicht auch durch Ruth Schweikert begründet worden war. Ihre Familie, so hatte sie erzählt, besitze dort ein Ferienrefugium, in dem Raphael häufig zu Gast war. Ganz in der Nähe hatte er Anfang der 1990er an der Scuola Dimitri gelehrt. Den Alterssitz am See beschreibt er wie ein Privattheater, das er dafür nutzt, die Figuren seines Lebens nachzuspielen.

Es war Philip Roth, der jüdisch-amerikanische Schriftsteller, der in seinem Roman „The Ghost Writer" Anne Frank ebenfalls ihr Martyrium hatte überleben lassen.

Die Journalistin sucht nach den Fotos, die sie vor Monaten in Köln von Raphaels Bücherregal gemacht hatte. Ihre Erinnerung täuscht sie nicht. Sie erkennt in seinem Regal sofort das schmale Taschenbuch von Philip Roth. In einer Nebenhandlung dieses 1979 erschienenen autofiktionalen Romans um den 23-jährigen Nathan Zuckerman taucht die Figur der 26-jährigen Amy Bellette auf „mit dem auffallenden Gesicht, dem bezirzenden Akzent, dem vortrefflichen Prosastil". Roth entwickelt einen aberwitzigen Plot. Sein Protagonist Zuckerman imaginiert, das Mädchen Amy sei Anne Frank, die unter falschem Namen und ohne dass ihr Vater Otto davon wüsste, in Amerika lebe, „um ihr Leben zu vergessen". Der junge Nathan, der sich in sie verliebt, schwärmt von Annes Tagebuch, ihrer Schreibkunst: „Diese Glut in ihr, der Geist, von dem sie beseelt war – immer unterwegs, immer etwas Neues anfangen …"

Und Roth lässt ihn sagen: „Aber ach, ich konnte sie nicht herausheben aus ihrem heiligen Buch und sie in diesem Leben zu einem Wesen aus Fleisch und Blut machen."

Der Haushälter bringt einen Tee an den See und lässt uns beide allein. Er beherrscht die Kunst, da und zugleich nicht da zu sein. So sitzen wir schweigsam beieinander. Ich, Dein Bruder, frage Dich, ob Du Deiner verlorenen Kindheit und frühen Jugendzeit nachtrauerst oder ob Du noch eine Wut verspürst. Du antwortest, Du habest ein spannendes Leben führen dürfen. Doch nunmehr gelte es, einen angemessenen Lebensabschluss zu finden. Du möchtest ein äquivalentes Finale haben, das Deinem Lebensanfang angemessen wäre.

Die Hinterhaus-Situation sei für alle Folgejahre einschneidend gewesen, Du seist entgegen Deinem Naturell zum Stummsein verpflichtet worden. Du ständest immer für die große Freiheit im Denken und im Handeln, doch alle um Dich herum seien mehr auf die Außenwirkung bedacht gewesen, die sich durch Haltung, Disziplin und Atemlosigkeit gezeigt hätte. In der Mitte ihrer Lebensjahre habest Du Dich von diesen Bedingungen frei gemacht, was Dir viel Kraft abverlangt habe. Natürlich sei die Liebe zum Theater groß und es zur damaligen Zeit die richtige berufliche Entscheidung gewesen. Nur das „Theater" um das Theater habe Dich abgeschreckt. Und so hast Du Dich an diesen Ort zurückgezogen. Du habest die große Bühne gemieden und seist lieber in Dein kleines Theater gegangen, ohne großes Spektakel und Applaus und mit nur noch einem Zuschauer. Dein kleines Theater sei der einzige

Raum gewesen, den Du als Freiraum für Deinen Kopf empfunden hast. Nur dort hast Du atmen können, ohne sofort zu ersticken.

Raphael wusste Szenen zu entwickeln. In entscheidenden Passagen brachte er immer wieder die „Tasse Tee“ ins Spiel. Bei den Beschreibungen seiner Besuchsinszenierungen in Birsfelden bei Otto Frank und seiner Frau habe man ihm Tee angeboten, die Parteien hätten einander gegenübergesessen. Es kam ihr vor, als beschreibe er in dieser Szene ein Bühnenbild. Auch beim Erstbesuch bei seiner Mutter Esther gab es erstmal einen Tee. Mit Jacqueline van Maarsen trank er Tee. Annes Haushälter serviert Tee.

Raphael schien ein Faible für dieses Setting zu haben. Die „Tasse Tee“ ist aufgeladen mit bourgoiser Symbolik, mit der Raphael sich gerne umgab. Dabei trank er selbst nach Aussage seiner Frau „so gut wie nie Tee“.

Gerade die 50er Jahre sowohl in der Schweiz als auch in Deutschland seien so einschnürend und atemlos erschienen, dass Du häufig über ein Ende Deines Lebens nachgesonnen habest. Aber Du hast Dich entschieden weiterzuleben, dafür habe es bestimmt einen Grund gegeben. Du habest Dich als Instrument und Argument empfunden und wolltest dem Geschäftssinn des Vaters und seiner Schweizer Stiftung nicht entsprechen. Du seist zu jung gewesen, um Dich dagegen wehren zu können. Plötzlich habe alles ein Eigenleben entwickelt, das nicht zu stoppen gewesen sei. Du bist dankbar am Ende, diesen stillen Ort gefunden zu haben, wo Du unbehelligt einfach nur sein könntest.

Selbst Dein Kerker, Dein Versteck in Amsterdam sei vermarktet worden. Tausende schauten nun auf ihre Theater- und Schauspielwand und wollten wissen, wo Du Deinen ersten Kuss gegeben hast. Alles werde breitgetreten, alles werde zur Sensation. Wohlmeinende Freundinnen und Freunde hätten sich an ihre Bitte gehalten und Dich nicht nur als Überlebende bezeichnet.

Zwar dankst Du für die Möglichkeiten der Veröffentlichung und Bereitschaft zur Akzeptanz Deiner Worte. In Amsterdam hat man sogar ein Theater gebaut, das immerzu ein Stück mit dem Titel „Anne“ von Leon de Winter spielt, einem großartigen, holländischen Schriftsteller. Du bist erschrocken gewesen, wie vordergründig die Dramaturgie und die Spielart geblieben sind. Es ist das Gegenteil Deines kleinen Theaters in

Vira. Dort gibt es kein teures Programmheft, das man in einem eigens konzipierten Restaurant lesen kann. In Amsterdam wäre mehr Bescheidenheit angeraten gewesen – das hätte zu Deiner Person besser gepasst.

Warum hast nur Du überlebt, fragtest Du Dich immerfort und fändest keine Antwort. Es gibt das Gefühl der Schuld, überlebt zu haben. Jahrelang habest Du Deine Schwester vermisst und in der Nacht nach ihr gerufen. Deinen großen Wunsch zu schreiben habest Du aufgegeben. Du hättest nichts mehr beschreiben, formulieren und aus der Ferne betrachten können. Du wolltest Deine Emotion direkt und unverfälscht in die Welt hinausschreien. Der Kummer sei zu groß gewesen.

Im Laufe der Zeit sei Dein Schmerz zwar nicht geringer geworden, aber Du hättest gelernt, damit zu leben. Zunehmend wärest Du stiller geworden, weniger fordernd, ja ruhig – Du hättest der Welt nichts mehr zu sagen. Einzig, dass alle Menschen den gleichen Weg gingen, ob sie es wollten oder nicht.

Du trinkst erschöpft den kalt gewordenen Tee. Du blickst auf den See hinaus. Du fragst, ob ich das Gedicht „Verzweifelt" von August Stramm kenne. Und sprichst leise mit fester Stimme:

„Droben schmettert ein greller Stein
Nacht grant Glas
Die Zeiten stehen
Ich
Steine.

Weit
Glast
Du!“

Dann ist Stille. Nur das leise Plätschern des Sees. Du magst die offene, freie, moderne und abstrakte Lyrik, die scheinbar alles, auch die Sätze auflöst und in die Ferne verschwinden lasse, Du magst insbesondere August Stramm, denn er hat ein gegenläufiges Leben geführt – einerseits habe er im stark reglementierten Postdienst Karriere gemacht, andererseits erzeugte er gerade durch das Brechen der grammatikalischen und syntaktischen Regeln Klang und Rhythmus in seinen Gedichten. Ein Widerspruch, der Dir gefalle. 1915 sei er in Russland im Gefecht gestorben, wie so viele im ersten Weltkrieg. Leider sei er heute nicht mehr so bekannt, wie es ihm gebühre, erklärst Du mir.

2008 wurde Raphael Leiter des Fachbereichs Film an der privaten Ruhrakademie Schwerte, die sich auf ihrer Homepage zu den erfolgreichsten privaten Akademien Deutschlands zählt. Die Ausbildung beruhe auf dem Bestreben, nicht nur das „Handwerk“ zu lehren, sondern darüber hinaus „durch experimentelle und spielerische Übungen, dem Hinterfragen etablierter Ordnungen, sowie interdisziplinärem Denken und Handeln ungewöhnliche und innovative Arbeiten zu fördern“. Dort leitete Professor Goldstein gemeinsam mit seinem Kollegen und stellvertretenden Akademieleiter Frank Erhardt sieben Jahre lang den Fachbereich Film. Erhardt erzählt von den gemeinsamen Anfängen.

„Wir hatten gemeinsam festgestellt, dass es in Deutschland keinen Studiengang Filmschauspiel gab, also keinen, der sich wirklich ausschließlich auf den Film bezieht.“

So hätten sie etwa eineinhalb Jahre an einem Konzept gearbeitet. Seit 2014 böten sie den Studiengang an, bis zu Raphaels Tod arbeiteten die beiden Männer eng zusammen.

„Ich habe selten so einen engagierten und kooperativen Menschen kennengelernt wie ihn“, sagt Ehrhardt.

Sie merkt ihm an, wie traurig ihn der Tod seines Kollegen noch immer macht. Er erzählt mit Stolz von den „neuen Wegen“ an der Akademie. Als einziges Institut arbeite man in Schwerte mit dem Drei-Säulen-Modell aus Phonodynamik, Psychodynamik und Physiodynamik.

„Wir bieten zum Beispiel so ungewöhnliche Sachen an wie ein Tangoseminar, was die dialogische Basis vermitteln soll.“

Für die Journalistin hört sich das nach dem „typischen

Goldstein-Stempel“ an, den seine Wiener Studentin Christina so benannte. Ein Tango-Seminar zur Vermittlung schauspielerischen Handwerks passte zu ihm, obwohl er, wie seine Frau beteuerte, überhaupt kein Tänzer war. Wie reagierten die Studierenden auf ihren augenscheinlich aus dem Rahmen des Üblichen fallenden Prof? Erhardt antwortet voller Wärme: „Es dürfte schwergefallen sein, ihn nicht zu mögen.“

Dabei habe der Kollege Goldstein durchaus auch polarisiert. Manche waren der Meinung, er rede zu viel und zu philosophisch. Die jüngeren Menschen vermissten bei ihm die „action“, sie wünschten sich einen lebhafteren Unterricht.

„Ich habe ihnen dann gesagt: ‚Die Lebhaftigkeit, die erlebt ihr zwischen den Zeilen, versucht das mal!‘“ Er habe etliche Absolvent:innen später sagen hören: „Jetzt verstehe ich, was er meint. Ich kann es gebrauchen, ich kann es anwenden.“

Der Schwerter Filmdozent redet mit so unverhohlener Sympathie von Raphael, dass es ihr besonders schwerfällt, mit der Wahrheit herausrücken zu müssen. Erhardt, das spürt sie deutlich, hegte keinerlei Zweifel an der jüdischen Halbbruder-Geschichte. Und tatsächlich: Ihn berührt die Aufdeckung der Lüge nochmal ganz anders als alle anderen zuvor. Kein ‚Typisch!‘ oder ‚Das habe ich mir doch immer schon gedacht!‘ Sie blickt bei ihrem Zoom-Gespräch in ein Gesicht, dem sie ansieht, dass hier ein Mensch einen winzigen Augenblick den Boden unter den Füßen zu verlieren droht. Ganz kurz nur. Dann sagt er sehr ruhig: „Deswegen schätze ich ihn nicht weniger.“ Er setzt nach: „Überhaupt nicht.“

Sie reden noch eine ganze Weile, als ihm plötzlich ein anderer ehemaliger Lehrender der Ruhrakademie in den Sinn kommt. Raphael habe ihn seinerzeit engagiert, er sei wohl ein Bekannter von ihm gewesen. Aber da sei es dann bald zu einem Eklat zwischen den beiden Männern gekommen.

„Er saß hier in meinem Büro und regte sich fürchterlich auf. Die ganze Vita von Raphael sei erlogen, die Herkunft auch."

An eine Zusammenarbeit sei da nicht mehr zu denken gewesen. Man habe sich schließlich von dem anderen trennen müssen. Géza Melczer-Lukács heißt dieser Mann, „der zu viel wusste". Er ist in Ungarn geboren, promovierte in Rechtswissenschaften und arbeitet seit vielen Jahren als Theaterregisseur, Schauspiellehrer, Choreograf und Autor. Zuletzt fungierte er als künstlerischer Leiter der Odoroka Theaterproduktion in Bonn.

Sie finden schnell einen Termin, Treffpunkt eine bekannte Konditorei in Kölns Innenstadt. Er scheint etwa im gleichen Alter wie Raphael zu sein. Ihr Eindruck, als er das Café betritt: ein Künstler „alter Schule". Raumgreifend in Erscheinung und Sprache, freundlich und offen im Gespräch.

Er habe Raphael ungefähr 2012 in einer Kölner Schauspielschule kennengelernt. Da hätten sie beide unterrichtet. 2016 habe er ihn dann angerufen und ihm die Zusammenarbeit an der Ruhrakademie Schwerte angeboten. Die Journalistin hatte ihm schon zuvor am Telefon erzählt, dass sie durch den stellvertretenden Akademieleiter auf ihn aufmerksam geworden ist. Er habe ihr zugetragen, dass er, Melczer-Lukács, Goldsteins Reputation in Frage gestellt habe. Sie kann kaum zu Ende sprechen, so schnell schießt die Antwort heraus: „Allerdings. Raphael hat früher in der Schauspielschule von Arved Birnbaum in Köln unterrichtet. Da hat es damals Krach gegeben, weil er für seine Qualifikation keine Belege hatte. Da ist er rausgeflogen."

Er selbst habe dann auch im Internet geforscht und nichts über ihn gefunden.

„Das ist ungewöhnlich. Er hatte keinen ‚Stallgeruch', verstehen Sie. Das, was einen Bühnenmenschen, einen Schauspieler, einen Sänger, einen Tänzer ausmacht. Wenn ich angeblich so tolle Sachen gemacht habe, warum findet sich davon nichts im Internet?"

Spätestens bei der Zusammenarbeit in Schwerte waren ihm Zweifel an den Qualifikationen seines Mit-Dozenten gekommen. Ihm sei aufgefallen, dass Raphael nur theoretisch unterrichte, Vorlesungen gehalten habe, was in der Schauspiel- und Regieausbildung völlig unüblich sei.

„Ganz ehrlich: In einer Schauspielschule hat man 25 praktische Fächer und am Abend ist man kaputt wie ein Leistungsathlet. Aber er hat nur Vorlesungen gehalten, wovon selbst ich kaum etwas verstanden habe. Vollgestopft mit Fremdwörtern."

Melczer-Lukács echauffiert sich sichtlich.

„Ich habe ihm gesagt, ‚Du zeigst überhaupt nichts von deinen Fähigkeiten'. Da antwortete er ‚Ich bin keine Tanzmaus!' Schauspiel kann man nur mit Übung lernen und nicht mit Büchern. Es ist schön, Bücher zu lesen, aber wer 800 Seiten von Stanislawski durchliest, weiß nicht, wie Schauspielen geht. Das ist ein Handwerk und keine Theorie."

Vielleicht kam er einfach mehr von der Theorie, wirft sie ein. Melczer-Lukács schüttelt unwirsch den Kopf.

„Und wo hat er die gelernt? Ich habe von Herrn Professor Goldstein oder Burger kaum etwas gefunden, weder im Internet noch in Archiven. Es gibt nichts Lexikales, Inszenierungen oder Filme, die er gemacht hat. Irgendwo hat er mal Gedichte auf einer Schallplatte gesprochen."

Der Gedanke daran scheint ihn friedlicher zu stimmen: „Eine sehr schöne Stimme hat er gehabt, Bassbariton. Ohne Zweifel sehr schön."

Géza beschreibt Raphael als jemanden, der zunächst einen guten Eindruck hinterlasse, zurückhaltend und intellektuell.

„Aber auf Nachfrage kam da nichts. Ich habe keine Spuren von Wissen in unserem Fachbereich Schauspiel-, Theater, Film-Unterricht bei ihm vernommen."

Er habe etwa von einer Operngesangsausbildung geredet und dass er an der Kölner Musikhochschule arbeite.

„Es war vieles einfach nur Kulisse bei ihm. Raphael – rest in peace! Meiner Meinung nach hatte er etwas von Felix Krull."

Er habe eben einen sehr kreativen Umgang mit der Realität gehabt. Mit diesem abschließenden Urteil scheint er im Reinen zu sein: „Ich sehe ihn nicht als Hochstapler, ich sehe ihn als Träumer."

Warum er sich denn damals so sicher war, dass seine Verwandtschaft mit Anne Frank eine Mär war?

„Als gebürtigem Ungar ist mir die Ungarin Esther Goldstein ein Begriff, die Kronzeugin aus dem Eichmann-Prozess. Ich kannte ihr Schicksal, wollte mit ihm darüber reden, aber von ihm kam absolut nichts. Und dann diese Geschichte, dass er in Amsterdam geboren ist! Er hat mich mal in Schwerte vom Bahnhof mit seinem Auto abgeholt. Da hat er die Musik angemacht und es lief ‚Amsterdam' von Jacques Brel."

Er hebt die Hand zu einer Verständnislosigkeit ausdrückenden Geste. „Als wenn er das extra als Präsentation für mich gemacht hat! Damit ich auch bloß glaube, er sei in Amsterdam geboren!"

Géza Melczer-Lukács erwähnt das Schauspielzentrum in Köln, wo er Raphael kennengelernt habe. Der damalige Leiter, Arved Birnbaum, war ein bekannter deutscher Schauspieler. Im Oktober 2021, nur wenige Wochen nach Raphael, ist auch er gestorben.

Sie wendet sich an seine Frau, Sabine Birnbaum, damals wie heute Leiterin der Schule und einer Schauspielagentur. Sie bestätigt, dass Raphael von 2012 bis 2016 zunächst als Dozent für Theaterwissenschaft an dem privaten Kölner Institut tätig war und später auch Monolog- und Sprechunterricht gegeben habe.

„Er war ein hervorragender Dozent!“, fällt ihr unmissverständliches Urteil aus. Aber sie schränkt auch ein: „Zwischenmenschlich war es mit ihm schwierig.“ Deshalb kam es dann auch zum Bruch, man habe sich von ihm getrennt. Ja, sagt sie, man könnte von „Krach“ sprechen.

Die beiden Frauen telefonieren miteinander, während Sabine im Auto sitzt, und die Journalistin fragt sich recht bald, ob ein immobiler Ort verkehrstechnisch nicht sicherer wäre, um über eine augenscheinlich hochexplosive und zutiefst emotionale Episode im Leben des Ehepaares Birnbaum zu sprechen.

„Wir hatten schon ein sehr spezielles Verhältnis, Raphael und ich“, bekennt sie gleich. Es habe heftige Diskussionen gegeben. „Es war so klar, dass vieles, was er erzählte, nicht stimmte. Wir, mein Mann und ich, wurden da immer ratloser. Er hat den Student:innen erzählt, welche tollen Hollywood-Schauspieler er alle synchronisiert habe. Früher haben ihm das die Menschen vielleicht geglaubt, weil man es so leicht nicht überprüfen konnte. Aber mit Google bist du schnell entlarvt, da kannst du alles abchecken. Und die jungen Leute haben ihm schon unter die Nase gerieben, dass er Mist erzählt hat.“

Wie er darauf reagiert habe?

„Er konnte gar nicht damit umgehen und brüllte gleich los. Wie man IHM“ – sie betont einzelne Worte –, „der in WIEN am MAX REINHARDT-Seminar lehrte und was-weiß-ich nicht alles gemacht hatte, so etwas sagen könnte!“

Sabine erinnert sich auch an amüsante Situationen: „Er erzählte uns mal, er habe früher das Sandmännchen im Fernsehen gesprochen. Da haben mein Mann und ich uns nur angeguckt. Das Sandmännchen spricht doch gar nicht! Wir haben oft dagesessen und uns gefragt, was denkt er sich dabei, wenn er so etwas erzählt?"

Ihr Mann Arved habe immer beschwichtigend reagiert: „Er kann doch nichts dafür!"

Die Anne-Frank-Geschichte sei ein großes Thema gewesen. Sabine mutmaßt sogar, dass er sich vielleicht gezielt an ihrer Schule beworben habe, weil er aufgrund des Namens Birnbaum dachte, sie seien Juden. Das sei aber nicht der Fall. Umgekehrt hätten sie und ihr Mann Raphael, der ja angab, Jude zu sein, einmal um Hilfe gebeten, als sie Kontakt zu einer jüdischen Gemeinde suchten. Er hatte ihnen den Bären aufgebunden, er sei im Vorstand einer solchen. Sie wiederum hatten zuvor erfahren, dass in dem Gebäude der Schauspielschule früher jüdische Zwangsarbeiter interniert waren, und suchten nach einer Möglichkeit, in Form eines Denkmals oder einer Gedenktafel darauf hinzuweisen. Aber anstatt der erwarteten Unterstützung hätten sie von Raphael nur Hohn geerntet. Was sie sich denn vorstellten! Mit so etwas würde er die jüdische Gemeinde bestimmt nicht belästigen!

Verständlich wurden ihnen solche irrationalen Reaktionen, als nach und nach immer offensichtlicher wurde, dass er es mit der Wahrheit nicht so genau nahm. Zum endgültigen Bruch sei es 2015 gekommen. Damals hatte die Schauspielschule die Verlängerung der staatlichen Anerkennung beim Regierungspräsidium Köln beantragt. In diesem Zusammenhang wurde ihnen mitgeteilt, dass Herr Goldstein die zulässige Qualifikation für seinen Tätigkeitsbereich (Lehrer der Sekundarstufe II) nicht nachweisen könne und man daher seine Stelle mit einer qualifizierten Person zu besetzen habe.

Mit fehlenden Unterlagen über seine vorgegebenen Dozententätigkeiten an renommierten Instituten hatte das Zerwürfnis also gar nichts zu tun. Genau genommen war dieses behördliche Insistieren einfach Pech für Raphael. Und für die Birnbaums, so räumt Sabine ein, sei es ein nicht unwillkommener Anlass gewesen, die schwierige Zusammenarbeit beenden zu können.

Sie erzählt weiter: „Damals wurde es mit Raphael nur noch bizarr. Ich habe den E-Mailverlauf über diesen Vorgang damals abgespeichert, weil der so irre war!"

Als ob sie geahnt hätte, dass da noch jemand kommen würde, der Interesse daran zeigt. Sie leitet ihn der Journalistin weiter. Ausgedruckt: 37 Seiten. Sie kürzt ihn ein auf die Essenz. Es könnte ein Stück absurden Theater sein:

11. Januar 2015: Raphael beklagt sich wortreich über mehrfach abgesagte Unterrichtsstunden. Bei den Schülern entstehe dadurch das Gefühl von Unwichtigkeit seines Unterrichts; sie würden vermehrt fehlen. Er fordert eine Lösung durch die Schulleitung, sonst werde er seine „Unterrichte zur Disposition stellen".

Es folgen E-Mails mit Geplänkel und der Verabredung zu einem Treffen von Arved Birnbaum und Raphael.

21. Januar: Raphael beklagt, dass seine Unterrichtsstunden von Seiten der Schulleitung eingestellt worden seien. Zum Abschluss zitiert er seine „Mutter" Esther Goldstein, die immer gesagt habe: „Lass' dir nie die Tür vor den Kopf schlagen." Er beschwert sich in den nächsten Tagen mehrfach über eine ausbleibende Antwort.

4. Februar: Sabine schickt Raphael „zur Kenntnis" einen amtlichen Brief eines Herrn Sch. vom Regierungspräsidium Köln. In dem steht u. a. zu lesen, dass die staatliche Anerkennung voraussetze, Lehrkräfte mit einer Lehramtsbestätigung Sekundarstufe II einzusetzen. Diese besitze Herr Goldstein nicht und er könne deshalb auch nicht länger eingesetzt werden.

Am gleichen Tag antwortet Raphael: „Wieso erdreistet sich Herr Sch., meine beiden Titel zu übergehen?" Er listet seine – angeblichen – Studien und Abschlüsse auf, darunter nun zwei Doktortitel und Professuren an der Deutschen Film- und Fernsehakademie Berlin und der Filmakademie Wien. Er droht: „Ich werde mich nicht mehr mit Herrn Sch. beschäftigen. ... Offensichtlich hat er nicht zur Kenntnis genommen, wer ich eigentlich bin. ... Ich werde den Regierungspräsidenten auf seinen Mitarbeiter Sch. hinweisen."

5. Februar: Arved und Sabine drücken in einer E-Mail an Raphael ihre Wertschätzung seiner Arbeit aus und verweisen darauf, dass sie nicht für die Kündigung verantwortlich seien, sondern das Schulamt.

Replik am gleichen Tag, der Ton bleibt scharf. Der „zynische Vorgang" erinnere ihn an seine „Mutter" Esther Goldstein, die „Bahnschwellen von links nach rechts tragen musste, ohne Sinn und Verstand. Das war 1944 in Auschwitz."

Zwei Stunden später schickt er eine weitere E-Mail, in der er noch einmal seine Abschlüsse und Meriten auflistet.

Weitere zwei Stunden später antworten die Birnbaums: „Hiermit beenden wir die Kommunikation mit dir. Wir wünschen dir alles Gute!"

Raphael klagt daraufhin: „Euer Zynismus ist unbeschreiblich." Er verweist auf einen ARD-Bericht, der von Otto und Anne Frank handelt.

Zwei Wochen später fordert Raphael eine „Betätigungsbestätigung“ von der Schauspielschule an. Sie wird ihm zugesichert. Es folgt ein Hin und Her, an welche Adresse die Bestätigung geschickt werden soll.

Wenige Tage später – Raphael hat die Bestätigung offensichtlich erhalten – moniert er sie inhaltlich: U. a. betont er, er habe keine Monologe inszeniert und fordert eine Korrektur. Auch besteht er darauf, dass seine Titel genannt würden.

Als die Birnbaums nicht sofort reagieren, schickt Raphael wieder mehrere E-Mails. In der letzten betont er, er müsse als Stiftungsrat des Anne Frank Fonds seine Nebentätigkeiten in der Schweiz nachweisen. Er erhält die Bestätigung wie gewünscht.

Raphael bemängelt nun, dass die Bestätigung ihm nun nicht mehr bescheinige, auch Monologe inszeniert zu haben. Sabine antwortet umgehend mit einem Auszug seiner eigenen E-Mail, in der er genau zu diesem Punkt eine entsprechende Korrektur gefordert hatte.

Raphaels Antwort: „Habt ihr keine wichtigen Probleme? Ich bitte um mehr Niveau!“ Die korrigierte Bestätigung ist wohl eingetroffen. Raphael führt erneut seine außerordentliche Verletztheit an und fordert ein persönliches Treffen mit Arved. „Kein Mensch in meiner beruflichen Vergangenheit hat es jemals gewagt, in dieser Brutalität und in diesem Zynismus zu handeln.“

Die Birnbaums antworten auf weitere E-Mails von ihm erst **am 6. Mai:** „Der Kontakt zu dir wurde in verständlicher Weise abgebrochen, nachdem du unsere Schauspielschule mit Auschwitz verglichen hast. Das ging zu weit. Wir wünschen dir alles erdenklich Gute!“

Raphael bestreitet diesen Vergleich und kündigt an, „die Sachlage gerichtlich klären zu lassen".

Zweieinhalb Stunden später schickt er noch einen Nachtrag, in dem er „Berufsschädigung, üble Nachrede und Verleumdung" anführt. „Dagegen muss ich mich gerichtlich wehren."

Sabine schickt ihm kommentarlos die Kontaktdaten ihres Anwalts.

Raphael antwortet **wenige Minuten später:** „Ich brauche den Anwalt nicht, da reicht zunächst eine Anzeige."

Am gleichen Tag: Sabine schreibt nun per Sie an Prof. Dr. Goldstein und bittet, jede weitere Kontaktaufnahme zu unterlassen. Sie verweist auf den Anwalt, der cc gesetzt ist.

Ende des E-Mailverkehrs.

Liebe Anne,

immer noch unterrichte ich an der Ruhrakademie. Mein sprecherischer und insbesondere unterrichtlicher Einsatz ist groß und regelmäßig. Viele Themen habe ich in der Vergangenheit schon angesprochen, gelehrt, durchdiskutiert. Ich wiederhole meine Themen regelmäßig. Die Studierenden sind im Alter von zwanzig bis dreißig Jahren. Auffällig – im Gegensatz zu Wien – sie werden immer fordernder und lautstärker. Das hat zur Folge, dass die Unterrichte anstrengender und zentrierter sind. Mir wird immer erkennbarer, dass die jungen Menschen in einer anderen Welt leben als ich. Es soll zunehmend eine Verschulung stattfinden, mit allen Bausteinen, die einen Inhalt systematisch aufschließen. Die notwendige Kreativität scheint für die Studierenden schneller zur Überforderung zu werden.

In den letzten Jahren habe ich mich mehr auf das Zuhören verlagert, zuvor war es mehr die Geschwätzigkeit. Da hatte ich häufig eine vorschnelle Meinung zu vielen Dingen und Menschen, die mir eher unbekannt waren. Zu häufig habe ich die anstehenden Fragen eindeutig, zuverlässig und direkt beantwortet. Je älter ich werde, umso mehr beobachte ich mein Umfeld und schweige. Zunehmend fehlt mir überhaupt eine Antwort. Ich bin vom Sprecher zu einem Zuhörer geworden, in vielen Situationen scheine ich weniger zugänglich als früher. Es fällt mir schwerer, mich in Gesprächssituationen angemessen zu beteiligen. Sehr häufig ertappe ich mich dabei, dass ich seitlich am Gespräch vorbeidenke und dabei meinen eigenen Gedanken nachhänge. Und wenn man mich direkt fragt oder mich ins Gespräch einbinden will, versagt häufig meine Stimme, wohl ein Zeichen des Unwillens und des langsamen Abwanderns in eine andere Welt. Auch in Unterrichtsstunden, deren Inhalte ich schon immer so oder in ähnlicher Weise formuliert habe, beobachte ich hier und da eine gedankliche Absenz, die dazu führt, mich selbst als Sprecher in meiner Ausdrucksform zu beobachten. Dabei merke ich meine schwindende Kraft, mehr und eindeutiger zu überzeugen.

Nach fast 50 Jahren regelmäßiger Unterrichte wird mir das Verstummen fast zur Verpflichtung. Vor diesem Hintergrund überlege ich mir, welche Tätigkeit noch möglich sein wird, wenn die gewohnte unterrichtliche Arbeit wegfallen wird. Bis jetzt habe ich nicht den Mut, eine mir bekannte Arbeit einfach durch eine andere zu ersetzen, zumal ich nach wie vor angefragt bin. Viele wollen bei mir Unterricht erhalten, wenn auch mit größeren Forderungen. Vor allem soll der Unterricht angenehm und mühelos sein. Das würde ich als Gefälligkeitsunterrichte bezeichnen. Dafür bin ich eher schlecht geeignet. Vielleicht sollte ich meinen Platz für einen Jüngeren räumen. Sollte es früher notwendig sein, so wird es mir auch zu dieser Zeit möglich sein, so hoffe ich, damit die Würde nicht verloren geht.

Natürlich fühlte ich mich im Nachgang meines Berufes in Wien geehrt, diese Aufgabe an der Ruhrakademie übernehmen zu dürfen. Aber erneut stand ich vor der zweifelnden Frage, kann ich das vor mir und den zukünftigen Studierenden verantworten, sie einen derartig unsicheren Beruf ergreifen zu lassen? Doch bis heute, nach nunmehr 5 Jahren, existiert der Fachbereich mit zunehmender Tendenz.

Viele Dozenten, die ich noch aus alter Zeit kannte, habe ich gewinnen können und alle versuchen ihrerseits, das angestrebte Niveau zu erhalten. Andere sagen mir immer wieder, dass ich Glück habe, noch in meinem Alter arbeiten zu können, während sie sich seit Jahren mit einer kleinen Rente über Wasser hielten. Die ständigen Zweifel, einerseits sich noch mit Schauspiel, in diesem Falle Filmschauspiel zu beschäftigen, andererseits mich ständig mit heutigen Bedingungen und Mentalitätsfragen auseinandersetzten zu müssen, nagen jedoch zunehmend mehr an meiner Durchhaltekraft.

Ich bin endlich und mir stehen keine weiteren Kraftreserven zur Verfügung, die ich großzügig zur Disposition stellen könnte.

Einige Monate vor seinem Tod schrieb Raphael die letzten Seiten seiner Lebenserinnerungen. Schon damals bat ihn der Verlag, Dokumente und Fotos beizubringen; einige Passagen seines Textes bedürften der intensiven Überarbeitung, Implausibilitäten der Klärung. Er habe dem nicht widersprochen. Eine Situation, wie er sie Jahre zuvor schon mit Jörg Böckem erlebt hatte, schien sich zu wiederholen. Doch diesmal mied Raphael die wortreichen Ausflüchte, in die er sich gegenüber Böckem und der niederländischen Journalistin verstrickt hatte. Er sei fast schweigsam geblieben, habe aber zugesichert, das Gewünschte zu liefern.

Was er dann mitbrachte, waren hauptsächlich Fotografien. Aus seiner Duisburger Kindheit, von sich selbst in unterschiedlichen Phasen seines Lebens, von seinen Ehefrauen, seiner Tochter, seiner Adoptivmutter. Er besitze nur ein einziges Foto seiner leiblichen Mutter Esther Goldstein. Es war in der niederländischen Zeitung 2019 abgedruckt worden. Es war das erste Indiz, das aufmerken ließ. Adoptivmutter und leibliche Mutter sahen sich auffallend ähnlich. Es war die gleiche Person, wie sich später herausstellte.

Die Journalistin hat ihn in dieser Zeit zwei Mal persönlich getroffen. Auch sie erinnert sich an ihn bei diesen Treffen als verschlossen, geradezu wortkarg. Er selbst thematisiert sein Verstummen in seinem Text. Er habe sich auf das Zuhören verlagert, spricht sogar von einem „langsamen Abwandern in eine andere Welt“ und von einer „gedanklichen Absenz“, von „schwindender Kraft“. Genauso hat sie es auch wahrgenommen. Spürte er das Absinken der Lebenstemperatur? Sie muss an seinen „Frère d'esprit", die von Max Frisch erschaffene Romanfigur Anatol Stiller denken, über den es gegen Ende des Buches heißt: „Sein Verstummen … war ja in der Tat ein wesentlicher, vielleicht sogar der entscheidende Schritt zu einer inneren Befreiung. … Stiller war frei geworden von der Sucht, überzeugen zu wollen."

Die Ehefrau hatte ihr von ihrer großen Sorge berichtet. Raphael werde zunehmend schwächer, er esse immer weniger. Sie machte sich Gedanken, ob die psychische Belastung durch das Niederschreiben seiner Memoiren nicht zu groß sei. Er könnte, so mutmaßte sie, an einer psychischen Erkrankung leiden. Oder es sei Long Covid. Zum Arzt wolle er partout nicht gehen. Sie empörte sich sogar ein wenig, weil er gar keinen Hausarzt habe und ein fremder Arzt seine ganze Anamnese nicht kennen könne – Koma, Schädelverletzungen, Schlaganfälle, Nierenerkrankung, lebenslanger Bluthochdruck und nicht zuletzt sein Identitätstrauma. Man könne sich doch an zehn Fingern ausrechnen, dass er mit seiner Lebensgeschichte gut beraten wäre, einen Psychotherapeuten aufzusuchen. Aber er verweigere das.

Liebe Anne,

ich schreibe Dir in der Hoffnung, dass gerade Du mein Leben in seinen verwinkelten Zügen verstehen wirst. Nichts ging bei mir ohne Probleme. Irgendwann hatte ich von mir verstanden, dass ich nie den einfachen, glatten Weg gehen konnte. Immer waren mir Stolpersteine im Weg. Natürlich habe ich mir die Hilfe geholt, die ich brauchte. In Berlin bekam ich die Gelegenheit, einen Diplom-Psychologen und Coach kennenzulernen, der zuvor regelmäßig mit Erich Mielke, dem Erfinder der DDR-Staatssicherheit und einem ausgeklügeltem Unterdrückungssystem in der DDR, zusammengearbeitet hatte. Bekannt war die Praxis in der Hufelandstraße am Prenzlauer Berg als Hilfsangebot ehemaliger DDR-Informanten, die sich diverser Gegenreaktionen ausgesetzt sahen. Sie war als Psychologische Praxis getarnt und kassenfähig.

Ich hatte sie aufgesucht, weil mir bekannt war, wie exakt dieser Psychologe als Analyst schwierigster Situationen agieren würde. So gab ich vor, meine sehr verdichteten Problemfragen mit ihm klären zu wollen: In welcher Reihenfolge sollte ich mit welcher Intensität Prozesse zu klären versuchen, die mich zeitlich, organisatorisch und inhaltlich zu sehr bzw. überforderten. Der Analyst sollte meine Terminplanungen regeln.

Und tatsächlich: Er war in der Lage, auf der Basis weniger Hinweise in einer geradezu hellseherischen

Weise eine Perspektive zu entwerfen, die extrem verblüffend zutraf.

Er prognostizierte treffsicher Verhaltensweisen und Ergebnisse, die sehr nützlich für meine Entscheidungen waren. Er riet mir, das Angebot zur Leitung des Fachbereiches Filmschauspiel der Ruhrakademie nicht anzunehmen, weil er mich auf einer anderen Entscheidungsebene sähe, die sich mehr auf meine eigene Gesamtsituation bezöge und weniger fremdorientiert wäre.

Ich wollte aber – ausgehend von meiner Tätigkeit an der Filmakademie in Wien – meine alten Ideen wieder aufgreifen und zu einem guten Ende führen. Ich war zunehmend der Ansicht, dass sich Bühnenschauspiel und Filmschauspiel elementar in ihrer Methode zu lehren und zu lernen unterscheiden sollten. Auch die Unterrichtsfächer sollten sich grundsätzlich unterscheiden. Während in der Vergangenheit mein Schwerpunkt eher auf das Trainieren von Einzelfähigkeiten ausgerichtet gewesen war, ging es mir jetzt darum, den Erwerb und die Steigerung filmschauspielerischer Kompetenzen zu entwickeln.

Die Gespräche, die ich mit ihm führte, waren anstrengend, gnadenlos ehrlich und völlig emotionslos. Er dachte wie ein Computer, nur der Sache zugewandt. Er hörte sich das Problem an, überlegte kurz und verkündete eine Lösung, die mich häufig überraschte. Er dachte wie bei einem Schachspiel immer die nächsten Schritte voraus. Wenn er einen Rat gab, entsprach dieser immer der Sachlogik.

Zunächst sträubte ich mich, seinem Gedankengang zu folgen, weil er diesen völlig unbeteiligt und ohne vernehmbare Emotion in der Stimme vortrug. Gar manchmal habe ich sehr bedauern müssen, dass ich nicht seinen Ratschlägen gefolgt bin. Es hätte mir viel Geldverluste bei meinen Häuserkaufen erspart. Aber, so pflegte er zu sagen, das Leben sei nicht fair und erst recht keine mathematische Gleichung. Man müsse für jede Situation eine eigene Logik entwickeln, das gelte insbesondere auch für Menschen mit ihren Eigenwilligkeiten. Man dürfe keine eingefahrenen Muster bedienen wollen. Die Gegebenheiten seien immer neu, hätten eine eigene Logik und Originalität. Wenn man diese immer bedenke, könnten keine Überraschungen entstehen. Dann sei man auf alles vorbereitet. Und abschließend: Man müsse immer bereit sein, eine neue Logik für jede Situation haben zu wollen und sich nur von dieser Zielsetzung leiten lassen.

Deine Bemühungen, Dich auf die Mitbewohner im Hinterhaus einzulassen, bedeuteten immer auch eine Veränderung der angewandten Logik. Und das hast Du intuitiv so für Dich entschieden. Dein Versteck räumlich, zeitlich und mit diesen Personen auszuhalten, war ohne Vorübung. Margot und Du, Ihr wurdet nicht auf diese Situation vorbereitet. Ihr seid völlig aus dem Stand ins kalte Wasser gestoßen worden. Margot hat sich mit der Situation arrangiert, indem sie sich in sich zurückzog, Du hingegen hast offensichtlich eine eigene Strategie, eine variable Logik angewendet, die es Dir ermöglichte, den Alltag zu ertragen. Du warst in dieser Situation bewundernswert, da Du eine Gewohnheit hattest, die es Dir ermöglichte, eine Tagesstruktur zu entwickeln, zu leben und zu verteidigen.

Mit Sicherheit haben Dich die anderen Untergetauchten beneidet, Dich ständig beim Schreiben des Tagebuchs zu beobachten. Auch die diversen Lernprogramme über Tag haben Dir einen festen Lernrhythmus gegeben. Und aus dieser Struktur entwickeltest Du eine geradezu spielerische Variabilität in den logischen Bezügen. Auch wenn Du Dich beklagt hast, auch wenn Dir langweilig war, so hast Du Pläne geschmiedet und warst mit Deinen Gedanken immer auf Reisen. Das hat Dir Dein Überleben und Weiterleben gesichert.

Ich bewundere Deine Gabe, Dich der Phantasie zu verschreiben. Personen, die Dich umgaben und umgeben mussten, aus der Distanz und mit der gebührenden Komik zu sehen, war Deine bewundernswerte Fähigkeit, Dinge erträglich zu gestalten. Entweder man lernt das Verstummen oder das Sprechen und Kommentieren. Daher waren Dir Beobachtungen so wichtig. Egal, wie schrecklich bestimmte Personen oder Situationen waren – durch die Beobachtungen wurden sie zum Fall – und damit erklärbar und verständlich.

Ich schreibe gerade Dir, weil Du mehr auf Dich aufmerksam gemacht hast. Du warst immer die Lautere, während Deine Schwester Margot leise in sich hineingeweint hat. So auch, als Ihr verhaftet wurdet und Euer Versteck verlassen musstet. Ich habe ein Foto unseres Vaters Otto, da lehnt er an einer Säule im Hinterhaus, schaut nachdenklich vor sich hin, seine Gedanken scheinen still und leise ins Nichts zu verlaufen. Es war wohl die Zeit, als er nach Amsterdam zurückkehrte, um die Stätte des Verstecks erneut aufzusuchen. Ich habe beim Studium Eurer Familie sehr viele Fotos von Dir gesehen, die weit über das übliche Maß eines Fotodokumentes hinausgehen, sehr viele halten den Verlauf einer Bewegung fest und deuten somit auf eine Perspektive, auf das Nächste hin, das zu erwarten wäre. Diese Form des Dokumentierens entsprach auch Deiner Äußerung. Es ist gut, dass es diese Fotos nach wie vor noch gibt.

Die Journalistin bittet den Filiastro, ihr einige Arztbriefe, die sie in Raphaels Nachlass erinnert gesehen zu haben, abzufotografieren und zu schicken. Er sendet ihr drei ärztliche Berichte aus den Jahren 2007 und 2009. Alle drei wurden in Berlin ausgestellt, einer von einer Raphael wohl über mehrere Jahre behandelnden Fachärztin für Neurologie und Psychiatrie, mit Praxissitz am Prenzlauer Berg.

Der zu DDR-Zeiten für Erich Mielke arbeitende Psychologe hinterließ in Raphaels ärztlichen Unterlagen keine Spuren. Auch hatten die psychiatrischen Berichte der Kolleg:innen einen eher trivialen Anlass: Raphaels 2007 und 2009 gestellte Anträge auf Rente wegen verminderter Erwerbsfähigkeit. Der Frühverrentung war in beiden Fällen nicht zugestimmt worden.

In dem Neurologischen Gutachten für die Deutsche Rentenversicherung steht 2007 zu lesen, dass R. angebe, regelmäßig und in größeren Abständen „aus vielerlei Gründen" Psychotherapie gemacht zu haben. Wörtliches Zitat des Patienten: „Ich habe eine richtige Karriere hinter mir."

In einem Bericht seiner Psychologin von 2009 liest sie von „Beschwerden wie Überforderungsanfälle, depressive Stimmung, anhaltende Traurigkeit". Herr Burger habe eine Verhaltenstherapie gemacht, jedoch ohne wesentliche Veränderungen. Immer wieder ist von Depressionen die Rede, der Einnahme von Anti-Depressiva.

Christian Fries hatte ihr von einem Vorfall berichtet, als Raphael bereits zu Duisburger Zeiten völlig entsetzt vom Arzt gekommen sei und fassungslos berichtet habe, man habe ihm

Depressionen bescheinigt. Als könne er es selbst nicht glauben.

Raphael bekennt sich in seinen Lebenserinnerungen nicht zu seinen depressiven Episoden. Einen Psychologen habe er zwar aufgesucht, jedoch war der Anlass nach seinen Angaben kein pathologischer.

Im Gegensatz dazu stehen die Arztberichte, laut derer er über viele Jahre Psychopharmaka verschrieben bekam. Ob er sie genommen hat, ist nicht bekannt. Denn sie liest auch von fehlender Compliance des Patienten. Er gehe nur zum Arzt, um Rezepte abzuholen, widersetze sich aber wichtigen internistischen Untersuchungen. Attestiert worden war ihm ein lebensgefährlich hoher Blutdruck. Für seine angeführten zahlreichen schweren Erkrankungen, die er durchlitten hatte, fanden die Ärzte keine zweifelsfrei verifizierbaren Anhaltspunkte. Sie könnten sich nur auf die Aussagen des Patienten stützen.

Seine Ehefrau erinnert sich gut. Bei den neurologischen Beschwerden sei Raphaels Schauspieltalent zum Einsatz gekommen. Er habe mit Tricks und List versucht, eine Frührente zu beziehen. Dabei sei er sehr einfallsreich gewesen.

So ganz überzeugend scheint er diese Rolle jedoch nicht ausgefüllt zu haben. Die Ärzte bemerken die „weitschweifige Ausgestaltung“ seiner Symptome und bestätigen ihm psychisch oder neurologisch keine Krankheitsanzeichen. Auffällig sei „die Persönlichkeit mit histrionisch, narzisstisch, emotional instabilem Anteil“.

Der ihn 2007 wie 2009 untersuchende Arzt bittet den Medizinischen Dienst der Krankenversicherung ausdrücklich darum, in Zukunft den Patienten Burger nicht noch einmal beurteilen zu müssen.

Sie macht sich kundig, was „histrionisch“ bedeutet und

muss lächeln: Histrion geht auf ein etruskisches Wort zurück, das „Schauspieler“ bedeutet. Man hätte es für Raphael nicht besser erfinden können! Die Recherche führt sie zum Podcast „Psychologie to go“ mit der Psychotherapeutin Franca Cerutti, die dem Thema eine ganze Folge widmet. Man verstehe unter einer „histrionischen Persönlichkeit“ jemanden, der dazu neige, sich theatralisch selbst zu inszenieren, in den Gefühlsäußerungen stark schwankend zu sein und einen „impressionistischen Sprachstil“ pflege. Sich also unklar auszudrücken, um Interesse zu generieren.

Sie folgt dem Podcast mit Spannung: Dieses „Sich-selber-in-den-Mittelpunkt-Stellen“ und sich der Aufmerksamkeit anderer stets zu versichern, sei eine im Laufe der persönlichen Entwicklung gelernte Strategie. Histrione Menschen seien vielleicht durch wenig Aufmerksamkeit gekennzeichnet. Früh kämen sie zu der Erkenntnis: „Du musst etwas dafür tun, Aufmerksamkeit zu bekommen. Damit sich die Eltern kümmern. Dick auftragen, damit man gesehen wird.“ Meist kämen Histrioniker aus eher kühlen, rationalisierenden Elternhäusern.

In der Film- und Fernsehbranche hätten übrigens viele Personen eine histrione Akzentuierung; das sei in diesem Bereich von großem Nutzen. Denn solche Menschen gelten als besonders kreativ, seien intuitiv, hätten ein gutes Gespür für Atmosphäre. Aber: Sobald die Aufmerksamkeit fehlt, geht es ihnen schlecht.

Daher der Titel der Podcast-Folge: „Drama, Baby!“

Ein anderer Punkt, den sie in Raphaels Verhalten wiedererkennt: „Die Betroffenen hören nicht auf, auch wenn die Strategie nicht erfolgreich war. Sie legen immer noch einen drauf.“ Auch könne ihre Stimmung schnell kippen und eine hohe Emotionalität verursachen. Sie denkt spontan an die Zornesausbrüche gegenüber Géza Melczer-Lukácz und gegenüber Sabine und Arved Birnbaum. Auch der Filiastro berichtete von Raphaels Impulsivität gegenüber Dritten.

Die Beschäftigung mit Raphaels Seele führt sie zu dem Professor für Rechtspsychologie an der Universität Maastricht Dr. Harald Merckelbach.

„‚Fantasy proneness' ist keine psychologische Erkrankung", erklärt Merkelbach, ein ausgewiesener Experte in diesem Bereich. „Es ist eher ein Talent. Die Fähigkeit, sich seiner Phantasie zu bedienen. Teilweise ist dieses Talent genetisch bedingt. Es gibt Familien, in denen es vermehrt Künstler gibt."

So beschreibt er die positive Seite. Besonders Kinder verwendeten die Phantasie allerdings auch als Eskapismus.

„Das sind häufig die Jüngsten in einer Familie. Oft fehlt es ihnen an Altersgenossen. Da wird die Phantasie zur Flucht genutzt und immer weiter eingeübt. Eine solche Entwicklung kann zur ‚fantasy proneness' führen."

Schauspieler, Schriftsteller, Regisseure verfügten häufig über eine ausgeprägte Phantasie, was ihnen verständlicherweise zu Gute kommt.

„Um schöne Kunst zu schaffen, ist ein solches Talent sehr dienlich. Wenn es darum geht, die Wahrheit herauszufinden, wird es schwierig."

2002 veröffentlichte Prof. Dr. Merckelbach einen Beitrag über die „Wilkomirski-Affäre", in dem er den Schweizer mit einer fantasy pronen Persönlichkeit in Verbindung bringt. Er sieht viele Analogien zwischen Wilkomirski und Goldstein und erklärt, warum die jüdische Identität so „hip" ist bei phantasiebegabten „Storytellern“: „Wir kennen natürlich alle das Thema des Holocaust. Es ist eine Art Archetyp, das kaum noch Interpretation nötig hat. Jeder weiß, was für ein unglaubliches Drama es war. Deshalb nehmen es die Geschichtenerzähler gern an. Sie können sicher sein, dass das Gegenüber ihnen mit Sympathie entgegentreten wird.“

Weder aus eigenem Erleben noch aus den Gesprächen mit anderen hatte sie den Eindruck gewonnen, dass Raphael eine Art Befriedigung aus seinem imaginierten jüdischen Epos und der damit verbundenen Wertschätzung zog. Im Gegenteil. Er wirkte auf sie angestrengt und traurig.

An diesem Punkt findet der niederländische Experte wieder zu Wilkomirski. Dem Schweizer Filmemacher Rolando Colla war es 2019/20 gelungen, Wilkomirski alias Bruno Dössekker noch einmal vor die Kamera zu holen für seinen sehr sehenswerten Film „W. – Was von der Lüge bleibt“. Man sieht einen scheuen, völlig isoliert lebenden Menschen, der von eigenen Wahrheiten erzählt. Er vermittelt ganz und gar den Eindruck, zutiefst von seiner Version der Geschichte überzeugt zu sein. Er sagt: „Die juristisch beglaubigte Wahrheit ist eine Sache, die eines Lebens eine andere.“

Merckelbach erläutert: „Da fängt jemand an, die Lüge zu glauben. Wir wissen aus der Wissenschaft, dass es diese Dynamik gibt. Je häufiger die Lüge repetiert wird, je mehr man glaubt, da ist etwas Wahres dran, umso eher wird es für den Betroffenen wahr. Die fantasy pronen Leute sind sehr gut darin, eine Geschichte zu erzählen, die sich sehr glaubhaft anhört. Sie erzählen detailliert, es gibt viele unterschiedliche Perspektiven. Das führt zu der Einschätzung beim Gegenüber ‚Das muss einfach wahr sein!‘ Solange es um einen Film oder einen Roman geht, ist das nichts Böses, aber wenn diese Personen als Zeugen vor Gericht stehen oder eine Autobiografie schreiben, dann gibt es Komplikationen."

Es ist ihm wichtig klarzustellen: „Wenn fantasy proneness zutrifft, dann reden wir nicht mehr von einer Lüge. Denn diese Menschen glauben selber daran."

Schließlich würden die erfundenen Geschichten nie einfach nur so dahin erzählt.

„Sie haben eine Funktion: Sich selbst und anderen zu erklären, warum man im Leben gescheitert ist, warum es mit der Karriere nicht so gut lief. Wenn die Geschichte besagt ‚Ich bin ein Opfer', dann ist das Scheitern plausibel, man erntet Sympathie."

Daraus entwickele sich eine neue Dynamik. „Dann kann man nicht mehr zurück. Man muss die Geschichte immer detaillierter erzählen."

Auch sei eine fantasy prone Person in gewisser Weise egozentrisch. „Es ist ‚meine' Phantasie und die ist Realität. Deine Realität interessiert mich nicht."

Viele Informationen, die ich nicht mehr aktuell in Erinnerung hatte, viele Episoden, Situationen und Konstellationen sind mir erst wieder während des Schreibens eingefallen und verfügbar geworden. Da gab es auch Phasen, in denen ich geradezu eine Schreibhemmung hatte. Meine Gedanken musste ich erst so ausrichten, dass ich nicht zu viel und zu gleichzeitig formulieren wollte. Manchmal gab es auch Momente, die völlig leer waren, in denen ich nichts erzählen wollte. Vieles fand ich zu oberflächlich, vieles zu intim und immer wieder hatte ich die Befürchtung, dass ich Menschen, die ich beschrieben hatte, zu nahe getreten war.

Jahre hat es gedauert, bis ich mich dazu durchringen konnte, überhaupt etwas von mir preiszugeben. In der Vergangenheit hatte ich mein Innenleben nie nach außen gekehrt. Doch je mehr ich mich mit meiner Lebensgeschichte beschäftigte, umso mehr fand ich sie erzählenswert. Häufig ertappe ich mich in der Einschätzung dabei, dass ich aus den erlebten Situationen nicht mehr gemacht habe. Zu häufig hatte ich den Eindruck, die Begegnungen mit hochinteressanten Menschen nicht mehr genutzt zu haben. Ich bin ihnen nicht in die Tiefe gefolgt und habe sie zu wenig ergründet. Im Nachhinein haben sie in mir großes Interesse bewirkt, weil sie mir durch meine Erzählung und durch meinen Nachvollzug erst als erzählwürdig erschienen. Jedoch bin ich an meine Grenzen gestoßen.

Das betraf insbesondere gerade meine persönlichen Verbindungen, die ich eher zögerlich ansprach. Ich wollte auch niemanden herausstellen oder gar eine besondere Stellung geben. Dafür war mir jede Bewertung oder Beschreibung zu übergriffig.

Zu Beginn erwähnte ich die Grundlage, auf der meine Lebenserzählung fußt. Ich bin einer DNA-Untersuchung nicht ausgewichen, ich habe mich diesen Fragen ausgesetzt. Nur leider waren die Ergebnisse nicht gerichtsverwertbar. Alle Informationen basieren auf den spärlichen Berichten meiner niederländischen Mutter Esther-Maria Goldstein. Ihre Aussagen habe ich zum Anlass genommen, meine Geschichte zu umreißen, niederzuschreiben und damit zur Diskussion zu stellen. Natürlich bin ich meiner Mutter Esther nicht annähernd gerecht geworden. Jedoch wollte ich nicht mehr in die damaligen Dialoge hineininterpretieren. Vieles ist mir noch in Erinnerung geblieben, nur das ist hier auch niedergeschrieben worden – nicht mehr, aber auch nicht weniger. Schade, dass ich zur damaligen Zeit die Dinge nicht rigoroser wahrgenommen habe, aber so waren für mich die Zeiten und Umstände. Gern wäre ich Anne Franks Bruder gewesen – wenn sie überlebt hätte und wenn sie gern auch meine Schwester gewesen wäre.

Trotz all der Erkenntnisse, die sie seit Monaten über Raphael und sein Leben gewonnen hat, trotz der bewiesenen Tatsache, dass er über sein Leben fabulierte, ertappt sie sich dabei, seinen Worten für einen Moment doch wieder Glauben zu schenken. Klingt er so überzeugend, weil er seine Phantasie-Erzählungen selbst geglaubt hat? Hatte er sich in sein Herkunfts-Narrativ so hineingeschraubt, dass er selbst nicht mehr wusste, dass es einzig seiner Phantasie entsprungen war?

Neben ihrem Schreibtisch hat sich ein ganzer Turm gelesener Lektüre angehäuft. Sachbücher über Betrüger, Hochstapler, Fälscher, Biografien über Max Frisch, Joachim Ringelnatz, Otto Frank, Romane wie „Felix Krull", „Stiller", „Das Leben eines anderen", Bühnenstücke wie „Andorra" und auch Henrik Ibsens „Peer Gynt". Sie fischt es aus dem Stapel heraus. Sie lädt sich die Fotos von Raphaels Bücherregal auf den Schirm: Das berühmteste Lügen-Drama der Welt fehlte nicht in seiner Sammlung.

„Peer, du lügst!" lautet der ikonische erste Satz des Theaterstücks, das der Norweger Ibsen Mitte des 19. Jahrhunderts schrieb. Peers Mutter schimpft den vergötterten Sohn aus, der sich schon wieder ein Märchen ausgedacht hat. Ihr Sohn ist ein Geschichtenerzähler, ein Schwindler, ein Muttersöhnchen. In seinem Dorf ist er mit seinen Phantasie-Geschichten Außenseiter, er entführt die Braut eines anderen, findet die Liebe von Solveig, die mit ihm in eine Holzhütte im Wald zieht – aber es drängt ihn hinaus in die Welt. Rastlos ist er auf der Suche nach Ruhm, Wohlstand und seiner Bestimmung. Er schwindelt und lügt, jagt Frauen und zweifelhaften Geschäften nach, erlangt den ersehnten Reichtum, wird angeblicher Kaiser, verliert Vermögen wie Macht und endet schließlich dort, wo alles angefangen hat – in einer Holzhütte bei der treuen Solveig, die ein Leben lang auf ihn gewartet hat.

Seit es erstmals in Oslo aufgeführt wurde, regt das Bühnenstück zu psychologischen Interpretationen an. Peers Umtriebigkeit, sein durch die Flunkereien ständig um Anerkennung heischendes Verhalten, seine Mutterfixierung, seine fehlende Empathie, vor allem seine Suche nach Identität sind es, die in allen gängigen Deutungen zu finden sind.

In der bekannten „Zwiebel-Allegorie" wird Peers Sehnen nach Bedeutung und zugleich seine Ernüchterung am Ende seines Lebenswegs deutlich. Da entblättert er eine Zwiebel Schale für Schale. Vergeblich sucht er einen Kern. Die Zwiebel steht sinnbildlich für ihn selbst und der Akt des Entblätterns für seine Suche nach seinem Innersten, seiner Identität. Peer wird klar: „Du bist kein Kaiser, du bist eine Zwiebel."

Schließlich blickt er auf einen Haufen Schalen vor sich: „Nichts als Schichten – immer dünnre und dünnre."

Auch der kleine Norbert wuchs als von der Mutter verwöhntes Kind auf. Wie Peer lebte Norbert/Raphael in Phantasien und Selbstüberhöhung. Wie Peer suchte er ein Leben lang nach Bedeutung, konnte sich aber nicht an die Gegebenheiten anpassen. Peers Beziehungen zu den Frauen – außer zu Solveig – endeten in Dramen. Raphael schilderte die Schlussphase seiner ersten beiden Ehen als solche. Mit seiner letzten Frau kehrte auch er dorthin zurück, wo er hergekommen war. Ihre Freundin hatte sie darauf hingewiesen: „Da ist er nach Berlin, Wien, ins Ausland gegangen, um sich von seinen Duisburger Wurzeln zu befreien. Und am Ende landete er bei mir und meiner ‚Ruhrpott'-Familie." Sie stammt aus einer Kleinstadt am Rande des Ruhrgebiets.

Peer Gynt wird Vater, will aber von dem Kind nichts wissen. Raphael hat eine Tochter, zu der seit sehr vielen Jahren alle Brücken abgebrochen waren.

Ich renne vielen Forderungen hinterher und hoffe, dass nicht alles zu spät ist. Genauso, wie ich gern seinerzeit einen Brief von Otto Frank bekommen hätte, genauso gern hätte ich auch einen Brief meiner eigenen verschollenen Tochter erhalten. Ich weiß nicht viel um ihre Lebenssituation, weiß nicht, was sie tut, wie sie lebt, mit wem sie zusammen ist, ob sie ein Kind oder gar Kinder hat. Kurz nach ihrer Geburt wurde mir vom Jugendamt mitgeteilt, dass mir auf Antrag der Kindsmutter der persönliche Kontakt nicht genehmigt sei. Seit ihrem fünfzehnten Lebensjahr habe ich sie nicht mehr gesehen, nie wieder mit ihr gesprochen.

Wie sehr muss ich die Mutter verärgert, enttäuscht haben, als ich sie nicht heiraten wollte, um eine Familie zu gründen. Bestimmt wären wir heute ein geschiedenes Paar, das sich nichts mehr zu erzählen hätte. Aber wir sind immer das Ergebnis unserer Zeit und unserer Entscheidungen und können sie nicht korrigieren. Stets sind wir nur in der Lage, eine nächste naheliegende Entscheidung zu treffen und nicht – wie in einem Schachspiel – weiter zu denken.

Als meine Tochter geboren wurde, war ich vierunddreißig Jahre alt, und ich erinnere mich, dass ich ihr zu ihrer Geburt versprochen hatte, mich mit allen meinen Kräften einzubringen, mich um sie zu kümmern, ihr ein guter Vater zu sein. Heute sind die Leben von Milena und meiner Halbschwester Anne in meinem Kopf verzahnt, sie haben eine Verbindung geschlossen. Und beide hätten nichts miteinander zu tun, wenn es diesen Unfall nicht gegeben hätte. Vielleicht überfrachte ich meine Hoffnung nach Verbindung. Aber die Duplizität ist für mich auffällig.

Und so schaue ich aus guter Entfernung und stelle in Bezug auf mich viele Parallelitäten fest: Anne hat auf mich als Halbbruder verzichten müssen, schließlich bin ich erst nach ihrer Zeit geboren und von unserem gemeinsamen Vater als ihr Bruder nicht akzeptiert worden, Milena hat auf mich als Vater ebenfalls verzichten müssen, weil ihre Mutter sie nicht freilassen wollte und weil ich damals ähnlich handelte wie Otto gegenüber Esther. Entweder waren es die Umstände oder die Menschen mit ihren Verhinderungsabsichten und Eigenwilligkeiten.

Meine Funktion wäre jetzt eine des Ausgleichs. Mag diese Idee auch verwegen erscheinen, so ist es doch eine Idee und Empfindung, Zeiten, Lebensumstände, Fremdheiten und Emotionen zu verknüpfen und damit für alle Beteiligten lebbar zu gestalten. Und ich wäre der Vermittler und damit ein notwendiger Faktor.

Meine verbleibende Zeit ist endlich. Das Leben scheint aus einer Serie verpasster Handlungen zu bestehen.

Annette, die Mutter seiner Tochter, war von 1980 bis 1986 mit Norbert/Raphael befreundet.

„Da war diese Fremdheit trotz aller Nähe", sagt sie. „Ich fühlte mich von ihm nicht akzeptiert. Das spürte ich fortwährend."

Wie sie fast sieben Jahre eine Beziehung führen konnten, ist ihr heute nur so erklärlich: „Wir hatten eine Tochter miteinander. Ich hoffte so sehr, dass Milena einen besseren, einen guten und liebevollen Kontakt zu ihrem Vater finden könnte. Aber er war nicht da für sie."

Verabredungen für gemeinsame Zeit seien immer wieder verändert worden und sie habe ihrer Tochter diese Unzuverlässigkeit erklären müssen. Sie schildert es wie einen Scheiterhaufen der Versäumnisse. Norbert habe seiner Tochter gegenüber keinerlei Verständnis gezeigt, keine Wärme für sie empfunden oder ihre Nähe gesucht.

„Es gab kein ‚Für-den-anderen-da-Sein'. Zudem sollte niemand von der unehelichen Tochter erfahren. Er begründete das ihr gegenüber mit seiner katholischen Herkunft und einer – bislang in den Recherchen noch nicht aufgetauchten – Lehrtätigkeit an der Katholischen Universität Eichstätt. Das Verhältnis zwischen Vater und Tochter sei immer schwieriger geworden. Sie habe keine andere Möglichkeit gesehen, als sich an das Jugendamt zu wenden. Norbert habe alles darangesetzt, sich seiner Unterhaltspflicht zu entziehen, was durch seinen Umzug nach Österreich auch möglich war, da das Jugendamt damals keinen Zugriff auf seine dortigen Einkünfte hatte. Zu gleicher Zeit drohte er seiner ehemaligen Lebensgefährtin, ihr das Sorgerecht für seine Tochter entziehen zu lassen.

„Es war ganz schwierig, zu ihm durchzudringen. Dieses Normale, eine volle Windel, Fieber, ein schreiendes Kind, mangelnder Schlaf, das war nicht existent in seiner Welt. Da fühlte ich mich, weil ich so war, wie ich war, immer zurückgewiesen und auch nicht gesehen."

Irgendwann hatte sie keine Kraft mehr für diesen ständigen Spagat zwischen Hoffnung und Enttäuschung. Was sie bei ihm immer wahrnahm, auch auf aktuellen Fotos im Internet, war eine gewisse Aufgesetztheit. Sie sah darin sein Schutzschild.

„Da war etwas Künstliches. Ich nahm nie ein wirklich authentisches Sein wahr. Vielleicht stand er immer auf seiner eigenen Bühne."

Ähnlich äußerte sich eine andere frühere Freundin, Monika.

„Er konnte sehr einnehmend und liebenswürdig sein, aber im Nachhinein würde ich sagen, dass er zwar viel nach außen dargestellt hat, aber der Bezug bei ihm nach innen gar nicht da war und er vielleicht auch unglücklich darüber war. Wenn ein Mensch den Bezug nach innen nicht hat und das nicht leben kann, dann ist es kein ganzheitlicher Mensch, der ist nicht fühlbar. Da weiß man nicht, was fühle ich denn jetzt von diesem Menschen. Ist es die Show, die Fassade, was steckt wirklich dahinter, das ist nicht wahrnehmbar."

Ihm fehlte Empathie, so würde sie es heute benennen. Sie erkannte eine Schwere bei ihm, die sie nicht mittragen wollte und konnte. Dieser Mangel geht überein mit der festgestellten narzisstischen Persönlichkeitsakzentuierung. Offenbar empfand er keine oder wenig Scham gegenüber den Menschen, die ihm glaubten und deren Mitleid und Zuwendung er sich unter Vorspiegelung falscher Tatsachen sicherte. Eine böse Absicht mag ihm niemand unterstellen. Er wollte wohl weder ihm nahestehenden Menschen schaden noch denen, die tatsächlich eine Holocaust-Geschichte in ihrer Familie zu ertragen und zu bewältigen haben.

„Da war nichts Böses im Spiel", hatte auch sein Cousin Herbert gesagt. Aber er hatte sich einfach keine Gedanken darum gemacht, was sein Handeln bei ihm nahestehenden Menschen emotional auslöste. Er agierte aus flüchtigen Impulsen und jähen Empfindungen heraus. Wer sich ihm in den Weg stellte oder seine Behauptungen als Unwahrheit enttarnte, dem begegnete er wütend und aggressiv.

Das, so hatte sie recherchiert, sei ganz typisch für pathologische Lügner. Sie kümmern sich nicht um die Gefühle anderer. Wie sollte man auch Gefühle bei anderen wahrnehmen können, die man selbst nicht in sich spürt?

Raphael hat seine Lebens-Memoiren mit einer Krankenhaus-Szene beginnen lassen. Inmitten des Pfeifens und Surrens der medizinischen Maschinen vernahm er das „Air" von Bach. Es deutete ihm, am Leben zu sein, den schweren Unfall 1979, die Kollision mit dem röhrenbeladenen Lastwagen, überlebt zu haben. Eine griffige Illusion, wie sie heute weiß. „Gewinn oder Verlust" überschrieb er diesen Einstieg. Mit seinem Verlust beschäftigt sie sich inzwischen seit fast zwei Jahren. Vom Verlust seiner Identität schrieb er, den Verlust an Akzeptanz und Anerkennung meinte er. Den Verlust an Glaubwürdigkeit fügten ihre Recherchen hinzu. Wo steckt der

Gewinn? Es gäbe da allerlei aufzuzählen, an beruflichen Erfolgen, privaten Verbindungen, positiven Momenten. Aber die wird er nicht gemeint haben.

„Darum ging es ja doch, um Verwirklichen oder Versagen, um Atmen oder Ersticken, in diesem Sinne um Leben oder Tod“, heißt es bei Max Frisch im „Stiller“, dem Alter Ego, den sie Raphael angeheftet hat, allenfalls ahnend, dieser „Orden“ könne ihm zustehen. Atmen oder Ersticken, das waren in der Tat die grausamen Optionen seiner letzten Lebensphase. Es kommt ihr vor, als stecke sie mitten in dieser Albtraumsequenz seiner letzten Wochen, in der lebensunterstützende Maschinen mit ihrer Kakophonie an Lauten sich zu einem Drama ohne Worte verdichteten.

Im April 2021 hatte Raphaels Gesundheit besorgniserregend abgebaut. Sein Atem ging schwer, er bewegte sich nur noch in Tippelschritten vorwärts. Er magerte bedrohlich ab, war kaum noch in der Lage, feste Nahrung zu sich zu nehmen. Es trat ein, was Ärzte den Drehtür-Effekt nennen. Notfallmäßig kam er ins Krankenhaus, wurde versorgt, untersucht, doch für seine gravierenden Symptome – Schluckbeschwerden und Atemnot – fanden die Mediziner weder Ursache noch Linderung. Raphael ließ sich „gegen den Rat der Ärzte“ auf eigenen Wunsch nach Hause entlassen. Dort blieben ihm meist nur wenige Tage vermeintlicher Erholung, bis der nächste Rettungswagen alarmiert werden musste, um ihn in ein anderes Kölner Krankenhaus zu bringen, wo die Untersuchungsprozedur erneut ihren Lauf nahm. In einem der ärztlichen Entlassungsbriefe liest sie: „Gibt an, er sei der Halbbruder von Anne Frank und schreibe seine Biografie, das sei für ihn traumatisch.“

Seine Frau hatte eine ähnliche Vermutung geäußert. Es war eine Zeit, in der die Freundinnen häufig telefonierten. Raphael und seine Frau hofften noch auf ein Ende des Albtraums und auf eine psychosomatische Reha, möglichst bald.

Anfang Juni diagnostizierten die Ärzte im Ausschlussverfahren die tödlich verlaufende Nervenerkrankung ALS, bekannt geworden durch die „Ice-Bucket-Challenge" in den sozialen Medien. Die Lebenserwartung der Patienten liegt durchschnittlich bei maximal drei bis vier Jahren. ALS trifft die Nervenzellen im Rückenmark, die für die Steuerung der Skelettmuskulatur verantwortlich sind. Von dort weitet sich die Krankheit unaufhaltsam aus. Patienten verlieren die Kraft, sich zu bewegen und schließlich zu atmen. Es gibt bislang kein Heilmittel, keine Therapie, um diese Erkrankung zu stoppen oder zu heilen. In seinem Manuskript schrieb Raphael: „Die Bilder während der Erstickungsnot kamen mir immer wieder in den Sinn."

Als ob er sein Ende vorausgesehen hätte. Die Erkrankung nahm ihm am Ende tatsächlich die Fähigkeit zu atmen und brachte ihn an die Beatmungsmaschine.

Ende Juli konnte er vom Krankenhaus in eine Beatmungs-WG verlegt werden. In diesen Pandemie-Zeiten war der Zugang zum Krankenhaus nur unter sehr erschwerten Bedingungen möglich. Seine Frau erhoffte sich von dem Umzug eine Verbesserung der Besuchssituation. Das Paar konnte nur noch via iPad kommunizieren. Raphael hatte sein Sprachvermögen verloren. Er war sich seines Zustands bewusst. Er wusste, dass ihm nicht mehr lange blieb. Jeden Abend schrieb er seiner Frau: „Vergiss mich nicht!"

Sie organisierte derweil die Umgestaltung der Wohnung, damit er für die ihm noch verbleibende Zeit nach Hause zurückkehren konnte: Pflegebett, Gerätschaften, ein täglicher Pflegedienst. Es braucht viel Ausstattung, einen Todkranken zu Hause zu versorgen. Und sie kümmerte sich um die Erfüllung seines Bestattungswunsches. Er wollte seine letzte Ruhe auf einem jüdischen Friedhof finden. Ganz zum Schluss sollte seine jüdische Identität Anerkennung finden. Die Ehefrau nahm Kontakt zum Rabbi der Kölner Synagogengemeinde auf.

Ein gutes halbes Jahr später sitzt die Journalistin im Büro des Gemeinde-Rabbiners Yechiel Brukner am Kölner Rathenauplatz. Ihre Freundin hatte ihr den jüdischen Gottesmann bereits als warmherzigen und humorvollen Menschen beschrieben. Sie nehmen an einem langen Tisch Platz, jeweils am Kopfende. Sie schaut über die Distanz – Corona macht sie immer noch notwendig – in ein sympathisches, immer zum Lachen bereites Gesicht.

„Ich bin ja in die ganze Sache hineingezogen worden, als Herr Burger-Goldstein schon sehr krank war. Seine Frau hat mich im Rabbinat aufgesucht, weil sie sich Gedanken machte, wie man ihn auf einem jüdischen Friedhof begraben lassen könne."

Er betont, dass er davon ausging, Raphaels Mutter sei Jüdin.

Ob es vorher schon einmal Kontakt von Raphael zur Synagogengemeinde gegeben habe? Ob dieser sich bemüht habe, Teil der Gemeinde zu werden? Sie wusste, Jude oder Jüdin ist nur, wer eine jüdische Mutter vorweisen kann. An Bemühungen von Raphael, sich mit dem jüdischen Glauben theoretisch oder praktisch auseinanderzusetzen, gar Teil der Synagogengemeinde zu werden, erinnert sich niemand in seinem Umfeld. In der Wohnung, auf der Fensterbank, steht ein siebenarmiger Leuchter, die Menora. Die Ehefrau sprach noch von einem Anhänger in Form eines Davidsterns. Wohl seine einzigen Insignien des jüdischen Glaubens. Koscheres Essen, Einhalten des Sabbats – nichts von alledem.

Rabbi Brukner ist seit 2018 in Köln tätig und kannte Raphael nicht. Bis zu dem Tag, als dessen Frau bei ihm anrief und um Beistand für den Sterbenden bat. Da sei er sofort ins Krankenhaus gefahren. Ihm genügte die Information, Raphael sei Jude.

„Ich war zwei Mal bei ihm in der Klinik. Auch in seinem schwerkranken Zustand konnte ich spüren, dass er ein Mensch war, zu dem sofort ein Funke übersprang. Ich habe gespürt, er klammert sich an mich. Er nahm mich als jemanden wahr, der für ihn einstehen will. Und so war es auch."

Beim ersten Besuch habe man noch zusammen sprechen können, das sei beim zweiten gar nicht mehr möglich gewesen, weil sein Zustand so erbärmlich war.

„Es fiel ihm schwer zu sprechen, er hatte Atemschwierigkeiten. Er hat sich enorm anstrengen müssen, mir zu erzählen, dass er aus einer Verbindung dieser jüdischen Frau mit Otto Frank stamme und der Halbbruder von Anne Frank sei."

Wieder einmal muss die Journalistin über Raphaels wahre Herkunft aufklären. Ihre Verwunderung darüber, dass der Schwerkranke quasi bis zu seinen letzten Atemzügen an seiner Legende festhielt, teilt der Rabbi.

„Auf mich hat er sehr überzeugend gewirkt. Wenn jemand schon auf dem Sterbebett liegt, so nah am Tor zur Welt der

Wahrheit, dann lügt er normalerweise nicht."

Nach einem Moment des Überlegens fügt er hinzu: „Auch wenn das Ganze überhaupt nichts mit der Realität zu tun hatte, für ihn war es Realität. Er wollte als jüdischer Mensch akzeptiert werden, das war sein Wunsch."

Den Wunsch nach einer jüdischen Bestattung wollte er gern erfüllen. Voraussetzung dafür war, die Mutter Esther ausfindig zu machen. Wo war sie bestattet?

Darüber kursierten unterschiedliche Versionen. Mal hatte Raphael angegeben, sie sei in Amsterdam auf dem jüdischen Friedhof beerdigt. Doch der Filiastro erinnerte ein anderes Narrativ. Demnach habe der Sohn den Leichnam seiner Mutter höchstpersönlich im Flugzeug nach Israel überführt. Ihre letzte Ruhe habe Esther Goldstein auf dem Friedhof Kiryat Shaul bei Tel Aviv gefunden.

Der Rabbi setzte also alles in Bewegung, um die Grabstätte der Mutter zu ermitteln. Anhand der Geburts- und Todesdaten fragte er die Archive und Friedhöfe rund um Tel Aviv ab. Ohne Erfolg.

„Ich habe auch Nachforschungen in Amsterdam angestellt, weil wir dachten, vielleicht ist sie doch dort begraben."

Derlei Anstrengungen hatten zuvor schon Jörg Böckem, der Anne Frank Fonds und die niederländische Journalistin unternommen, ohne dass sie zu einem bestätigenden Ergebnis geführt hätten.

Dann habe er mit dem Vorstand der Synagogengemeinde gemeinsam überlegt, ob und wie man seinem Wunsch trotzdem nachkommen könne.

„Ich habe mich angestrengt, den Vorstand zu überzeugen, ihn auf unserem Friedhof zu begraben, obwohl er nicht Gemeindemitglied ist. Gemeindemitglied ist nur der, der auch beweisen kann, dass er jüdisch ist. Er hatte aber zu Lebzeiten keine Anstrengungen gemacht, Gemeindemitglied zu werden."

Es gab keinen einzigen Anhaltspunkt für eine jüdische Abstammung. „Ich habe sein Anliegen sehr ernst genommen, unter dem Aspekt, ihm ein gutes Gefühl zu geben."

Letztlich habe er dann doch seine Bemühungen einstellen müssen.

„Es hat mir leidgetan, dass die Witwe nicht diesen Wunsch ihres verstorbenen Mannes erfüllen konnte. Ich habe ihr dann gesagt, dass ich auf jeden Fall ein Gebet für ihn sprechen werde. Nachdem er gestorben ist, bin ich nochmal zu ihm gefahren und habe das Versprechen eingelöst."

Ob er denn nun, wo er um die Wahrheit seiner Herkunft und die Umstände weiß, nicht böse auf ihn sei?

„Überhaupt nicht! Ganz im Gegenteil. Es bewirkt bei mir nicht ein Milligramm von Reue über meinen Einsatz. Den habe ich gemacht, damit er sich wohl fühlt."

Und empfindet er das erfundene jüdische Schicksal nicht als eine ungeheuerliche Anmaßung?

„Ich habe ihn kennengelernt in einer Lebensphase, als er schon nicht mehr in der Lage war zu zeigen, was er alles Gutes und Schlechtes getan hat. Es könnte sein, dass ich bei ihm als gesundem Mann auch unsympathische Seiten entdeckt hätte. Aber ich kam nicht so weit. Ich hatte einen Menschen vor mir, der hat nicht mehr richtig gelebt, und er hat seine letzte ihm zur Verfügung stehende Kraft dazu genutzt, uns seine Geschichte plausibel zu machen. Das kann ich auf keinen Fall Anmaßung nennen."

Er sitzt am anderen Ende des Tisches und mit erhobenen Händen bekennt er mit seinem jiddischen Akzent: „Ich bin auch ein bisschen ein naiver Mensch, ich konnte mir gar nicht vorstellen, dass da etwas nicht stimmt an dieser Geschichte."

Ganz in Gedanken zupft er an seinem weißen Bart, bevor er weiterspricht: „Ich möchte nochmals betonen, es hinterlässt bei mir nicht im Geringsten einen negativen Nachgeschmack. Vom ersten Moment an war mir klar, dass es meine Mission ist, diesem Menschen zu ermöglichen, in Seelenruhe die Welt zu verlassen. Allein die Tatsache, dass er weiß, dass ich mich als Rabbiner der Gemeinde um seinen Wunsch kümmere, beruhigte ihn schon. Darin habe ich meine Aufgabe gesehen."

Das Gespräch hängt ihr noch lange nach. Welch ein berührender Akt der Menschlichkeit, den der Rabbi dem sterbenden Raphael hat angedeihen lassen. Ihre Gedanken schweifen zu einer Frage, die der Rabbi am Ende ihrer Unterhaltung beim Herausgehen noch aufgeworfen hatte. Inwiefern Raphaels Schauspielberuf mit seiner Lebensillusion zu tun gehabt haben könnte. Ob er mal eine ähnliche Rolle gespielt habe, bei der er vielleicht einen Grad an Identifikation erreicht habe, dass er seine Geschichte vielleicht selbst als real empfand. Ihr fällt wieder der „Andri" aus Frischs „Andorra" ein, der ein Stimulus gewesen sein könnte. Einer der vielen impulsauslösenden Begegnungen, aus denen er seine erfundene Biografie komponiert hat.

Sie hat sich auf ihrer Recherche-Tour de Force intensiv mit dem Schauspielberuf und Schauspieltechniken beschäftigt, insbesondere mit der des von Raphael mehrfach erwähnten „Großmeisters" Konstantin S. Stanislawski. Der russische Schauspiellehrer war es, der von der „Verkörperung" einer

Rolle sprach, von einem „emotionalen Gedächtnis" ausging, auf das der Schauspieler zurückgreifen solle. Sein System stellt das genaue Gegenteil des „Behauptens" dar, das Raphael von seinen Studierenden forderte. Der Theaterhistoriker Gerold Theobalt, Professor an der Folkwang Universität der Künste Essen/Bochum, mit dem sie ein ausführliches Hintergrundgespräch geführt hatte, meinte: „Der Kollege Goldstein hat den Stanislawski nicht wirklich verstanden. Denn dann hätte er gewusst, dass Stanislawski ein sehr hohes Ethos von Wahrheit und Wahrhaftigkeit hatte. Und das ist genau das Gegenteil von Verstellung."

Sie konzentriert sich auf den letzten Entlassungsbericht der Uni-Klinik Köln. Raphael war dort am 21. Juli 2021 entlassen und anschließend in die Beatmungs-WG transportiert worden. Die Diagnose lautet: Bulbärer Anfang einer Amyotrophen Lateralsklerose. Wenn die im Hirnstamm liegenden motorischen Nervenzellen zuerst betroffen werden, wird die Sprach-, Kau- und Schluckmuskulatur geschwächt. Diese Form wird als bulbäre Verlaufsform bezeichnet. Etwa 20 bis 30 Prozent der ALS-Patienten leiden an dieser Form. Er war einige Wochen zuvor zu Hause in einem stark benommenen Zustand aufgefunden worden, musste intubiert werden. Nur einen Tag zuvor hatte er sich in einem anderen Krankenhaus gegen den ärztlichen Rat selbst entlassen.

Sie wendet sich an einen Experten für ALS, Professor Dr. Dr. Albert C. Ludolph, Neurologe und ärztlicher Direktor der RKU Universitäts- und Rehabilitationskliniken Ulm. Die Kliniken in Ulm gelten als führend in Sachen ALS in Deutschland. Mit Einverständnis der Ehefrau schickt sie ihm die letzten Arztbriefe; er antwortet: „Das sieht tatsächlich nach einer ungewöhnlichen Variante einer ALS aus, die zunächst nicht richtig erkannt wurde. Diese thorakale Form der ALS ist eine sehr aggressive Erkrankung, die häufig fehldiagnostiziert wird. Der Patient leidet sehr am Anfang, bevor er in seiner Atmung unterstützt wird."

Der Anlass, diese zusätzliche fachliche Meinung ein halbes Jahr nach seinem Tod einzuholen, ist ein fürchterlicher Verdacht, der in ihr schwelt. In ihr blitzen die Erzählungen über Raphaels mannigfaltige angebliche Schwersterkrankungen und seine wundersamen Spontanheilungen wieder auf. Seinem Cousin Herbert gegenüber hatte er etwa mal angegeben, an Aids erkrankt zu sein, wovon dann nie wieder die Rede war.

Sein Bruder Reinhold wurde zitiert mit dem Satz: „Wenn der das alles gehabt hätte an Krankheiten, die er behauptete, gehabt zu haben, wäre er längst tot."

Frühere ärztliche Untersuchungsberichte melden Zweifel an von ihm behaupteten zurückliegenden Erkrankungen an. Vom Münchhausen-Syndrom war häufiger die Rede, bei dem die Betroffenen Symptome erfinden oder sie dramatisch aufbauschen.

Sie führt sich seine Situation Anfang 2021 vor Augen: Raphael hatte die Niederschrift seiner Lebenserinnerungen abgeschlossen. Der Verlag suchte Belege, die seine Lebensgeschichte bestätigen könnten. Er war sich bewusst, er besitzt solche Unterlagen nicht. Gleichzeitig verschlechtert sich sein gesundheitlicher Zustand; in mehreren Krankenhäusern wird er untersucht, immer auch auf ALS, doch erst in der Uni-Klinik diagnostizieren sie die tödliche Krankheit im Ausschlussverfahren.

Ihr laienhafter Verdacht bündelt sich in einer Frage: Kann eine solch schwere neurologische Erkrankung vom Patienten selbst getriggert werden, zum Beispiel aus Angst vor Entlarvung? Professor Ludolph verneint.

„Nein, man kann sich natürlich von der Atmung entkoppeln, aber die Krankheit ist etwas anderes."

Am 4. August 2021 – eine eigentümliche Daten-Koinzidenz: 77 Jahre zuvor war Anne Frank im Hinterhaus an der Prinsengracht verhaftet worden – starb Raphael in einer sogenannten Beatmungs-WG in Köln. Es war ein heißer Tag mitten im Hochsommer.

Vor ihm hing ein Bild aus seinem Besitz, 1988 von dem russischen Maler Dmitri Alexandrowitsch Nadezhin gemalt, den er wohl in Duisburg persönlich kennengelernt hatte. Er hatte darauf gedrungen, dass seine Frau es in seinem Zimmer aufhängt. Das grau-schwarze Ölbild zeigt ein weit geöffnetes Fenster. Am Fenstergriff hängt auf einem Kleiderbügel eine Art Trikot oder Anstaltskleidung, schwarz-weiß gestreift, sowie eine Krawatte. Jedes Detail scheint an ein Todes-Thema zu erinnern: das geöffnete Fenster mit Blick über die Dächer – bereit für den suizidalen Sprung ins Nichts? Die geknotete Krawatte – eine Chiffre für einen Galgen? Das gestreifte Hemd – ähnlich der Kleidung der Juden im KZ? Oder ein abgelegtes Narrenkleid? Im Fenster spiegelt sich verschwommen ein tunnelförmiger Gang aus dem Zimmer heraus ins Nichts.

Seine Frau setzte ihm eine Kippa auf den Kopf. Der Rabbi kam und betete wie versprochen das Kaddisch. Raphael wurde konfessionslos auf dem nahgelegenen Friedhof beerdigt. Wie von ihm angewiesen, benachrichtigte seine Frau nur engste Freund:innen, ausgewählte Kollegen, weder seine Schwester oder Tochter noch seine ehemaligen Ehefrauen.

Raphael trat seinen letzten Weg an mit der Kippa auf dem Kopf und einen Davidstern in der Hand. Das letzte, was die Ehefrau noch für ihn tun konnte, sagte sie.

Ein gusseisernes Kreuz, das er wohl früher einmal in Italien erstanden hatte und das ihn durch alle Umzüge und Wohnungswechsel sein erwachsenes Leben lang begleitete, prangt heute auf seinem Grab. In der Mitte befindet sich ein Marienbild, umgeben von Rosenornamenten.

Danksagung

Ich danke Kiki Dohle für ihr Vertrauen, die Einsicht in den Nachlasses ihres Mannes und die Erzählungen aus der gemeinsamen Zeit mit ihm.

Meinen Gesprächspartner:innen danke ich für Ihre Bereitschaft und ihre Offenheit, ihre Erinnerungen mit mir zu teilen. Es waren jede auf ihre eigene Weise eindrucksvolle Begegnungen mit: Sabine Birnbaum, Jörg Böckem, Yechiel Brukner, Marion Burger, Lucas Dohle, Frank Erhardt, Christian Fries, Annette Groffy, Claudia Hartmann, Jessica Hellmann, Jutta Hofmann, Karl Hövel, Reinhold Joppich, Herbert Kalb, Christina Kiesler, Yves Kugelmann, Lieselotte Lindemann, Dr. Géza Melczer-Lukásc, Erwin Piplits, Anna Posch, Martin Rengel, Ruth Schweikert, Pascal Spielvogel, Katharina Stueber und Dr. Monika Zimmermann.

Professor Dr. Harald Merckelbach hat mit seiner Expertise im Bereich der Rechtspsychologie, insbesondere der „fantasy proneness", meine Recherche entscheidend bereichert. Professor Dr. Hermann Ebel gab mir wertvolle Einblicke in die Psychologie von Hochstaplern. Professor Dr. Dr. Albert Ludolph beantwortete meine Fragen zur ALS-Erkrankung. Professor Gerold Theobalt erläuterte mir das Schauspielsystem des Konstantin S. Stanislawski. All ihnen gebührt mein großer Dank.

Annette Stroux danke ich für ihre gute Wegführung durch das oft undurchdringliche Goldstein-Dickicht, ihre wertvollen Anregungen und die vertrauensvolle Zusammenarbeit. An Matthias Mielitz geht mein Dank für die Gestaltung, die dieser unglaublichen Geschichte das passende Gesicht gibt, und an Jürgen Kleindiek und Julia Pracht für ihr sorgfältiges Lektorat und ihr Engagement.

Und schließlich danke ich Wolfgang, Nora und Linus Scherz für unsere inspirierenden Gespräche während der langen Zeit des Entstehens, ihr Verständnis, ihr Mitfiebern, ihre Unterstützung und ihre Liebe.

Foto: ©Wolfgang Scherz

Anja Scherz, in Unna/Westfalen geboren, ist Redakteurin und Autorin. Sie absolvierte ihre journalistische Ausbildung in Bonn. Von dort führte ihr Weg nach München, wo sie heute freiberuflich arbeitet. ‚Goldstein – ein phantastisches Leben' ist ihre erste literarische Recherche.